絵解きの東漸

林　雅彦 MASAHIKO HAYASHI
kasamashoin

笠間書院版

明治大学人文科学研究所叢書

中国重慶市・宝頂山「六趣生死輪」

阿闍世王と王妃の前で「釈迦四相図」を絵解く女性
（キジル千仏洞「阿闍世王蘇生図」）

チトラカティーと呼ばれる絵解き
（インド・マハーラーシュトラ南部）

チトラカティーの絵

チトラカティーの絵

「旅芸人の世界」公演（'84年）のちらし

ポトゥア〈インド〉
（アメリカ・フリーア美術館蔵）

ボーパを絵解く男女〈インド〉
（「旅芸人の世界」公演のちらし）

はじめに

我が国では、時間的な展開を有する（ストーリーのある）絵画、即ち、説話画を解説・説明する行為を、「絵解き」と称している。また、時にその行為者自身のことを指して「絵解き」ともいう。中世の日記類を繙くと、「絵解」の他に「絵説」「ゑとき」「エトキ」のごとき用字も見られるのである。

欧米諸国には、我が国の「絵解き」に該当する概念語は、どうもないようである。そこで、一九八二年（昭和五七）四月二日から四日までの三日間、アメリカ・シカゴのPalmer House Hotelで開催されたAsociation for Asian Studies（略称ＡＡＳ、全米アジア学会）第三十四回年次総会初日、「アジア民間文芸における絵解き講唱（Painting Recitation in Asian Tradition）」と題するパネル・ディスカッションに報告者として参加した際、そのタイトルであったPainting Recitacionを「絵解き」の英訳として用いた。それは、今日でも変わらない。

ところで、近年では、国文学サイドから絵解きを考察する場合も、東アジア、特に中国・台湾・朝鮮半島や、中央アジアのネパール・チベット・モンゴルなども視野に入れておかねばならなくなりつつある。私自身、一九八七年（昭和六二）の韓国初訪問以来、中国・台湾ならびに韓国を中心に東アジア、時にインドを注意するよう心掛けている。

そればかりか、絵解き研究会例会でのヨーロッパにおける絵解きの報告や、長崎あるいは中国でキリスト教宣教師が関与した絵解きの報告、さらに、著者も講師のひとり（兼司会）として行われた平成一〇年度仏教文学会大会のシンポジウム「宗教説話と絵画――東西の比較対照」といった新たな研究動向は、これから進むべき絵解き研究のひとつの試みだと言ってもよかろう。

今振り返ってみると、「絵解き」という文芸・芸能の研究領域に対する関心が急速に高揚したのは、昭和五五年頃であったかと記憶する。絵解き研究会がその産声をあげたのも、五五年一〇月だった。絵解き研究会には、その後国文学を中心に、宗教史・美術史・芸能史・民俗学・国語学・文化人類学・社会学・音楽学等々の広域から多数の研究者が参画している。当初は毎月一回例会が開かれ、活発な議論が交わされた。そして、当時絵解き研究会の若手だった人達を中核に据えて、文部省科学研究費助成金（総合研究A）の交付を二度にわたって受け、ビデオセットやカメラなどの機器類や研究資料を購入、本格的な共同研究の夜明けとなったのである。こうして、国内各地の寺院を中心に総合調査を実施、その結果、新資料の発見や研究成果が次々と「絵解き研究」誌上に発表された。

時代やジャンルを異にする、研究会会員以外の研究者による研究・報告、資料紹介も様々な雑誌に数多く発表されるに至った。一時期、絵解き研究が市民権を獲得したかの如き様相を呈したが、近頃では一時のような勢いも些かおさまった感がなきにしもあらずである。ただし、次世代の期待される研究者が出て来たことは、誠によろこばしいことである。

絵解きをする側についても、一言ふれておかねばならない。二十余年間に邂逅し、爾来長きにわたってご厚誼頂いた方々が何人も、この数年間に亡くなられた。その一方では、三河絵解き研究会や、私も多少関わる長野郷土史研究会主催「絵解きのワークショップ」のような、絵解きに新たな形で挑戦する動きも見られるようになった。

私にとって四冊目の単著となる本書は、インドを含め、東アジアの絵解きを対象として十年余り取り組んできた調査・研究の一通りの報告書である。第Ⅰ部では、国文学史を中心に、絵解き研究の軌跡と今後の課題について些か触れておいた。又、第Ⅱ部では、「仏伝図」と「生死輪」をめぐる流伝に焦点を絞って述べ、第Ⅲ部においては、十余年の韓国仏教説話画調査・研究の一端を記しておいた。

絵解きの東漸

目次

I

絵解きの世界
――その魅力と課題――

はじめに

経典や教理、仏伝・祖師高僧伝、寺社の縁起・由来・霊験、あるいは英雄の非業な最期、親子の恩愛や男女の愛憎・美女の死等々の話は、夙に絵画と結び付き、展開してきた。絵解きと呼ばれる行為は、多く宗教的な場――説教唱導の場で、これらストーリーを有する絵画（説話画）の絵相を口頭言語によって解説・説明するもので、絵画（形象《イメージ》）による表現と口頭言語（音声）による表現の接点のみならず、屏風歌や今様法文歌・訓伽陀のような和歌・歌謡等の音楽的な表現との接点をも持つ。絵解きという語彙は、広義には、絵を伴う解説・図解といった意味でも用いられるが、説教・唱導を念頭に置いた文芸史・芸能史・文化史上のジャンルたる狭義の絵解きは、「絵で解説・説明すること」「絵を解説・説明すること」(1)であって、「絵に描くこと」ではなく、「絵を分析すること」でもないのである。

近年国内はもちろんのこと、海外の研究者の間でも、絵解きへの関心が高いことは、大いに歓迎すべきことであり、期を同じくして、頭に「図説」と謳った叢書類が頻繁に刊行されるのも、悦ばしい限りである。しかしながら、小林健二氏が「絵解き『苅萱』考」（『国文学研究資料館紀要』9号、昭和五八年三月）の冒頭で、

近年、絵解きの研究が国文学の分野に於いても盛んになって来た。（中略）もとよりこのブームは、諸先学の地道な努力の積み重ねなくしては起り得なかったことではあるが、直接的な要因としては、数年来の諸分野に於ける絵画

資料・文献資料の発見と報告が大きな呼び水となったと言えよう。ここにようやく、国文学界に於いて、絵解き研究が市民権を得た観があるが、（下略）　（傍点引用者・以下同じ）

と指摘されるように、絵解き研究が市民権を得たかの如くに見え、その後も論文数が急増しているが、未だ必ずしも絵解きを独立したジャンルと見做すまでには至っていないのが、実情であろう。因みに、新たな文学通史たる久保田淳氏編『日本文学全史3中世』（学燈社、昭和五三年七月）では、後述の如く、御伽草子に関する章の中で絵解きについて若干の説明を施しているに過ぎない。又、『日本文学新史　国文学解釈と鑑賞別冊』全六冊（至文堂、昭和六〇年一〇月～六一年五月）においても、僅かに小山弘志氏編『中世』に「絵解き」という語彙が一、二散見されるだけで、絵解きの実態を把握することなど、到底不可能なのである。(2)

一

従来絵解きは、一般にどのように理解され、説明されてきたのであろう。そこで一つの手懸かりとして、昭和三〇（一九五五）年代以降の主な百科事典の記述から検討していきたい。

部門別に巻数配列した学習百科事典として定評を得ている『玉川百科大辞典15日本・東洋文芸』（玉川大学出版部、初版四刷、昭和三九年六月）には、「絵解き」の項目はなく、御伽草子に関する記事の中で、

直接の作者でないにしても、その背後に教化《きょうか》・宣伝《せんでん》を目的とする数多くの宗教者の唱導《しょうどう》がひかえていたことも見のがせない。

御伽草子《おとぎぞうし》の発生、発達の時期はわが国仏教の最盛期《さいせいき》であり、いわゆる〈本地垂迹思想〉によって人々のあいだに深く浸透《しんとう》した時代である。社寺《しゃじ》は貴族階級《きぞくかいきゅう》から、新しく庶民《しょみん》のなかに布教線《ふきょうせん》をひろげているが、そこには比丘尼《びくに》、聖《ひじり》などとよばれる人々によって寺社の縁起《えんぎ》・高僧伝《こうそうでん》、説経《せっきょう》などが絵をともなう〈絵説《えと》き〉という方法でさかんに

語り歩かれた。

と、ごく申し訳程度触れているに過ぎないのは、若年層を読者対象としているからであろうか。

それに対して、外国の百科事典を下敷きにした『ブリタニカ国際百科事典1小項目事典』（TBSブリタニカ、初版、昭和四七年九月）が、「絵解」に一項目を割いた点では、それなりに評価出来るが、

絵解（えとき）　絵を示しそれを解説すること、またその人。平安時代末から現れ、宗教的な物語などを説明した。絵巻もこれと関係がある。絵解比丘尼（びくに）は江戸時代まで存し、特に有名。

の如き記述で、これでは絵解きの実態を知ることなど、とうてい無理なのである。

小項目主義を特徴とする『万有百科大事典』（小学館）には、「4哲学宗教」（初版一刷、昭和四八年一二月）で、

変文（へんぶん）　中国の唐代や五代のころ、民衆の間に流行した一種の大衆文学をいう。寺院で俗講僧が信者教化のために、経中の物語を口語や俗語でわかりやすく説き聞かせたのにはじまる。白（せりふ）と唱（うた）から成り、経の本文から離れて自由に語られた。ふつう浄土や地獄の絵（浄土変や地獄変）をかかげての絵説き話だったので、その台本を変文とよんだ。その素材になったものは仏典が圧倒的で、大乗経、仏伝や譬喩《ひゆ》経類、さらに偽経類まで利用された。

　数はそれほど多くないが、中国の古典からも題材が採られた。素材は民衆にアピールするような形に脚色を施され、孝思想なども巧みにとり入れられた。仏典から作られたもので有名なものには『降魔《ごうま》変文』『大目乾連冥間救《もくけんれんめいかんぐ》母《ぼ》変文』があり、中国古典からのものには『李陵《りりょう》変文』『王昭君《おうしょうくん》変文』などがある。二〇世紀初頭に敦煌《とんこう》から多数の変文が発見され、現在、その目録の作成や校訂版の出版などが進められ、一〇〇種近い写本が公にされているが、今後の研究に待つ点が多い。変文は中国の大衆文学史に位置づけられるべきものであるとともに、口語、俗語の研究にとって貴重な資料である。近年の出版としては周召良編『敦煌《とんこう》変文彙録《いろく》』（一九五五）、王重民ほか編『敦

煌変文集』(一九五七)などがある。

〈岡部和雄〉

また、「1文学」(二版三刷、一九七七年一〇月)において、

変文（へんぶん） 中国で唐から五代に流行したと思われる絵解き講唱《こうしょう》の話本。現存写本はほぼ一〇世紀のものが多いが、これは二〇世紀初頭、甘粛省敦煌《とんこう》から発見された敦煌文書の一部で、現在では、ほぼ一〇〇種近くの写本が公にされている。その発生過程は不明な点が多いが、仏教を宣布するために寺院でおこなわれた俗講がその源《みなもと》と思われる。経典の句を敷衍《ふえん》した「講経文」という写本が、経と白《せりふ》と唱《うた》の三段の形式であるのに対して、変文は変相という絵画を示しながら、白と唱で講唱したものと考えられる。画巻に唱を注記した写本や、変文中に見える絵画との関連を示す句の存在がこれを裏付けている。内容は『八相変《はっそうへん》』『大目乾連冥間救母変文《もくけんれんめいかんぐぼへんぶん》』のような仏典物が多いが、『舜《しゅん》子変』『王陵変《おうりょうへん》』のような中国物から、『張義潮変文』(仮題)のように唐代の故事に取材したものもある。中国の講唱文学、口語文学の現存最古のまとまった文献として重視される。

〈金岡照光〉

と、「絵解き話」「絵解き講唱」が登場するが、二巻に亙って「変文」項を設けるならば、第一巻の「文学」に「絵解き」の一項を加えてもよかったのではなかろうか。

愕然としたのは、国語辞典の要素を多分に持たせた学習研究社の『グランド現代百科事典3』(初版二四刷、昭和五四年一一月)の記述であった。

えとき【絵解(き)】 ①絵の意味を説明すること。また、その説明。また、その人。特に中世・近世には、雑芸の一つとして、社寺の縁起や地獄極楽の様子、経文・説話など絵に描いたもの(絵巻など)の意味を説き語ること、また、それを語る人のことをいった。②絵で説明を補うこと。

◈絵解を職業としていた人は下層民に属し、遊行《ゆぎょう》生活を送る者が多く、絵解法師といわれるように、法師形のものが多かった。語るときに琵琶《びわ》などをひくこともあったらしい。また絵解比丘尼《びくに》ということばがあるように、彼らの

中には女性もいた。平安時代の末ごろから行われていたことが文献に見えるが、中世・近世に特に盛んで近代になって急速におとろえ、現在では全く行なわれていない。

（後藤　淑）

簡明な表現をとっていて結構なのであるが、末尾傍点部の如く、絵解きが「現在では全く行なわれていない」と断言するのは、芸能史の高名な研究者の執筆としては、誤解も甚だしいお粗末なものである。管見の限りでは、百科事典の奥付は、各出版社とも、版（又は刷）を重ねる際に、初版（初刷）の刊行年月日を割愛する習慣があるらしい。[3] 従って、本書も初版（初刷）の刊行時を知る術もないのだが、昭和四八年（一九七三）一一月、現行絵解きについても述べた庵逧巌氏の「説話と絵解」（『日本の説話3中世I』、東京美術）が発表されており、[4] しかも件の事典が一四刷も重ねた（百科事典）とあれば、その間何らかの形で訂正がなされるべきではなかったろうか。もっとも、これこそ百科事典の現実というものであるのかも知れないが。

戦前から百科事典を手懸けてきた平凡社が、昭和三六年（一九六一）家庭用として刊行した『国民百科事典』は、その後の百科事典ブームを醸し出した中型事典である。その増補版（第4巻、初版一刷、昭和五一年一〇月）は、前掲諸事典とは大きな相違を見せている。即ち、

えとき　絵解　絵を見せながら、仏教説話、あるいはそれに類する話を述べ聞かせること。伝道の手段としての絵解は、仏教の歴史のほぼ初めころからインドにおいて行われたと考えられている。それが、仏教圏の各地に広がり、中央アジア、中国を経て日本へも伝わるが、実際の絵解の仕方は、時代により、地方によってさまざまであった。壁画の類や、あるいは石の浮彫を用いることもあったであろうし、小画面の巻物や大きな掛物を用いることもある。チベットでは現代に至るまで盛んに行われ、それを専門とする僧がいた。中国の敦煌《とんこう》からは、唐時代の画巻など、古い時代の絵解の関係の資料（→変文《へんぶん》）が多数発見された。日本では、平安時代に四天王寺に専門の僧がいて、聖徳太子伝の絵解をしたことが記録され、現在、東京国立博物館の所蔵となっている。一〇六九年（延久

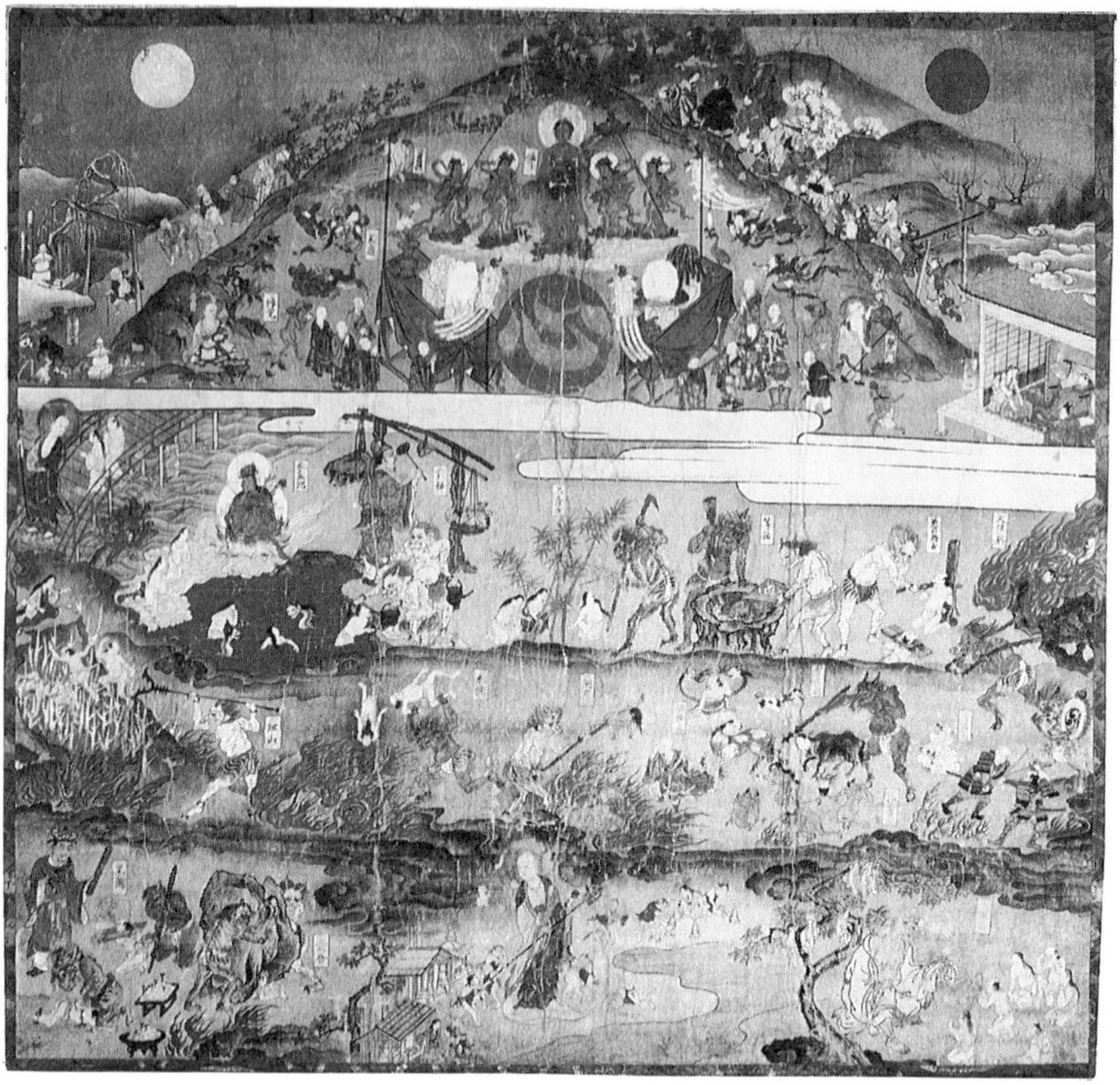

古態を留める『地獄極楽図』(京都市・珍皇寺)

一〕に法隆寺の絵殿《えどの》の壁画に描かれた《聖徳太子絵伝》は、絵解を目的としたものであった。和歌山県の道成寺では、現在でも、室町時代に作られた《道成寺縁起絵巻》の写しを用いて絵解をする行事があり、富山県本法寺には、鎌倉時代の掛物をかけ並べて法華経の内容を説明する行事が残っている。これら仏教寺院による絵解のほかに、日本では、室町時代ころから絵を用いて語り物をしながら各地をまわる芸人があって、彼らの芸能や彼ら自身のことも、また、絵解と呼ばれた。

江上綏

の如く、傍点部の誤り[5]を除けば、

絵解きの東漸や系譜、現行絵解きにも言及し、これとは別に「変文」項をも設け、簡要を得た記述となっている。最も信頼できる百科事典と言われている同社の『世界大百科事典3』（初版、昭和五六年四月）では、絵解きを如何様に扱っているのか、次にその全文を掲げてみよう。

えとき　絵解　経文その他の説話を絵に描いたものによって説き語ること、または説き語る人をいう。日本では文献的には古く四天王寺の聖徳太子伝を描いた絵堂で絵解が行われたことが《台記》（一一四六）に見え、またそこに専属の絵解法師がいたことが《民経記》（一二二九）に見えるのみである。室町時代成立の《三十二番職人歌合絵巻》には、俗人の琵琶（びわ）をもった絵解の姿が描かれており、これは諸国巡回の芸人であったことがわかる。この種の芸人的絵解はまた室町時代の文献に散見するが、近世においては熊野比丘尼（びくに）が地獄極楽の絵を持ち歩いて絵解したことが知られている（《守貞漫稿》など）。現在でも聖衆来迎寺では六道絵（ろくどうえ）を、道成寺では道成寺絵巻を絵解することが残っている。しかし、絵解の事実は古くインドにさかのぼって存在し、《ウブビナヤ（有部毘奈耶）》巻三十四には五趣生死輪回を絵解することが支持されており《ウブビナヤ》雑事巻三十八にはアジャータシャトル（阿闍世）王に仏陀（ぶっだ）伝の絵を絵解した伝説がある。G・トッチは、絵解は仏陀在世のころすでに存在し、インド劇場の起源をなしたといっている。絵解はおそらくインド原始仏教以来開教伝道の手段として盛んに用いられ、仏伝、本生、伝説などを主たる題材として、中央アジアを経て日本にまで流伝したものと解せられる。チベットでは今も盛んである。敦煌（とんこう）から発見された多数文書のうちに、変文（へんぶん）と題するものがあるが、これは絵解のための種本または台本と見るべきものであって、白話体の散文と韻文とが交互に連接した形式をもち、語りかつ歌唱しつつ絵を説いたことを示している。この変文には仏教的題材と世俗的題材のものとがあり、絵の形式には壁画、掛幅、巻子（かんす）などがあった。絵解の事実は絵画史のみならず、ひろく仏教文化史に多く教示を与えるものと思われる。（梅津次郎）

執筆者に適切な美術史家を迎え、戦後の研究成果も十分に取り込み、比較的紙数も多く割いているので、分かり易くて高度な内容となっている。末尾傍点部の指摘は、傾聴すべきものである。また、その後の『平凡社大百科事典2』(昭和五九年一一月)の「えとき」[6]項は、その重要性に鑑みて、右の『世界大百科事典3』の倍のスペースが与えられ、『住吉神社祭礼図』屏風中から熊野比丘尼の絵解きする部分を、図版として併載している。

最も新しい『日本大百科全書3』(小学館、昭和六〇年四月)には、

絵解き えとき　主として中・近世に仏教を説くために仏画の掛物《かけもの》(まれに絵巻物)を掲げ、むちをもってその絵を説明した芸能、およびそれを行う雑芸者のこと。寺院の高級僧によって行われる場合もあったが、多くは大道芸として、かっこうのみ僧体の絵解法師などによって演じられた。中世、庶民仏教化に併行して盛んになったもので、一宗一派の宣伝や仏教の敷衍《ふえん》化、すなわち説教の視聴覚啓蒙《けいもう》といえる。仏教説話画を用いることが多かったが、しだいに社寺縁起絵、地獄図、物語伝説などの類が増え、多様化していく。文献初出は、九三一年(承平一)の『吏部王《りぶおう》記《き》』における重明親王が『釈迦《しゃか》八相図』の絵解きを受けた一条があり、ついで一一四三年(康治二)の『台記』の、四天王寺で藤原忠実《ただざね》と頼長《よりなが》の父子が『聖徳太子絵伝』を観聴した詳しい記録が残っている。このころはまだ庶民には接し得ない高級な絵解きであったろう。中世に入って、『一遍聖絵《いっぺんひじりえ》』などの画証風俗にも乞食《こじき》法師による絵解きが行われていたことが察せられる。彼らの持ち歩いた材料は霊山霊地の参詣《さんけい》案内図や、地獄の苦患《くげん》のさまを描いた掛物などの縁起類で、『住吉《すみよし》祭礼図』には、観心十界図の画中画を示して大道芸する熊野比丘尼《くまのびくに》の画証が見える。近世の熊野比丘尼は、もっぱら地獄図をもって女人の罪障を説いて生計の足しとした。今日でも滅びゆく芸能として、少数だが絵解きを行っている寺院もある。→縁起　→説話文学　〈渡辺昭五〉

■川口久雄著『絵解きの世界』(一九八一・明治書院)　▽林雅彦著『日本の絵解き』(一九八二・三弥井書店)

なる一項とともに、

絵解法師えときほうし　絵解きは、中世に、寺社の縁起《えんぎ》や仏教諸派の祖師の伝記を図絵に仕立てたものを解説すること、また、それを生業とした人々をさし、法体《ほったい》（僧の姿）のものは絵解法師とよばれた。琵琶（びわ）にあわせて歌い語る盲人も多かった。大寺社に常駐してその任務にあたる者もあれば、遍歴に明け暮れる者もあったが、いずれもその社会的地位はいたって低かった。室町時代末ごろから、絵解の仕事は絵解比丘尼《びくに》（勧進《かんじん》比丘尼）とよばれる遍歴の尼《あま》に引き継がれた。〈横井清〉

という項目も置き、長野市往生寺の苅萱道心に纏わる現行絵解きの光景のカラー図版を掲載、内容面の充実を図るとともに利用者への配慮がなされている。ただ惜しむらくは、前者において、「かっこうのみ僧体の絵解法師」（僧体を装った俗人絵解きの意であろう）という表現も気になるが、仏教説話画と社寺縁起絵・地獄図・物語伝説とを安易に対比していることである。そもそも社寺縁起絵も地獄図も、仏教説話画の中に含み込まれるものではないのだろうか。後者では、かつて柳田国男翁をはじめ、高名な国文学者が犯した誤謬を踏襲し、盲目の絵解き（実演者）を想定しているのである。(7)紙数制限ということもあろうが、前者は、近年精力的な調査・採訪をなし、絵解き関係の論考を多数物した専門家の執筆、後者は、画期的な日本中世史の研究成果を挙げた史家の手に成るものである。

二

国文学史の領域で、絵解きはどのように扱われてきたのか。久松潜一氏責任編集・市古貞次氏編『改訂新版日本文学史3中世』（至文堂、昭和三九年六月）は、専門家による分担執筆の形を取り、研究の現段階を詳述したもので、長らく学界に寄与した文学史であった。が、絵解きの特記はなく、巻頭「概説」中の「庶民的文学の成立」なる小見出しのもとで、次のように述べるだけである。

高野聖、勧進聖、比丘尼や伊勢の御師のやうな宗教家が諸國を廻つて生計を支へたことはよく知られてゐるが、そのほか琵琶法師、繪解、能・舞の大夫、手傀儡子等々の藝能者が各地に滞在して、歴史・傳説・昔話を語り、文化的知識を授け、地方人を啓蒙したことも注目を要することであつた。

さすらいの芸能者のひとりとして片付けるほど、昭和三十年代における国文学者たちの絵解きへの関心は、薄かった。その後の新たな研究成果を補足した『新版日本文学史3中世』(至文堂、昭和四八年)でも、右に引いた『改訂新版日本文学史3中世』の文章の表記を若干改めた(8)以外には、第十三章「劇文学」の中の「能」でかろうじて、

猿楽や田楽を愛好していた庶民層の人たちは文字を知らないから、物語や和歌・連歌などを享受することはできない。かれらが享受した文学は口がたりで伝えられた伝説・説話等で、ときには盲目の琵琶法師の語る平曲《へいきょく》に聞きほれたり、絵解法師の語る絵解に目を見はって聞き入ったりした。文字によらない耳からの文学だけが、かれらの享受しえた文学であった。

の記述が加えられたに過ぎず、その間およそ十年、国文学者の大半は、旧態依然として絵解きを無視あるいは看過し続けたのであった。

その後新たに中世文学の史的展開を立体的に捉えようと試みた市古貞次氏責任編集・久保田淳氏編『日本文学全史3中世』(学燈社、昭和五三年七月)でも、相変わらず「絵解き」の小見出しさえ無く、第十三章「御伽草子とその周辺」に、

岡見正雄の論考では、とくに絵解のわざと結びつけながら、絵巻や絵草子のかたちについて説かれている(「御伽草子――絵草子の問題に関して――」『講座日本文学』六巻)。ここで絵解というのは、絵を示しながら物語をきかせることで、散所民や、比丘尼によって行われていた。室町時代の物語草子には、『十二類絵巻』や『福富草紙絵巻』などのように、絵の中に絵詞を書き入れたものもあって、そのような絵解とのつながりをうかがうことができる。

のように、岡見氏の論考に関連して、簡略な説明をなすに留まっている。こうした戦後の代表的な文学史にして、然り

である。また、三谷栄一氏・山本健吉氏編『日本文学史辞典古典編』(〈角川小辞典〉角川書店、昭和五七年九月)が、「絵解き」の小項目を設定したこと自体は評価し得るが、内容に立ち入って見ると、末尾の一節に、

室町時代以降は、大寺院から離脱した芸人が、僧形をとらずに、「道成寺絵巻」や種々の合戦絵巻などを用いて、琵琶をひきつつ娯楽性の強い絵解きを行うようにもなった。

とあり、絵解きの歴史や芸能に疎い者の執筆と覚しい記述である。俗人が琵琶を伴奏に「道成寺絵巻」を絵解きしたと説くが、いかなる資料に依拠したのであろうか、教示願いたいものである。

もっとも、これらと対照的な文学史が存しないわけでもない。秋山虔・神保五弥・佐竹昭広の三氏編『日本古典文学史の基礎知識』(有斐閣、昭和五二年二月)がそれである。一ページ分を「絵解」項(福田晃氏執筆)に割き、その歴史や実態はもとより、中国の変文にも言及していて、初心者にも至便である。

かかる状況から見て、はたして絵解き及び絵解き研究は、近年斯界で市民権を得たのであろうか。確かに、昨今絵解き研究は盛行の様相を呈してはいる。しかし、『日本文学全史3中世』(学燈社)や『日本文学新史中世 国文学解釈と鑑賞別冊』(至文堂)の絵解きに対する認識・姿勢を鑑みると、今こそ地味で着実な絵解きの掘り起こし作業と共に、絵解き研究のあり方を見極めることが、火急の要であると感ぜずにはいられない。

三

説話文学研究の昂揚が急速になされたのは、周知の如く、昭和三〇年代であった。益田勝実氏・西尾光一氏・国東文麿氏らの業績が、爾後の説話文学研究の進展・隆盛を齎したのである。

美術史の分野でも、説話文学と深い関わりを有する説話画が、大いに衆目を集める契機となったのは、昭和三五年(一九六〇)五月京都国立博物館で催された「日本の説話画」展だった。企画者の梅津次郎氏は、「展覧目録」の中で、広

義の説話美術のうち、絵画を説話画と称すべきこと、そしてこの説話画と呼ばれる絵画は、多くの場合絵解きを伴うものであること、などを説かれた。

かくして、説話文学研究の活発化・進展と、説話画研究のそれとは、ほぼ同時期だったことが知られる。もちろん、当時説話画を示しつつ、説話や経説の内容などを解(説)き聞かせる絵解きの総合的研究は未だしではあったが、今日の絵解きに関する研究成果の多くは、この二つの新しい活動に、その端を発したのである(9)。

ところで、先年東京外国語大学アジア・アフリカ言語文化研究所のプロジェクト研究会(昭和五七年一一月)で、「口承文芸としての絵解き研究の現在」と題して口頭発表した際、かつて共に絵解き調査を行い、絵解き研究会にも積極的に参加した某氏が発言を求めた。絵解きは独自のジャンルたり得るか、というのが、その趣旨であった。

〝えとき〟の呼称は、夙く文献上に現れる。そこで、室町時代までの〝えとき〟の用例を、左にほぼ年代順に列挙してみる。頭に冠した※印は、絵解きの行為者(実演者)を指し示す場合である。

説絵(『台記』久安二年〈一一四六〉九月一四日条、一一四七年九月一四日条、一一四八年九月二〇日条)
※説絵僧(『台記』久安二年〈一一四六〉九月一四日条)
※絵解法師(『民経記』寛喜元年〈一二二九〉一〇月二五日条)
絵説(『東寺百合文書』「中院通顕書状」)
※絵説(『教王護国寺文書』「東寺勧学院勤行弁規式条々案」)
※絵解(『三十二番職人歌合』一番、一七番)
※絵解(『看聞御記』永享五年〈一四四三〉九月三日条)
※エトキ(『春日若宮拝殿方諸日記』永享一二年〈一四四〇〉三月二七日条、同年四月一日条)
絵解(『経覚私要鈔』宝徳三年〈一四五一〉正月二〇日条)

※画説　（『自戒集』康正元年〈一四五五〉成立、「題華叟和尚自賛御影」）
※ゑとき（『お湯殿の上の日記』文明一一年〈一四七九〉八月一四日条、文明一二年八月二日条、同年八月三日条、文明一三年八月二八日条）
絵解　（『実隆公記』文明一二年〈一四八〇〉八月三日条）
絵解　（『十輪院内府記』文明一二年〈一四八〇〉八月三日条）
絵説　（『後法興院記』明応六年〈一四九七〉八月六日条）

表記はバリエーションに富んでいるが、意味するところは一である。執拗を承知で繰り返すが、〝えとき〟の呼称は、歴然と存在していたのである。

さて、毎年刊行される国文学研究資料館編『国文学年鑑』（至文堂）の目次を繙いてみよう。説話については、大項目「雑誌紀要論文目録」のもと、「国文学一般」の中に「説話・昔話」、「中古文学」及び「中世文学」中にそれぞれ「説話」の小項目を与えられている。ところが、絵解き関係は、独自の小項目がなく、「国文学一般」中の「芸能」をはじめ、「中世文学」の中の「唱導・縁起」、「近世文学」中の「芸能」等々に適宜分類・配列されているに過ぎないのである。絵解き研究会の会誌『絵解き研究』第二号（昭和五九年九月）から掲載している林雅彦「絵解き研究文献目録」に収められた暦年毎の単行書と論文は、相当の数量に上っており、きわめて便宜的な『国文学年鑑』の分類・配列については、大いに再考の余地があろう。それにつけて、小峯和明氏「説話文学研究・八十年代の動向と展望」（『説話と歴史　説話・伝承学'84』、桜楓社、昭和六〇年四月）は、絵解き研究が、既成の文字文芸の偏重を是正すべき期待が持たれている点を指摘するとともに、

そもそも絵解きが対象とするのは、仏典変相なども含め、広き物語であり、多くは宗教と密接にかかわる、すぐれて説話文学の課題としてある。単に末流の受容史や文化史的現象ではなく、あくまで文字と無文字が交錯し、絵画

と相即する文学の動態としてあるはずだ。

と、警鐘を鳴らす。また、同氏「説話文学研究の三十年」(『中世文学研究の三十年』、中世文学会、昭和六〇年一〇月)でも、

絵解き研究の現状を厳しく見据え、

絵解きの対象は仏典変相なども含め、あくまで広義の「説話」(物語)であることを忘れてはならず、絵相と語りと文字文芸との有機的連関を「絵画と文学」の根源から措定し直す必要があろう。

の如く、前掲所説と同じ提言をしている。傾聴すべき点が多い。が、右の表現には、斯界の一般的傾向である、「絵解きを説話・説話文学の範疇で捉えようとする」かの如くに見做し得る点も、無くはないのである。

絵解き(の研究)は、物語をはじめ、軍記・法語・歌謡・和歌・能等の他ジャンル(の研究)との連関を十分考慮するのと同じく、説話文学(の研究)とも連関しつつ、且つ一線を画す必要があろう。即ち、絵解きは、主に寺社に伝わる物語性・説話性の豊かな絵画を楚《しもと》で示しながら、口頭言語を以て解説・説明すること(時にその実演者をさす場合もある)をいう。言わば、主として仏教的世界を背景にした、視聴覚に訴える文芸または芸能なのである。絵相の解説・説明が絵解きの基本・本質であるのか、それとも絵画を利用した語りを絵解きの基本と捉えるのか、という問題があるが、絵相の解説・説明が絵解きの基本・本質であると考えるのが、妥当である。もちろん、実際の絵解きの場では、両者を厳密に区別することは甚だ困難であるが、絵相の解説・説明を伴わない絵解きはあり得ず、反対に語り(正しくは「解(説)き」「解(説)く」というべきであるが、ここでは便宜的に「語り」を用いる。以下同じ)に絵画が用いられれば、それは絵解き的な要素を持った語りだとは言い得るが、絵解きそのものではない。ともあれ、絵画(絵相)と語りとを不可欠の条件として成立する絵解きではあるものの、個々の事例に即して見ると、絵画(絵相)と語りの関係は、想像以上に多種多様で、一つの絵解きの中でも、両者の関わり方は、時代や社会の変化に応じて微妙な変容が認められる。そして、語りの場、つまり、時間・場所・機会・視聴者のありようや絵解く者(実演者)の技量等々によって、絵相や絵解き台本中に見当たらな

い語りも加えられる。

絵解く者によって、絵相の空間性は時間性に置換される。加えて、絵解く者の時間は、その瞬間から絵相の現在性を取ることになるのである。

俗体の絵解き
（幸節本『三十二番職人歌合』）

四

我が国における絵解きの始源は定かでないが、慶延『醍醐寺雑事記』所引の重明親王の日記『李部《りほう》王記』承平元年（九三一）九月三〇日条の記事が、現存最古の文献である。[10]「礼二良房太政大臣堂仏一。観二楹絵八相一。寺座主説二其意一」、即ち、中務卿親王と共に洛南深草の地にあった貞観寺に赴き、太政大臣堂の柱に描かれた「釈迦八相図」の絵解きを高僧から視聴したというのである。下って院政期、藤原頼長の『台記』は、四天王寺絵堂の壁画「聖徳太子絵伝」の絵解きについて述べている。古代の絵解きは、高僧自ら皇室や貴紳などごく少数の上層者を対象に、堂塔内の壁画や障屏画を解（説）き語るものだったようである。

中世になると、様相は一変し、僧俗の下層専従者も加わって、寺社の内外で多くの人々を相手に絵解くことなった。こうした語り手・聞き手双方の変容は、まさしく絵解きの俗化・芸能化を物語る現象に他ならない。壁画や障屏画の異時同図型式を踏襲する掛幅絵が、絵巻と共に多用された時代でもある。携帯に便利で、一度に大勢の人々が鑑賞し得る形態だったからである。絵解きの種類も多彩となったが、前代以来の「聖徳太子絵伝」絵解きの他、主に浄土宗各派においては「当麻(観経)曼荼羅」、真宗寺院では後に「御伝鈔拝読」と称するようになった「本願寺聖人親鸞伝絵《ほんがんじのしょうにんしんらんでんね》」、それに宗派を超えて好まれた一光三尊仏の三国伝来を描いた「善光寺如来絵伝」の各絵解きが、盛行を見たのだった。これらとは別に、貴紳の邸宅や巷間で絵解きの業《わざ》を呈する者、所謂俗人絵解きも登場、琵琶を伴奏に、非業の死を遂げた英雄譚などを解いたらしい。

中世は、遊行廻国の芸能者を数多く産み出した時代で、件の絵解き(実演者)もその例外ではなかった。なかでも、注目すべきは、室町後期頃から江戸の初めにかけて顕著な活動を見せた、熊野比丘尼と呼ばれる女性芸能者(宗教家)たちの存在である。その職掌から、勧進比丘尼とか絵解比丘尼と呼ばれた彼女たちは、毎年暮れから正月にかけて熊野の山に年籠りし、伊勢に詣でた後に、廻国または特定の場所で熊野牛王《ごおう》や護符、災難除けあるいは夫婦和合のお守りとなる椰《なぎ》木の葉を配付し、籾《もみ》集めをする際に、絵解いたり物語ったり、簓《ささら》を手に美しい喉を聞かせたりして、熊野信仰の教宣に努めた。とりわけ得意だったのが、女子供を対象とした、俗に「地獄極楽図」「熊野の絵」と称する「熊野観心十界図」の絵解きであった。が、やがて彼女らの多くは歌比丘尼・浮世比丘尼と呼ばれる、歌と売色をたつきとする者になっていった。

明治以降、他の民間芸能が辿った過程と同様に、またはそれ以上に、絵解きの凋落《ちょうらく》・廃絶は凄まじく、絵解きの場で用いられた説話画や台本等の破損・散佚も著しかった。かかる状況下で今日まで生き残った絵解きは、ほとんど寺社に属するものである。

結びにかえて

このように、多くの先行業績を俎上に乗せ、苦言を呈したのは、昨今の絵解き研究の盛行を必ずしも手放しでは喜べないとの認識があり、これらの検討を通して、絵解きの研究に携わる自らの戒めとも成り得ると考えたからである。

絵解きは、文字と無文字との接点に位置し、前述の如く、絵相と語り(「解(説)き」「解(説)く」)との相即不離を不可欠の条件として存在する文芸であり、芸能である。絵相と語りとの相互の働きかけによるそれぞれの変容をはじめ、絵解き台本と現行絵解きのずれ、絵解き台本の機能、壁画・障屛画・絵巻・掛幅絵・額絵に大別される形態上の機能と語り口、語りの場(絵相と実演者と視聴者)の問題、語り手の技量等々、これから解き明かさねばならぬ課題は少なくない。しかし、絵解きが、前近代的な宗教(特に仏教)と生活とを一体と見做す構造の上に登場し、展開してきた事実を、常に忘れてはならないのである。

〔注〕

(1) 後述するが、「絵で説明する」または「絵を説明する」行為者(実演者)をも、時に「絵解き」と称する場合もある。

(2) 絵解きは、従来説話文学中の一部と見做されてきたが、本巻所収の浅見和彦氏「説話の世界」では、全く黙殺されている。ただし、改訂版として出された小山弘氏編『日本文学新史　中世』(至文堂、平2・9)にあっては、徳田和夫氏「お伽草子・俳諧連歌・狂言」の本文及び頭注で言及している。

(3) 従って、本稿では各版(刷)の刊行年月を記しておくこととする。

(4) 拙稿「〞日本の絵解き〞地図〈増補版〉」(林編『絵解き万華鏡』〈三一書房、平5・7〉所収)も、存することを指摘しておく。

(5) 正しくは、「平安時代、四天王寺では高僧自ら貴紳を対象に『聖徳太子絵伝』の絵解きをした」とあるべき。また、東京国立博物館現蔵「聖徳太子絵伝」は、法隆寺旧蔵本の誤りである。

（6）林が分担執筆。甚だ長文なので、引用を控えた。現在は『世界大百科事典』（全三十一巻、昭和63・3）に所収。
（7）小著『日本の絵解き―資料と研究―』（三弥井書店、昭57・2）所収「〈研究篇〉Ⅰ絵解きの内容・芸態及び歴史」参照。
（8）『増補新版』（昭50・11）も、『新版』と完全に同文なので、あらためて引用はしなかった。
（9）小著『日本の絵解き―資料と研究―』「〈資料篇〉Ⅰ絵解きに関する絵画資料」参照。
（10）詳しくは、小著『日本の絵解き―資料と研究―』「〈研究篇〉Ⅰ絵解きの内容・芸態及び歴史」を参照されたい。

II

絵解きの東漸

――インド・中国・韓国、そして日本に見る「仏伝図」絵解き――

一

日本の場合、「絵解き」とは、寺院及び神社を中心に伝わる物語性・説話性のある絵画、即ち、説話画の内容や思想を当意即妙に解説・説明することであり、また、時に解説者自身をさす語彙でもある。説教・唱導を目的とする、（今日的視点から見れば）視聴覚に訴える文芸・芸能なのである。

視聴覚に訴える絵解きは、夙くインドに起こり、中央アジア・中国・朝鮮に伝えられ、さらに日本にも流伝し、独自な展開をなしたのであった。本稿では、「仏伝図」絵解きの東漸を、一、二の例を挙げて少しく考察することとしたい。

「絵解き」または「図説き」という語彙は、広義に用いられる時には、「絵を伴う解説・図解」という意味でも屢使用されている。しかし、文芸史・芸能史、あるいは文化史上のジャンルとして規定される際の絵解きは、本稿冒頭に述べたような特長を有するのである。もう少し立ち入った見解を述べるならば、絵があくまで主であり、解説・説明が従、要するに、絵相の解説・説明が絵解きの基本・本質であると見做すのか、はたまた、解説・説明が主で絵が従である、つまり、絵画を利用して解くことを絵解きの基本・本質と見做すのか、といった問題を避けて通ることは出来ない。著者は、絵相の解説・説明を以て、絵解きの基本であり、本質であると考えている。ただし、実際の絵解きの場では、件の二つの見解を判然と区別することは、さほど容易なことではないのである。にも拘わらず、絵相の解説・説明を伴わない絵解きは存在し得ないのであり、逆に解説・説明にあたって絵画が利用されれば、それが即絵解きになるというものでもない。解説・説明を主とする後者は、あくまでも絵解き的要素を持った語りに過ぎないと言ってもよいだろう。

かくの如く、絵画と解説・説明とを不可欠の条件として成立する絵解きであるが、個々の絵解きに即して検討を試みてみるならば、絵画と解説・説明との関係(比重の掛け方)は、きわめて多様であり、一つの絵解きにおいてさえも、こうした関係は微妙に揺れ動くのである。従って、冒頭で些か触れた定義をより厳密に定義付けるならば、日本の「絵解き」とは、多少なりとも物語性・説話性のある、信仰に関与した絵画の絵相を解説・説明する文芸・芸能なのであるが、時・場所・機会・視聴者のありよう、さらに実演者の力量に応じて、絵相や台本には描かれていない語りも加えられる例が屡ある。絵解きを、一回性の文芸・芸能と規定する所以でもある。加えて、絵解きは、絵画による表現と言語による表現との接点だけに留まることなく、時には屛風歌や今様法文歌、伽陀のような和歌・歌謡などの朗詠、つまり、音楽的表現との接点をも有し得る文芸・芸能なのである。

二

あくまでも便宜的ではあるが、過去及び現行の絵解きの対象たる説話画を、内容から分類すると、左記の六つに大別することが出来る。

(1)経典や教理に基づくもの

「法華経曼荼羅図(法華経変)」「当麻曼荼羅(観経曼荼羅)」「地獄極楽図(地獄変相図・熊野観心十界曼荼羅・熊野の絵)」「十界図」「六道絵」「往生要集地獄御絵伝」「地獄曼陀羅(六道・地獄絵)」「五趣生死輪(六道輪廻図)」「十王図」「二河白道図」など

(2)釈迦の伝記を描いたもの

「仏伝図」「釈迦一代記図絵」「釈迦八相図」「涅槃図」「八相涅槃図」など

(3)我が国の祖師・高僧伝を描いたもの

「聖徳太子絵伝」「弘法大師絵伝」「後深草帝御寄進開山上人一生絵」「法然上人絵伝」「親鸞聖人伝絵（御絵伝）」「一遍上人絵伝」「蓮如上人絵伝」など

(4)寺社の縁起・由来・霊験譚を描いたもの

「立山曼茶羅」「白山参詣曼茶羅」「多賀社参詣曼茶羅」「清水寺参詣曼茶羅」「誓願寺縁起絵」「有馬温泉寺縁起絵」「那智参詣曼茶羅」「志度寺縁起」「玉垂宮縁起絵」「矢田地蔵縁起絵」「善光寺如来絵伝」など

(5)軍記物語に題材を得たもの

「京都六波羅合戦図（平治戦乱絵図）」「源義朝公御最期之絵図」「安徳天皇御縁起絵図」「三木合戦図」など

(6)物語・伝説に題材を得たもの

「苅萱道心石童丸御親子御絵伝（苅萱親子御絵伝）」「衛門三郎」「小栗判官一代記」「道成寺縁起絵巻」「恋塚寺縁起絵」「小野小町九相（想）図」「檀林皇后九相図」「酒呑童子絵巻」など

こうした分類には、異論もあろうが、徳田和夫氏の「奈良絵本・絵解き」[1]では、あらましにおいて賛意を示していることを申し述べておきたい。

因みに、右の(4)に掲げた「矢田地蔵縁起絵」や「善光寺如来絵伝」は、(2)の釈迦の伝記とともに〝仏・菩薩・如来の絵伝〟として一括すべきものかもしれない。(5)に関しては、かつて小著『日本の絵解き――資料と研究――』[2]その他において、非業の死を遂げた〝英雄最期譚（軍記）〟として立項を試みたが、その中に、「源義朝公御最期之絵図」と対になった愛知県美浜町・野間大坊（大御堂寺）に伝わる、源平の合戦を描いた「京都六波羅合戦図」をも含めておいた点を再考するならば、本稿で既述の如く〝軍記物語に題材を得たもの〟を以て是と改めることとした。また、(6)〝物語・伝説に題材を得たもの〟についても、少々触れておくならば、「苅萱道心石童丸御親子御絵伝」以下五種の説話画は、内容を異にするが、いずれも信仰そのものの絵画化であり、「九相（想）図」二種にしても、死後に纏《まつ》わる信仰と切り離しては考えられぬ絵画なのである。

いずれにせよ、絵解きに供されてきた我が国の説話画の大多数は、所謂〝仏教説話画〟であるところに、大きな特色が見られる。

かかる説話画の形態面からの大まかな分類についても、これまた『日本の絵解き——資料と研究——』のそれを、今少しく訂正すると、

(1) 壁　画
(2) 障屏画
(3) 絵　巻
(4) 掛幅絵
(5) 額　絵

の五つに分類することが出来るのである。現存の説話画を見る限りでは、(4)掛幅絵の数が圧倒的に多いのだが、こうした傾向は、中世以降共通するところだと考えて差し支えなかろう。絵巻と同様、持ち運びに至便であり、絵巻と比較して一度に多数の視聴者が展観出来、しかも、全場面の一覧も容易な異時同図形式であることによって、同一場面の重複利用やフィードバックも可能である、といった掛幅絵の長所は、不特定多数の大衆を教化・宣揚する使命を帯びた（今日的視点から見れば、大衆相手の文芸・芸能である）中世以後の多くの絵解く者（説教者・唱導者）にとって、最も好都合な形態だったのである。

三

以下、「仏伝図」絵解きの東漸を眺めてみよう。「仏伝図」の概略を容易に知るためには、中村元氏編著『図説仏教語大辞典』（東京書籍、昭和六三年二月）に記述された「仏伝図」項が、便利である。

> **〔仏伝図〕ぶつでんず**　釈尊の伝記を図に描いたもの。釈尊の死後、釈尊をしのぶために、釈尊の生涯の出来事が詳細に書かれたり、描かれたりするようになった。初めは、釈尊の姿を表現しない「聖跡参拝図」や「ブッダガヤーの大精舎参拝」が描かれたが、それに降魔を加えて、「降魔成道図」という仏伝図として展開され、更に、釈尊の生涯における八つの重要な事柄を描いた、釈迦八相図が描かれるようになったと考えられる。釈迦八相とは、降兜率、托胎、出胎、出家、降魔、成道、転法輪、入滅の八相であるが、図によって相違がある。ボロブドゥール第一回廊主壁上段には一二〇の場面にわたって仏伝の諸場面が表現されているが、その内容は『ラリタヴィスタラ』の叙述に近い。（下略）　（傍点引用者・以下同じ）

今省略した後には、口絵三十五図（すべてレリーフ）とその解説などが、二十一ページにわたって詳述されている。とまれ、「仏伝図」のひとつとして、「釈迦八相図」が夙くからインドで作られていたことが分かるが、右の口絵の最初に掲げられた「釈迦八相図」は、サールナートから出土したもので、五世紀の作だという。向かって左下から上方へ、誕生・猿猴奉蜜・従三十三天降下・初転法輪が、また、右下から上方へ、降魔成道・酔像調伏・シュラヴァスティーの奇蹟・涅槃の、合計八場面が表現されている。序でに触れておくならば、この「八相図」の内容は、中村氏の文中の八相[3]とは相違するものである。

ところで、我が国で、「仏伝図」に関する経論中の記事に夙に言及したのは、管見の限りでは、小野玄妙氏の『仏教美術概論』（丙午出版社、大正六年一一月）である。小野氏は、漢訳の『根本説一切有部毘奈耶雑事』第三十八を引いた上で、「仏在世、並に仏入涅槃当時に、果して是の如き画図の製作ありしや否やを詳かにせずと雖も、既に釈尊が、諸経典中に、画師の譬を挙げて訓説する所少なからず」と述べられた。さらに、画師などの職業が釈迦の誕生する以前からインドに存在したとしても、釈迦在世中に伽藍内に「仏伝図」の類が描かれた、などと軽率に断じてはならないと強く主張されたのであった。右の小野氏の言説は傾聴せねばならないが、煩瑣を厭わず、件の『根本説一切有部毘奈耶雑事』第三十八の当該部分(4)を、次に引用することとする。

爾の時世尊纔に涅槃したまへるの後、大地震動し流星昼に現じて諸方に熾然し、虚空中に於て諸天は鼓を撃ちぬ。時に具寿大迦摂波は王舎城羯蘭鐸迦迦池竹林園中に在り、大地動ぜるを見て即ち便ち念を斂めて観察すらく、(中略)城中の行雨大臣に命ずらく、『仁今知れりや不や、仏已に涅槃したまへるを。未生怨王は信根初めて発れるならば、彼若し仏の入涅槃したまへるを聞かんには、必らず熱血を嘔きて而し死なん、我今宜しく預じめ方便を設け、即ち次第に依りて而し為に陳説すべし。仁今疾く一園中に詣り、妙堂殿に於て如法に仏の本因縁、(即ち)菩薩昔覩史天宮に在して将に下生せんと欲して其五事を観じ、欲界天子は三たび母身を浄め、象子形と作りて生を母腹に託生し、既にして誕れたるの後城を踰えて出家し、苦行六年して金剛座に坐し、菩薩樹下に等正覚を成じ、次いで波羅痆斯国に至り五苾芻の為に三転十二行の四諦法輪を(転じ)、次いで室羅伐城に於て人天衆のために大神通を現じ、次いで三十三天に往いて母、摩耶の為に広く法要を宣べ、宝階三道もて贍部洲に下るに、僧羯奢城に於て人天渇仰し、諸の方国に於て在処に生を化し、利益既に周くして将に円寂に趣かんとして遂に拘尸那城沙羅雙樹に至り、北首して大涅槃に入りたまへるを図画すべし。如来一代の所有化迹は既にして図画し已らんに、次に八函の、人量と等しきを作りて堂側に置き、前の七函内には生酥を満置し、第八函中に牛頭栴壇香水を安くべし。若し因みて駕し出でんに可しく王に白して言ふべし、「暫し神駕を迂げて躬ら芳園所に詣り其図画せるを観じたまはんことを」と。時に王は見已りて行雨に問うて言はん、「此れ何の事をか述べたる」。彼即ち次第して王の為に陳説し、始め観史より身を母胎に降し、終り雙林に至りて北首して臥するまで、一に図画せるが如くせよ。王は是語を聞くや即ち便ち悶絶して地に宛転すれば、可しく速に第一函中に移し入るべく、是の如く一二三四より乃し第七に至り、後に香水に置れんに王は便ち穌息せん』。是時尊者は次第して教へ已るに拘戸那城に往きぬ。行雨大臣は一に尊者所教の事の如くに、次第して作し已れり。時に王は因みて出でければ、大臣白して言さく、「願はくは王、暫し神駕を迂げて園中に遊観したまはんことを」。王は園所に至り、彼堂中の図画の新異にして、始め初誕より乃至雙林に倚臥せるを見て、王は臣に問うて曰はく、「豈に世尊は入涅槃したまひたるべけんや。」是時行雨は黙然して対ふるなかりければ、王は是を見已りて仏涅槃したまひたるを知り、即ち便ち号咷悶絶して地に宛転せり。

小野氏の言われるように、釈迦在世中もしくは入涅槃時に、はたして釈迦に関する「仏伝図」が存在したのかどうかは、分からない。しかし、右の『根本説一切有部毘奈耶雑事』傍点部に見る如く、入胎から雙林涅槃に至るまでの生涯の主な出来事を描いた「仏伝図」または「八相図」と思われる絵画が、夙い時期にインドで製作され、〝陳説〟、つまり、絵解きされていたであろうことは、想像に難くないのである。

四

さて、中国及び朝鮮半島の寺院には、日本の金堂(本堂)に相当する〝大雄殿〟〝大雄宝殿〟と称する建物がある。例えば、中国・北京市の名刹のひとつである潭拓寺発行の小冊子『潭拓寺名胜古迹』(5)所収「大雄宝殿」の記述の一節を見ると、

「大雄」とは「大いなる勇士」とか、「一切を畏れない」という意味で、釈迦牟尼の尊称である。
大雄宝殿は、仏教の教主である釈迦牟尼を祀っている。釈迦牟尼は仏教を創始した人で、もとは二五〇〇年前インドの釈迦族の王子で、二十九才の時に出家して修行をした。その後中印度を巡り歩いて四十五年間教化を行い、

八十才で亡くなった。仏教では彼のことを「仏祖」と言う。(中略)
大雄宝殿は大きく壮大で、寺の中の第一のものであり、大雄宝殿の前の上の庇には、もともと清・康熙皇帝が書いた「清浄荘厳」の四文字の額が掛かっていた。現在の上の庇の「大雄宝殿」という額の四文字は、逍朴初が書いたものである。(下略)

と、先ず「大雄」の語義が明記されており、中略とした箇所には、大雄宝殿内に奉安された釈迦像の前に二体の立像、即ち、左に迦葉尊者、右に阿難尊者の立像が安置されている旨記されている。同様に、北京市・戎台寺の小冊子『北京名勝古跡叢書戎台寺』(6)所収の「大雄宝殿」項でも、

大雄宝殿は高くて雄大で、気勢が雄壮である。大殿は間口五間、奥行三間で、そうすると当然十五間で、硬山式の建築である。(下略)

と記し、真中に釈迦像を、左に薬師如来像、右に阿弥陀如来像を、それぞれ祀っている旨の記事が見られる。潭拓寺・戎台寺(図1)の伽藍配置図を見ると、ともに大雄宝殿は、その中心部に配されている。ただし、小冊子二冊の記述を見る限り、大雄宝殿内に「仏伝図」はなさそうである。

中国の絵解きで忘れてならないのは、キジルの千仏洞にある八世紀頃の壁画「阿闍世王蘇生図」(図2)である。前掲『根本説一切有部毘奈耶雑事』第三十八の話と少しく関わるものである。肌の黒い女性が阿闍世王と王妃の前で「釈迦四相図」が描かれた布を掲げ、もう一人の女性がそれを絵解きしている図柄が、これである。日本の熊野比丘尼の姿を思い浮かばせるような、放浪の絵解きの芸態が描かれている。

また、絵画としては、敦煌莫高窟の「仏伝」壁画も、視野に入れておく必要があるだろう。

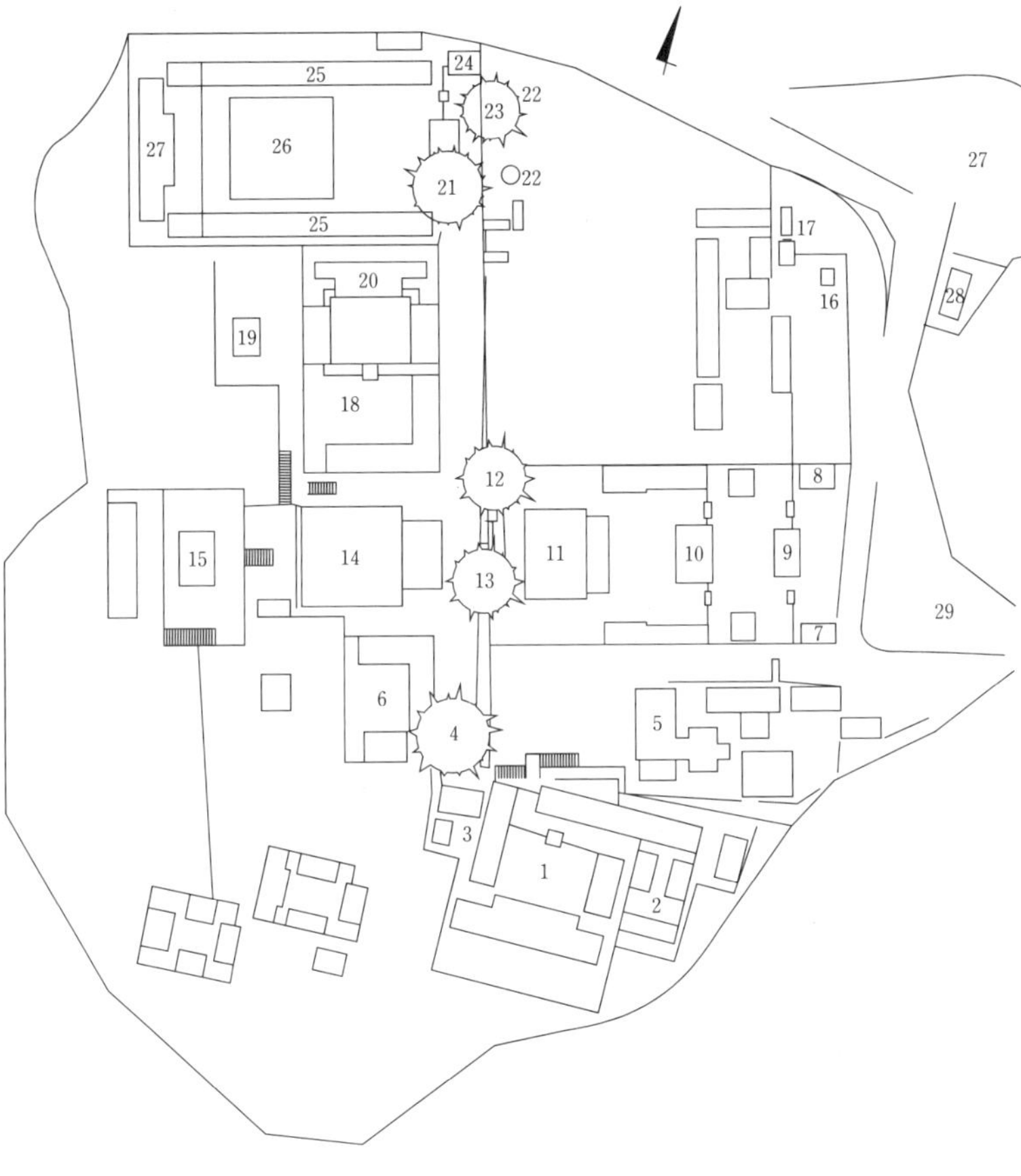

①方丈院	⑥南宮院	⑪大雄宝殿	⑯大鐘亭	㉑九龍松	㉖戒壇殿
②東静院	⑦南配門	⑫臥龍松	⑰北　門	㉒遼　塔	㉗大悲殿
③西静院	⑧北配門	⑬自在松	⑱牡丹院	㉓抱塔松	㉘厠　所
④活動松	⑨山門殿	⑭千佛閣址	⑲真武殿	㉔財神殿	㉙車　場
⑤餐　庁	⑩天王殿	⑮観音殿	⑳慧聚堂	㉕蜀漢堂	

図1　戒台寺平面示意図

図２　「阿闍世王蘇生図」（キジル千仏洞・壁画）

五

韓国の「釈迦八相図」を考える際、注目しておくべきものに、現行儀礼集がある。朝鮮王朝以来の各種仏教儀礼を集めた『梵音集』『作法亀鑑』をはじめ、中礼文・予修文・弥陀礼懺などの儀礼文を、安震湖《アンジンホ》師が整理・編集し、日韓併合後の一九三五年刊行したのが、『釈文儀範』[7]と称する一冊である。現在の韓国仏教界にあっては、大半がこの書に沿って儀礼を執り行なっていると言われている。上篇第一章「礼敬篇」所収「大礼懺法」の中に、甚だ興味深い一節を見ることが出来る。

志心頂礼供養　身智光明　普周法界　清浄無礙　悲智円満　第一過去毘
婆尸仏　第二尸棄仏　第三毗舎浮仏　円證法界　解脱三昧　究竟法門
随順根欲　第四現在拘留孫仏　第五拘那含牟尼仏　第六迦葉仏　第七釈
迦牟尼仏　善慧菩薩　放光明於兜史宮中　摩耶夫人　感瑞夢於毘羅
国土　散花作楽　乗象入胎　兜率来儀相　我本師　釈迦牟尼仏　九龍吐水　洗金軀於雲面　四蓮敷化　奉玉足於風
端　蹇蹇七歩　哦哦数声　毘藍降生相　我本師　釈迦牟尼仏　暗聞林鳥之哀鳴　現観庶人之苦労　志懇脱屣　心切
払衣　四門遊観相　我本師　釈迦牟尼仏　策　紫騮轡於衆圍　奉　青蓮蓋於大壘　人馬悲惨　龍神歓喜　踰城出家
相　我本師　釈迦牟尼仏　始悲無常於迦蘭之仙　意欣真楽於羅刹之獣　雪巌為家　林鳥作侶　雪山修道相　我本師
　釈迦牟尼仏　河辺受　難陀之糜粥　石上却　波旬之邪迷　天人献楽　地祇退魔　樹下降魔相　我本師　釈迦牟尼
仏　召　梵衆於鹿苑　主伴雁列　示　妙法於馬勝　因果河傾　弄葉上啼　除糞定価　鹿苑転法相　我本師　釈迦牟

尼仏　尸羅角城　受　単供於純陀　婆羅鶴樹　示　雙趺於
迦葉　摩耶痛泣　梵衆悲哀　雙林涅槃相　我本師　釈迦牟
尼仏　四顧無人法不伝　鹿苑鶴樹両茫然　朝朝大士生浮世
　処処明星現碧天　是我本師　釈迦牟尼仏

傍点を付しておいたように、「釈迦八相図」を視野に入れた記述だと言ってよかろう。

序でに、韓国における「釈迦八相図」研究についても、若干触れておきたい。

文明大《ムンミョンデ》氏は、『韓国의仏画』（ソウル市・悦話堂、一九七七年六月）第一部「仏教絵画論」の中の「仏画の用途」で、「来迎図」「十王図」とともに、韓国寺院における〝教化用仏画〟のひとつに、件の「釈迦八相図」を挙げ、同じく第一部所収「仏画の主題」では、「八相殿（捌相殿）と八相図」と題した中で、釈迦を扱った殿閣の仏画のひとつと付置付けし、朝鮮王朝七代世祖《セジョ》四年（一四五九）完成した『月印釈譜』の例を引用、さらに、八相殿に描かれた「八相図」と前掲『根本説一切有部毘奈耶雑事』第三十八その他経論との比較対照表（**表1**）を示し、その上で八相各場面について述べられている。

金玲珠《キムリョンジュ》氏『朝鮮時代仏画研究』（ソウル市・知識産業社、一九

八相殿八相図	根本説一切有部昆奈耶雑事巻三十八	十地経論巻三 大乗起信論	摂大乗論	四教儀（智顗）
1.兜率来儀相	上天	下天	住天	下天
2.昆藍降生相	下天	入胎	託天	受胎
3.四門遊観相	象形託生	住胎	受学	出生
4.踰城出家相	降魔	出胎	受欲	出家
5.雪山修道相	踰城出家	出家	出家	降魔
6.樹林降魔相	苦行六年	成道	成道	成道
7.鹿苑転法相	菩提樹下成道	転法輪	転法輪	転法輪
8.雙林涅槃相	為五比丘説法	入涅槃	入涅槃	入涅槃
9.現大神通				
10.33天為田説法				
11.宝階三道下洲				
12.諸国遊化				
13.雙樹間入涅槃				

表1 「八相図」と経論との比較対照（『韓国의仏画』より）

八六年一一月）は、「釈迦八相変」の一章を立てて、従来の研究成果をふまえながら、数多の経律や『月印釈譜』などの文献資料を用いて、朝鮮王朝（李朝）時代の「八相図」を論じておられる。

管見の限りでは、近代以降の韓国における「釈迦八相図」は、八相殿（捌相殿）のない寺院の場合、ほとんどと言っていいくらい、大雄殿の内部に幀画の形で掲げられているか、あるいは、大雄殿外壁に壁画として描かれている。これらの図柄は、高麗時代の僧諦観《チェグァン》（?～九七〇）が記した『天台四教儀』を拠り所にして、普《あまね》く、

1、兜率来儀相　2、毘藍降生相　3、四門遊観相　4、踰城出家相

5、雪山修道相　6、樹下降魔相　7、鹿苑転法相　8、雙林涅槃相

図3　法住寺・捌相殿

の八場面から成り立っているのである。

韓国最大の仏教宗派、曹渓宗《チョゲジョン》の第五教区本山の法住寺《ポプチュサ》（忠清北道報恩郡）は、俗離山《ソンニサン》という国立公園の中にある、広大な寺域を有する寺院である。この法住寺は、新羅二十四代真興《チンフン》王一四年（五五三）天竺から帰国直後の義信《ウイシン》祖師によって創建されたと伝えられている名刹で、その後いくたびか火災に遭遇し、現在の大部分の建物は朝鮮王朝中期以降の建立になる。ここには、韓国では現存唯一の木造建築の五重塔・捌相殿**（図3）**のあることでも、広く知られている。

朝鮮王朝十六代仁祖《インジョ》王二年（一六二四）に再建さ

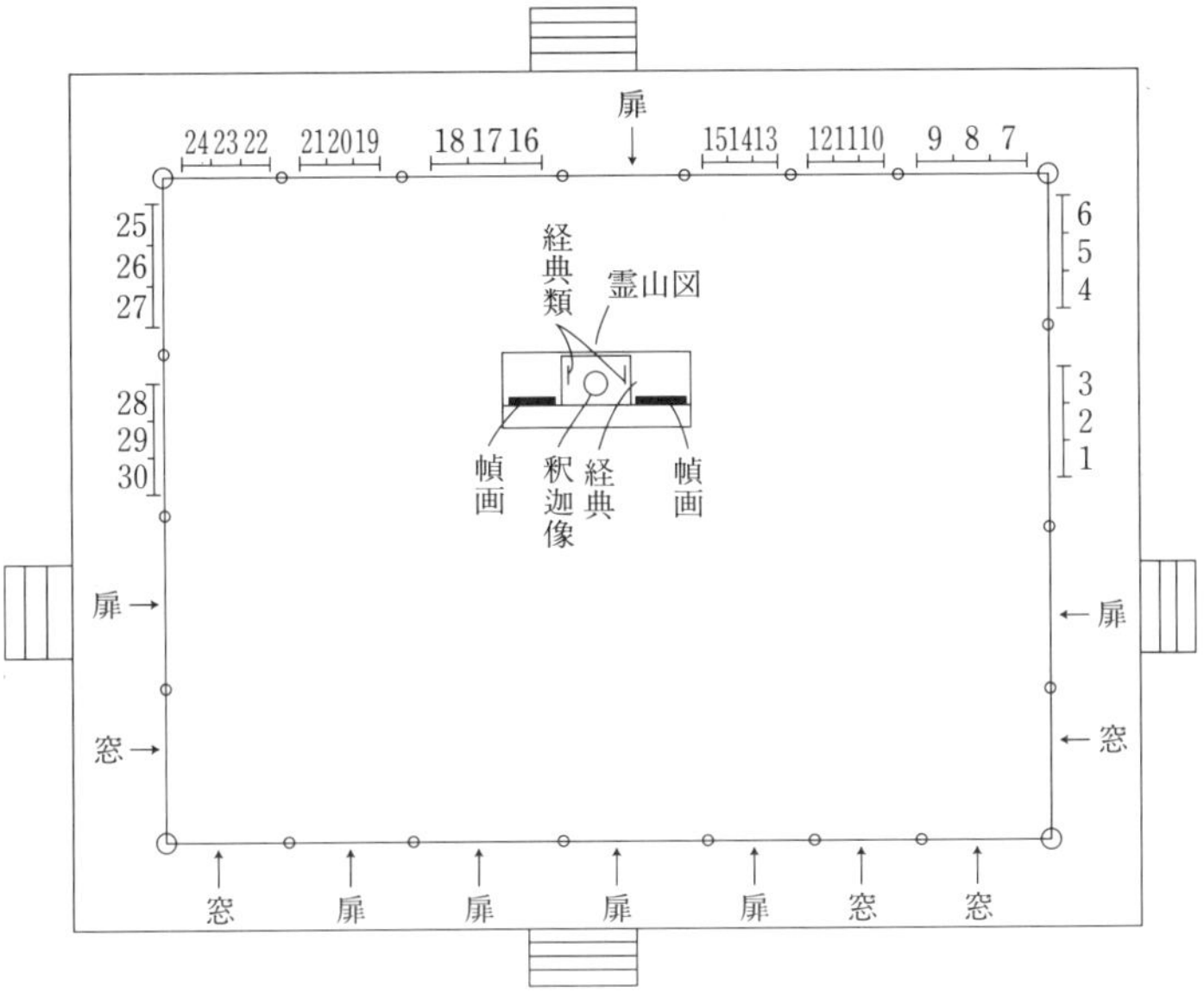

図 4　曹溪寺・大雄殿概略図

れ、相輪部まで含めた高さは約六十五メートルある。およそ十一メートル四方の初層内部には、五百羅漢の像とともに、「釈迦八相図」が安置されている。成立年代は、第八図の「雙林涅槃相」右下に「建陽二年丁酉三月日[8]新畫成八相幀奉安于八相殿」と記されているところから、一八九七年であることが知られる。

因みに、曹溪宗の総本山であるソウル市鍾路区の曹溪《チョゲ》寺《サ》・大雄殿外壁に、最近新たに描かれた「釈迦一代記図絵」(仮称)全三十図[9](**図4**)がある。すべての画面下部には、簡単な説明文がハングルで書かれており、自分ひとりでも(広義の現代版絵解きとでも言うべきか)絵語りの世界に浸《ひた》れるように工夫されているのである。

同じく曹溪宗の興国寺《フングクサ》(京畿道南揚州郡)の大雄殿背後の小高い位置に満月宝殿という六角堂がある。その内部左右に二図ずつ額装仕立てにしてケースに入れられた「釈迦八相図」(**図5**)が奉安されているが、各場面にはごく簡略な短冊型の説明文が添えられており、かつて絵解きされた可能性を十分に秘めた説話画なのである。

ところで、現在、この「釈迦八相図」を需められ

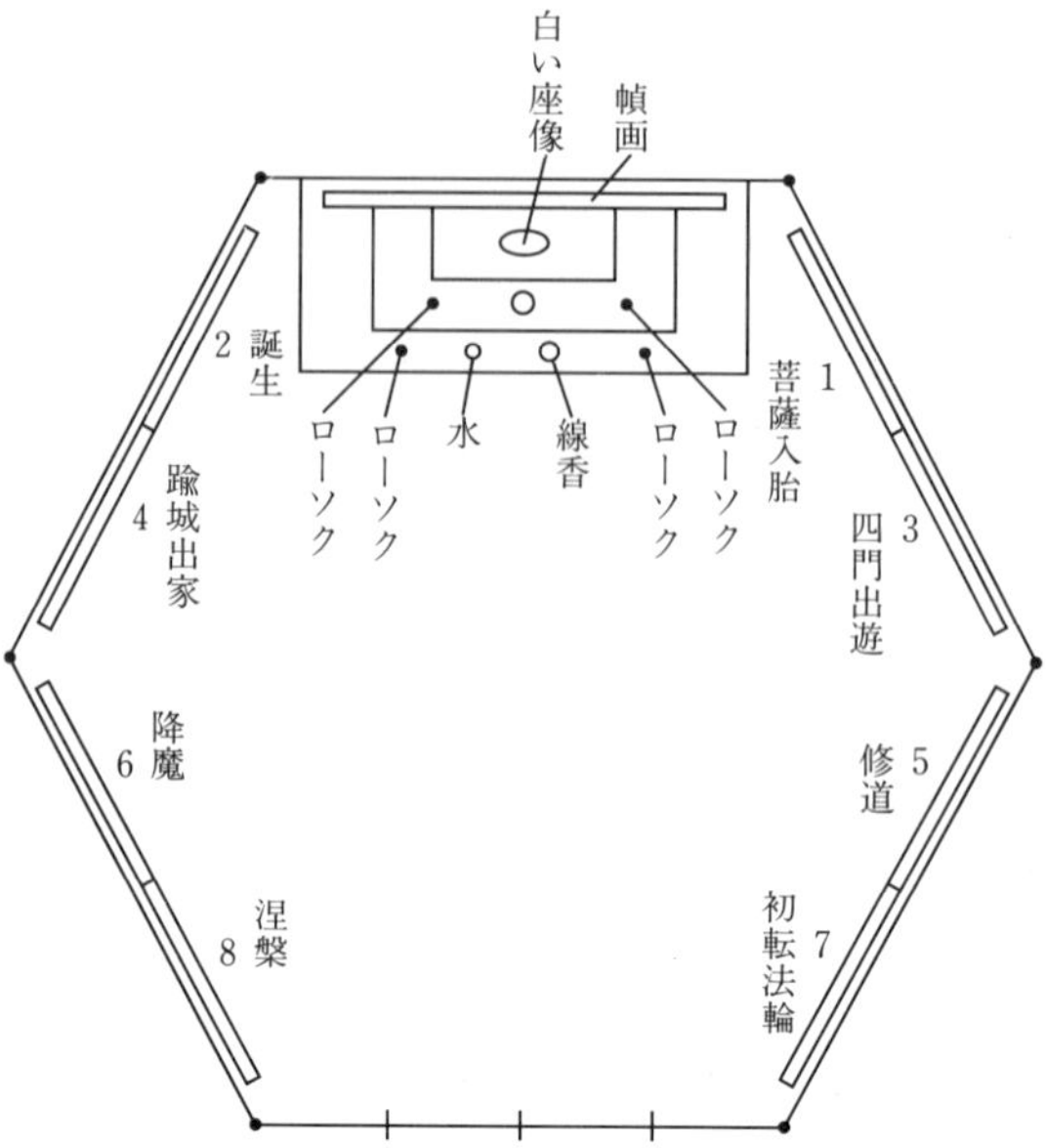

図 5　興国寺（京畿道南揚州郡）満月宝殿「釈迦八相図」配置図

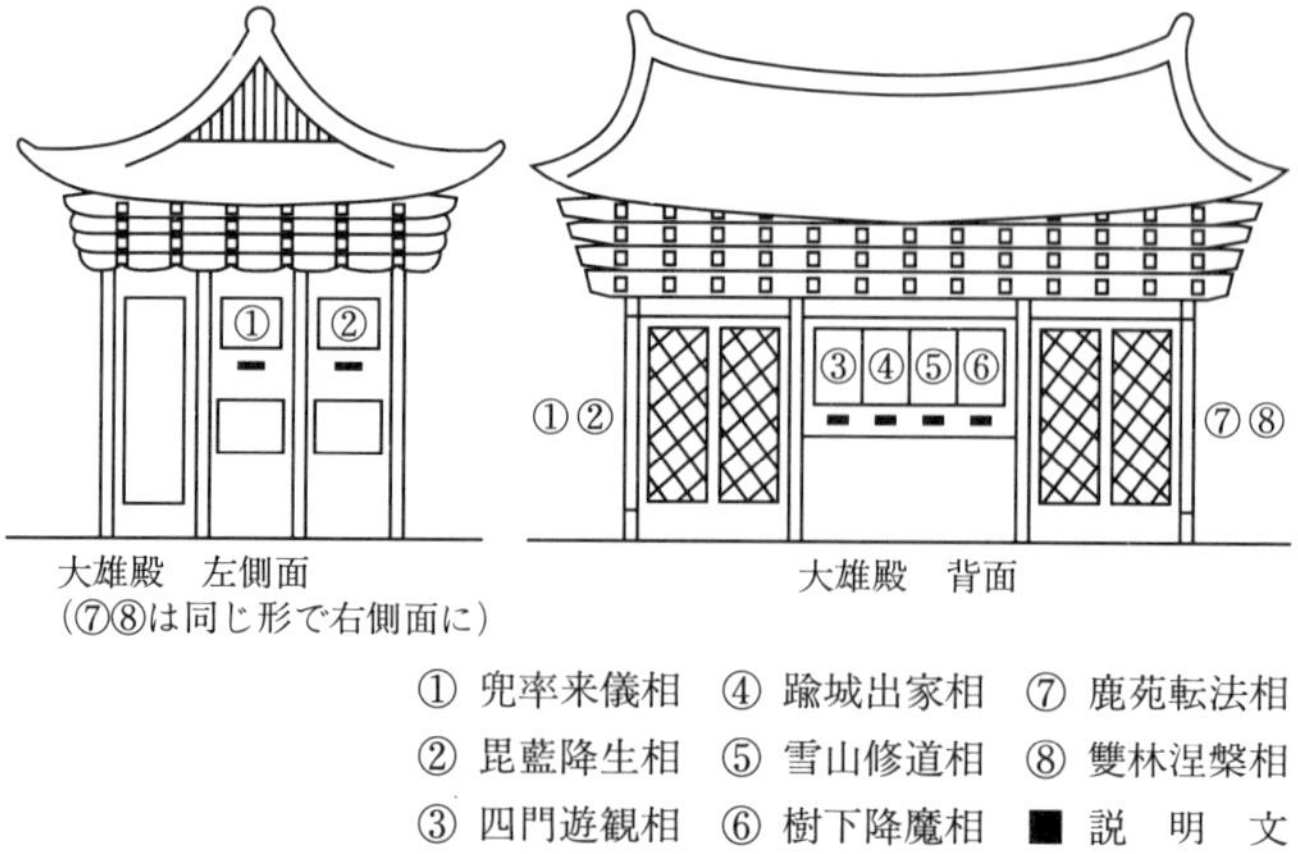

図 6　東鶴寺（忠清南道公州郡）大雄殿外壁「釈迦八相図」配置図

ば、尼僧が随時絵解きしてくれるのが、東鶴寺《トンハクサ》（忠清南道公州郡）（**図6**）である。東鶴寺は、大田《テジョン》から約二十キロメートルの国立公園鶏龍山《ケリョンサン》の東山麓に位置し、古く東鶏寺《トンゲサ》と呼ばれていた。統一新羅三十三代聖徳王《ソンドク》二三年（七二四）、懐義《フェイ》の手で創建されたという。後に火災ですべて焼失したが、朝鮮王朝二十三代純祖王《スンジョ》一四年（一八一四）再建、尼寺として今日に至っている。高麗・朝鮮両朝の不遇を託《かこ》った儒学者や官吏が住んだ寺としても、著名である。

ここの「八相図」は、大雄殿外壁に描かれており、絵解きに要する時間は、十分程度であろうか。各場面の下部には、前述の曹溪寺の「釈迦一代記図絵」と同様、簡単な説明文が付されている。一九八八年二月初旬にビデオテープに収録した絵解きと、説明文とは、八図の写真とともに、かつて「東鶴寺の『釈迦八相図』絵解き——韓国仏教説話画の世界——[10]」と題して公けにしておいたので、参照願えれば幸いである。例えば、第一図「兜率来儀相」の説明文と絵解きの語り口とを示すと、

説明文	絵解き
仏教の教主におわします釈迦牟尼の一生を、一番簡略に八つの絵で表したものを、所謂八相図と言います。仏様は、前生に兜率天という天上で、普賢菩薩であられたが、娑婆世界と縁があることを悟って、インドの迦毘羅国の王妃である摩耶夫人の夢に、智恵の象徴である白い象に乗って摩耶夫人の脇腹へお入りになりました。夫人は、この胎夢の後、間もなく太子を妊娠なさいました。	（冒頭部　翻字不可[11]）インドの迦毘羅という国の浄飯王の夫人、摩耶夫人はちょっと昼寝をしている間に夢を見たんですが、お釈迦様が白い象にお乗りになって、——仏教では白い象を吉祥といって、神聖なものとして扱っていたんですが——摩耶夫人の体の中にお入りになる夢を見たんです。所謂、一種の胎夢といえるでしょう。胎夢の後、摩耶夫人が妊娠したんですが、昔のインドの風習では、子供を産む時は実家に帰って産むことになっていました。

といった塩梅《あんばい》で、文芸性豊かな内容とはとうてい言い難いが、この時点で現行絵解きの存在が知られていなかったことを考えれば、それ相応の価値はある、と言ってよいのではなかろうか。

六

「仏伝図」を含めて、我が国の絵解きに関する現存最古の文献資料は、十世紀前半まで遡り得る。即ち、『醍醐寺雑事記』所引「李部王記」承平元年(九三一)九月三〇日条、[12]

又共過二貞観寺一。入二正堂一礼レ仏。次登レ楼見レ鏡及礼二塔下仏一。次礼二良房太政大臣堂仏一。観二楹絵八相一。寺座主説二其意一。中務卿親王以二綿二連一修二諷誦一。余又以二銭二千一同修。

の記事が、それである。『李部王記』の筆者重明《しげあきら》親王は、中務卿親王とともに藤原良房が建立した貞観寺に参詣した折、良房太政大臣堂の楹《はしら》に描かれていた「釈迦八相図」を、寺座主から「説二其意一」、絵解きを受けたというのである。

時代は下るが、道長の建立した法成寺金堂の扉には、「釈迦仏の摩耶の右脇より生まれさせ給」う場面から「沙羅双樹の涅槃の夕《ゆうべ》まで」の八相成道が描かれていたという、赤井達郎氏の指摘[13]がある。赤井氏が言われるように、「釈迦八相図」は、ガンダーラの彫刻、敦煌の壁画等々数多くの作品を残しつつ、我が国まで東漸して来たのだった。

我が国における「八相図」は、鎌倉時代の作が多いが、周知の如く、明恵の涅槃・羅漢・遺跡・舎利を扱った『四座講式』が成ったのも、鎌倉前期の建保三年(一二一五)である。明恵が催した高山寺の涅槃会は、午の刻から丑の刻までおよそ二十時間に及ぶ法式で、群衆の安全の為に途中で打ち切ったという。[14]『涅槃講式』は、「涅槃図」と関わるものであるが、後には「涅槃講」「おねはん会」などと称する年中行事と化して広まっていって、絵解きを含めた行事が今日まで続いている。以下に、二、三の例を挙げてみよう。

東福寺(京都市)の画僧・兆殿司《ちょうでんす》(吉山明兆《きっさんみんちょう》〈一三五二～一四五一〉)が応永一五年(一四〇五)東寺涅槃会の本尊として描いた「大涅槃図」(重要文化財、紙本著色、縦十五メートル・横八メートル)は、現在でも毎年三月一四日から一六日までの三日間、須弥壇中央に掲げられ、その前で『遺教経』を読誦、入滅の悲しみと永遠の悟りを祝す。請われれば、きわめて簡

図７　木版「涅槃図」（鈴鹿市・龍光寺）

略な絵解きもなされている。

また、東福寺の末寺であり、〝かんべの寝釈迦《ねじゃか》〟で人々に親しまれている三重県鈴鹿市神戸《かんべ》・龍光寺《りょうこうじ》の涅槃会は、三月一三日から一五日まで、本山東福寺蔵の明兆の「大涅槃図」を模写した図を本堂正面に掛け、住職をはじめ、閑栖や在家の信者が現代風に絵解きする。特に、閑栖衣斐賢譲師による弁説淀みない絵解きは、[15]

羅睺羅は、自分自らお釈迦さまのお弟子入りをされて、そして、ずうと《ママ》お釈迦さまの教えを守りながら聞きながら、こうやって最期の場を迎えた時に、おそらくこれは私の想像ですが、始めて《ママ》「お父さん、僕が羅睺羅ですよ」、お父さんも言われたか、「羅睺羅よ」、そのように、親子の呼び合いがここになされたのではないか。こんな素晴しい場面がほかにありますか。(中略)そんな素晴しいロマンが描かれておると、私はこの絵が大好きでございます。

と、視聴者の心をしっかりととらえる、見事な語り口である。

前述の東福寺に近い泉涌寺でも、毎年三月一四、一五、一六日に限って、日本一の大きさを誇る「涅槃図」(**図8**)、即ち、古磵明誉上人によって享保年間(一七一六〜三六)に作られた「大涅槃図」が開帳され、〝花御供《はなくそ》〟を頒けてもらう人々で、涅槃会は賑わいを見せるのである。

新潟県上越市寺町の太岩寺で三月一五日に行われる涅槃会は、〝涅槃会だんごまき[16]〟と呼ばれる年中行事である。この地方の絵師吉川永翠の手に成る縦五メートル八十一センチ・横四メートル二十五センチの「涅槃図」が本堂中央に掛けられ、向かって右側にやや時代の下る「釈迦八相図」十六幅が掛けられる。絵解きは、「八相図」から始められ、「涅槃図」を以て解き納められる形をとっている。当山の絵解きもまた、きわめて分かりやすい語り口調である。

ところで、いつ頃からか速断は避けねばならないが、我が国においては、「釈迦一代記図絵」や「釈迦八相図[17]」のような多くの場面を有する図柄よりも、一場面だけを描いた「涅槃図」の方が好まれたようである。従って、江戸時代には、英一蝶作「業平涅槃図」をはじめ、大根を釈迦に見立てた伊藤若沖描くところの「野菜涅槃図」、東京・池上の本

図 8　「大涅槃図」（京都市・泉涌寺）

行寺に伝わる「高祖日蓮大菩薩御涅槃拝図」、あるいは信州の絵師の手に成る「芭蕉涅槃図」、三世中村歌右衛門の「涅槃図」など、〝見立涅槃図〟の登場は、「涅槃図」の絵解きとともに、「涅槃図」を庶民の側に強く引き寄せたのであった。

七

かくして、「仏伝図」絵解きの東漸は、日本において「涅槃図」を中心に独自な展開を遂げ、今日まで脈々と続いているのである。

〔注〕

(1) 『日本文学研究の現状1　古典』(有精堂、平4・4)所収。
(2) 三弥井書店、昭57・2〈増補版　昭59・6〉。
(3) 『天台四教儀』に依拠するか。
(4) 『国訳一切経』「律部廿六」(大東出版社、大10・10)。
(5) 原漢文。国内人観光客用の小冊子。吉原浩人氏恵贈。
(6) 原漢文。国内人観光客用の小冊子。吉原浩人氏恵贈。
(7) ソウル市・法輪社、'89・10。
(8) 朝鮮王朝二十六代高宗《コジョン》王三四年のこと。
(9) 後述の「曹溪寺(ソウル市)大雄殿の壁画『釈迦一代記図絵』」参照。
(10) 「絵解き研究」7号(平1・6)。本書に「東鶴寺(韓国・忠清南道)の『釈迦八相図』絵解き」と改題して収めた。絵画に添えられた説明は、ハングルである。
(11) ビデオ録画時、強風だったために、残念ながら一部聞き取れなかった箇所がある。
(12) 『史料纂集　吏部王記(増補)』(続群書類従完成会、昭49・7)。
(13) 『絵解きの系譜』(教育社、平1・4)。

(14) 前掲赤井達郎氏『絵解きの系譜』。
(15) 倉田隆延氏「龍光寺衣裴賢譲師の『涅槃図』絵解き」(『絵解き研究』4号、昭61・6)。参考に図7に木版画を掲げておく。
(16) 倉田隆延氏「太岩寺『涅槃図』絵解きをめぐって」(『絵解き研究』3号、昭60・9)。
(17) 「仏伝図」関係の研究として、本稿で触れ得なかった領域から、幾つかを左に列記しておく。
徳田和夫氏「地獄語りの人形勧進」(『国学院雑誌』昭59・11月号)
川口久雄氏「変相図と絵解き」(『一冊の講座　絵解き』有精堂、昭60・9)
小峯和明氏「中世説話文学と絵解き」(『一冊の講座　絵解き』有精堂、昭60・9)
倉田隆延氏「千光寺細川秀道師の『涅槃図』絵解き」(『絵解き研究』6号、昭63・6)
百瀬明穂氏『仏伝図』(『日本の美術』267号、昭63・8)
中野玄三氏『涅槃図』(『日本の美術』268号、昭63・9)
小峯和明氏「仏伝と絵解き」(『絵解き――資料と研究――』三弥井書店、平1・7)
小峯和明氏「真福寺蔵『釈迦如来八相次第』について――中世仏伝の新資料――」(『国文学研究資料館紀要』17号、平3・3)
小峯和明氏「仏伝と絵解きII――中世仏伝の様相――」(『絵解き研究』9号、平3・6)

「生死輪」の流伝と絵解き

――インドからチベット・ネパール・中国・日本、そして韓国――

一

「五趣生死輪《ごしゅしょうじりん》」とか「六道輪廻図《ろくどうりんねず》（六趣生死輪とも）」と呼ばれる仏教絵画は、広くアジア諸国に伝承伝播されているもののひとつである。世尊（釈迦）が竹林精舎に在す時、目連尊者は屢五趣（天・人・畜生・餓鬼・地獄）を往来、その苦楽の模様を実見し、仏弟子たちに生死を厭い涅槃を欣《ねが》うべき旨を説いた際、世尊が彼らに寺門の屋下に「生死輪」を描くことを勧めた、という話に基づいた説話画である。その図様のあらましは、大小の輪形の組合せから成り、先ず轂《こく》に仏像と鴿《はと》・蛇・猪（すなわち、貪瞋癡《とんじんち》）を、轂から外周に向かって五輻《ふく》（五線）を引き、その出来た空間にそれぞれ五趣を、さらにそれらの外周に十二因縁を、各描いたものである。

「生死輪」は、夙くインドの仏教寺院で絵解きに供されたが、漸次チベット・ネパール・中国等のアジア各地に伝承伝播され、それらの国々でも、インドと同様に絵解きがなされたのであった。もちろん、日本にも伝来し、何らかの形で絵解きされたと思しい。

本稿は、「五趣生死輪」の発祥地インドをはじめ、アジア各地に伝わる「生死輪」を検討し、さらに日本及び韓国における「生死輪」の伝承伝播と教宣に言及する試みであることを、予めおことわりしておく。

二

仏教語に「悪趣」なる語彙がある。例えば、『仏教大事典（BUDDHICA）』（小学館、昭和六三年七月）では、

悪趣　あくしゅ　durgati　の訳。悪道ともいう。趣は赴く、往《ゆ》くの意。衆生がなした悪行の結果として、来世においで赴き生〔ママ〕じ苦の果報を受ける場所。地獄・餓鬼・畜生の三悪趣があり、さらに三悪趣に修羅を加えた四悪趣、また、三悪趣に人と天を加えて五悪趣（五趣）を立てることもある。なお五悪趣に修羅を加えて六道とも称する。仏教においては衆生は悪趣を生死《しょうじ》輪廻《りんね》すると考えられ、これを脱け出すこと（解脱）が初期仏教の理想とされた。↓六道

と記述している。因みに、文中の「六道」は、「六趣」とも言い、衆生が自ら行なった業《ごう》（行為）に応じて、次の世に輪廻転生（赴き生まれる）する六種類の世界であると、別項「六道」には記されている。

六趣説は、六観音・六地蔵・六道銭等々の言辞に示される、六道思想を拠り所とした信仰の存する中国や韓国・日本等、北伝仏教伝来の地域で広く採用されている。これに対して、『阿毘達磨大毘婆沙論』巻第百七十二や『大智度論』巻第十に見る如く、インドでは多くの場合、修羅を除く五趣説を採っており、五世紀頃のアジャンター石窟寺院第十七窟「五趣生死輪」（壁画）は、その代表的な例として知られるものである。

「五趣生死輪」もしくは「六道輪廻図」とは、衆生が五趣・六趣に生死輪廻、すなわち、輪廻転生するありさまを表現した説話画であることを、ここで強調しておきたい。時に、「五道輪」「生死輪」「十二縁起図」と呼称されることもある。

三

古代インドにおける「五趣生死輪」に触れる際、小野玄妙師の『仏教美術概論』（丙午出版社、大正六年一一月）を嚆矢に、諸家いずれも義浄漢訳『根本説一切有部毘奈耶雑事』巻第十七の一節を取り上げてきたことは、夙に梅津次郎氏「五趣生死輪図に就いて――絵解の絵画史的考察　その一――」（『美術史』一五・一六合併号、昭和三〇年四月）の指摘されるとおりである。本稿も煩瑣ではあるが、左記に西元龍山師訳になる『国訳一切経』律部廿六（大東出版社、昭和一〇年五月）から当該部分を引くこととする。

給孤《ぎふ》長者《こちようじや》は園を施せるの後に是の如きの念を作さく、「若し彩画せざらんには便ち端厳ならじ、仏若し許したまはんには我れ荘飾せんと欲す」。即ち往いて仏に白すに、仏言はく、「意に随せて当に画くべし」。仏聴《ゆる》したまへるを聞き已るに諸の彩色を集め并に画工を喚びて報じて言はく、「此は是れ彩色なり、可しく寺中に画くべし」。答へて曰く、「何処より作し何《いかん》の物を画かんと欲するなる」。報じて言はく、「我も亦知らず、当に往いて仏に問ひまつるべし。」仏言はく、「長者、門の両頬に於ては応に執杖薬叉《しふじやうやくしや》を作し、次傍の一面には大神通変《だいじんづうへん》を作し、又一面に於ては五趣生死の輪を画作し、簷下には本生事《ほんしやうじ》を画作し、仏殿の門の傍には持鬘薬叉《ぢまんやくしや》を画き、講堂処に於ては老宿苾芻の法要を宣揚するを画き、食堂処《じきだうしよ》に於ては持餅薬叉《ぢびやうやくしや》を画き、庫門の傍に於ては執宝薬叉《しふはうやくしや》を画き、安水堂処には龍の水瓶を持し妙瓔珞を著けたるを画き、浴室火堂には天使経の法式に依りて之を画き、并に少多の地獄変《ぢごくへん》を画き、瞻病堂に於ては如来像の躬自ら看病せるを画き、大小行処には死屍の形容畏るべきを画作し、若しは房内に於ては応に白骨髑髏を画くべし」。是時長者は仏より聞き已るに礼足して去り、教《けう》に依りて画飾せるに既にして並に画き已れり。

（傍点引用者・以下同じ）

即ち、寺院壁画として、「神通変」「本生事」「地獄変」等の仏教説話画とともに、件の「五趣生死輪」の描かれていたことが知られるのである。この説話は、釈迦が給狐長者に説いたこととされているが、とりもなおさずインド初期寺院の壁画のひとつとして、「五趣生死輪」を描出するのが一般的だったことを、物語っていると言えよう。

また、当時の「五趣生死輪」の図様を具体的に詳述した文献として挙《こぞ》って引かれるのが、次に掲げる唐代長安二年（七〇二）義浄訳出『根本説一切有部毘奈耶』巻第三十四所収の記述である。

爾の時世尊は阿難陀に告げたまはく、「一切時処に常に大目乾連あるには非じ、是の如きの輩《やから》は頗《はなは》だ亦得難きなり、是故に我今諸苾芻《びっしゅ》に勅して寺門の屋下に於て生死輪《しやうじりん》を画かしめん」。時に諸苾芻は画法を知らざりき。世尊告げて曰《のたま》はく、『応に大小の円に随うて輪形《りんぎやう》を作り、中に処して轂《こく》を安《お》き、次に五輻《ごふく》を安きて五趣の相を表し、轂の下に当りて捺洛迦《ならか》を画き、其二辺に於て傍生《ばうしやう》・餓鬼《がき》を画き、次に其上に於て人《にん》・天《でん》を画くべく、人趣《にんしゆ》中に於て応に四洲を作すべし、東毗提訶《とうびだいか》・南瞻部洲《なんえんぶしう》・西瞿陀尼《さいくだに》・北拘盧洲《ほくくるしう》なり。其轂処《こくしよ》に於て円の白色なるを作りて中に仏像を画き、仏像の前に於て応に三種形を画くべし、初に鴿形を作りて貪染多きを表し、次に蛇形を作りて瞋恚多きを表し、後に猪形を作りて愚癡多きを表し、其輞処《まうしよ》に於て応に漑灌輪像《がいくわんりんざう》を作りて多く水罐を安《お》きて有情生死の像を画作し、生けるは罐中より頭を出し、死にたるは罐中より足を出して、五趣処に於て各其形を像《かたど》るべし。周円に復十二縁生《えんしやう》生滅《しやうめつ》の相を画き、所謂《いはゆる》無明《むみやう》は行《ぎやう》を縁じ……乃し老死《らうし》に至るなり。無明支《むみやうし》は応に羅刹像《らせつざう》を作るべく、行支《ぎやうし》は応に瓦輪像《ぐわりんざう》を作るべく、識支《しきし》は応に獼猴《みこう》の像を作るべく、名色支《みやうしきし》は応に乗船人の像を作るべく、六処支《ろくしよし》は応に六根の像を作るべく、触支《そくし》は応に男女相摩触するの像を作るべく、受支《じゆし》は応に男女苦楽を受くるの像を作るべく、愛支《あいし》は応に女人の男女を抱くの像を作るべく、取支《しゆし》は応に丈夫《じやうぶ》の瓶《びやう》を持して水を取るの像を作るべく、有支《うし》は応に大梵天像《だいぼんてんざう》を作るべく、生支《しようし》（ママ）は応に女人《によにん》誕孕の像を作るべく、老支《らうし》は応に男女衰老の像を作るべく、病支《びやうし》は応に男女病を帯ぶるの像を作るべく、死支《しし》は応に死人を輿《か》くの像を作るべく、憂《う》は応に男女《なんによ》憂慼《うじやく》の像を作るべく、悲《ひ》は応に男女啼哭の像を作るべく、苦《く》は応に男女苦を受くるの像を作るべく、悩《なう》は応に男女にて難調《なんでう》の駱駝を挽《ひ》くの像を作るべく、其輪上に於て応に無情大鬼《むじやうだいき》の蓬髪《ふほつ》して口を張り長く両臂を舒べて生死輪《しやうじりん》を抱けるを作り、鬼頭の両畔に於て二伽陀を書くべし。曰はく、

「汝当に出離を求め　仏の教に於て勤修《ごんじゆ》し
生死の軍を降伏せんこと　象の草舎を摧《くだ》くが如くすべし。
此法と律との中に於て　常に不放逸《ふはういつ》を為《をさ》め
能く煩悩の海を竭《つく》さんに　当に苦の辺際《へんざい》を尽すべけん」。

次に無常鬼の上に於て応に白円壇《びやくゑんだん》を作りて以て涅槃円浄《ねはんゑんじやう》の像を表すべく、仏所教《ぶつしよきやう》の如くに門屋の下に於て応に生死輪なる者を作るべし』。時に諸苾芻は教《けう》を報じて而《すなは》ち作せるに、諸有敬信《あらゆるきやうしん》の婆羅門居士《ばらもんこじ》等は輪像《りんざう》を画けるを見て問うて言はく、「聖者、此の画輪は何《いかん》の事《じ》を表はさんと欲せるなりや」。苾芻答へて曰はく、「我亦表示する所は何なるかを知らず」。諸人報じて曰はく、「若し解《げ》せざらんには何に因りてか図画せる」。時に諸苾芻は黙して対《こた》ふる所なかりき。即ち此縁を以て具《つぶさ》に世尊に白すに、世尊告げて曰《のたま》はく、「応に苾芻を差して門屋の下に於て坐せ(しめ)、来往諸人婆羅門等の為に、生死輪転《しやうじりんでん》の因縁を指示すべし」。仏所教の如く指示者たらしめしに、時に諸苾芻は遂に簡択せずして、識解《しきげ》なき者をして其事を開導せしめければ、物の信を生ぜずして更に譏醜《きしう》を招けり。仏言はく、「知解者《ちげしや》をして諸人に指示せしめよ」。

（『国訳一切経』律部廿一、西元龍山師和訳、大東出版社、昭和八年九月）

世尊が寺門の屋下に描くべしと説いた「五趣生死論」は、無常大鬼が大円を抱いた形のもので、その絵を「知解者をして諸人に指示せしめよ」とは、絵解くことを意味した言辞に他ならない。無常大鬼の頭部左右に書かれた二つの伽陀、「汝当求出離　於仏教勤修　降伏生死軍　如象摧草舎　於此法律中　常為不放逸　能竭煩悩海　当盡苦辺際」は、後にアジア各地で見られる「五趣生死輪」に概ね記されていることも、併せて指摘しておきたい。

上に掲げた文に続く箇所では、問答形式の絵解きが繰り広げられていて、

時に王舎城に一長者あり、妻を娶りて未だ久しからずして便ち一男を誕みしに、（中略）貧生童子既にして漸く長大せしかば、師に付いて受業《じゅごふ》し、遂に同学と与《とも》に竹林園《ちくりんをん》に往けるに、寺門の下に至りて五趣生死輪《ごしゅしやうじりん》を画けるを見て問うて曰はく、「聖者、此名は何物なりや」。苾蒭報じて曰はく、「此は是れ五趣生死輪なり」。白して言さく、「聖者、我が為に宣説せよ」。苾蒭告げて曰はく、「汝当に善く聴くべし、所謂《いわゆる》捺落迦《ならか》・傍生《ばうしやう》・餓鬼《がき》・人《にん》・天趣《でんしゅ》の別なり」。又問ふらく、「聖者、此奈落迦の有情は、曽て何《いかん》の業を作してか斯《ざん》の斬斫碎身《ざんしやくさいしん》等の苦を受くるなる」。苾蒭報じて曰はく、「賢首《けんじゅ》、此れ十悪業道に於て極重心《ごくじゅうしん》を以て数作《しばしばな》して息《や》めず、彼業力に由りて今此苦を受くるなり」。（中略）座より起《た》ちて礼足《らいそく》して去り、家に還りて母に白して曰さく、「我れ向者《さき》に於て竹林園《ちくりんをん》に詣りしに、寺門の下に於て彩画せる五趣生死輪《ごしゅしようじりん》あるを見たり、所謂、奈落迦《ならか》と傍生《ばうしやう》と餓鬼《がき》及以人《およびにん》・天《でん》となり。下の三悪趣は我が欲せざる所、上の二趣は心に愛楽《あいげう》ありき。母よ、今人天に生ずるを得んと欲すや否や」。母曰はく、「得んと欲す」。（下略）

と、地獄を皮切りに、畜生（傍生）・餓鬼・人・天の順序で絵解きは進められていく。苾蒭に絵解きを請うた貧生は、幼くして父を失い、女手ひとつで育てられた青年として設定されている。このことは、当代のインド仏教寺院において、貧富の別なく、視聴覚に訴える説教、つまり、絵解きがなされていた一証左と考えてよいのではなかろうか。

なお、従来指摘されていないようだが、『根本説一切有部毘奈耶雑事』巻第三十三にも、

彼差の人遅れて門首に至りしに、時に露形あり毛毯を通披して其門下に於て生死輪を観ぜるに、尼は見て念を作さく、「我れ応に彼に就りて其清浄を告ぐべし」。即ち便ち礼足し合掌蹲踞して白して言さく、「聖者、存念したまへ」。彼即ち黙念すらく、「我れ今且らく彼の禿沙門女が何の言語を説くかを観ぜん」。（中略）先時の二尼即ち前みて答へて曰はく、「是れ我等来りて門首に至りしに、当しく是の如き形儀の聖者が生死輪を観ぜるを見たれば、我即ち彼に於て清浄を告げ已りて遂に本寺に還れり」。（下略）

（『国訳一切経』律部廿六）

の如く、「五趣生死輪」に言及している箇所のあることを述べておく。

また、『六趣輪廻経』(『国訳一切経』律集部十四、清水谷恭順師和訳、大東出版社、昭和九年一月)にも、注目しておかねばならない。清水谷師は「解題」において、

地獄・餓鬼・畜生・人間・修羅・天の六趣に亙りて其の酬ひて受ける業報の有様と其の原因をば細しく解いて因果の理の正しいこと、善行を修すべきことを勧めて居る全部流麗平明な偈誦より成る経文である。但し畜生趣に直ぐ次いで人趣を明し、修羅趣は人趣の後にあり、僅々四行のみの誦文であることは、六道の一般的公式から見ても変つてゐることに注意される。

と記しておられるが、右の傍点を附した部分こそ、紛れもなく「五趣生死輪」のスタイルと一致するのである。前掲『根本説一切有部毘奈耶』巻三十四の記述中に、「五輻を安きて五趣の相を表し、轂の下に当りて捺洛迦を画き、其二辺に於て傍生・餓鬼を画き、次に其上に於て人・天を画く」と記述されていたことを、思い起こしてみよう。件の『六趣輪廻経』は、清水谷師の御指摘の通り、

三世尊、正等覚の説き給ふ所に帰命す。常に利他を行じ、諸の功徳を積集せり。若し自身の口意による所作の善悪業は、果を感ずること定まりて差非ず別の造作者無し。最勝の導師よ、現證に慈愍を垂れたまへ　普ねく諸の有情の為に随業受報を説け。此れ正理に相応せば聞き已つて当に領受すべし。業は皆自心より作し、因と為りて六趣に馳す。三毒に由りて怖畏し、諸の物命を販売す。己を養はんが為に他を殺さば当に等活獄に堕すべし。彼寿は百千歳にして刀杖捶打を加へらる。死し已つて更に復た生れ是の如き苦報を受く。(中略)他の苦を見て喜を生じ諂曲にして疑惑多く　常に忿悪の心を懐けば焔摩の羅卒とならん。諸の苦果の種子は少略して分別せよ。身語心を清浄にせば畢竟して常に遠離せん。

地獄趣竟る。

と、地獄の記述で始まり、以下、餓鬼・畜生・人と説き、続いて問題の修羅を、

常に諂誑を行じ忿恚にして闘諍を楽しむ。昔施を行ぜしに由るが故に而も修羅王と作る。

修羅趣竟る。

のように略記し、最後に天に言及している。チベットのラマ僧たちの描く「五趣生死輪」は、天の一部に修羅を描出しており、少なからずこの『六趣輪廻経』の構成と似ている、と言ってよかろう。

『望月仏教大辞典』第二巻(昭和七年九月)所収「五趣生死輪」項は、この『根本説一切有部毘奈耶』巻第三十四の記述が、梵文経典"Divyādāna"にも見られること、そして、二伽陀が『雑阿含経』巻第四十四にも出てくること等を指摘する。しかしながら、L. A. Waddellの"The Buddhism of Tibet"(一九三四年)では、"Divyādāna"の方が『根本説一切有部毘奈耶』の原拠であると述べている。(1)

ところで、インド・アジャンター石窟寺院の第十七窟正面前廊左壁に描かれた大画面の「五趣生死輪」(図1)は、五世紀頃の作だという。(2)現在では剝落が甚だしく、輪形下半部は、轂部とともに大部分を欠いてはいるが、無常大鬼の抱く輪内が八輻に描き分けられていることは確認し得る。五趣の形をとっていないのは、すでに先学の言われる如く、地獄・餓鬼・畜生・人・天の内、人趣を経典に従って四洲に分けたからであろう。外周は、十二因縁(無明・行・識・名色・六処・触・受・愛・取・有・生・老死)の最後「老死」を、老・病・死・憂・悲・苦・悩の七相に細分し、合計十八に区画している。梅津氏が指摘されるように、(3)まさしく『根本説一切有部毘奈耶』巻第三十四の記事と合致するのである。因みに、この「生死論」が、チベットに流布するそれと同趣のものであることを断言したのは、前述のラマ教研究家L. A. Waddellだった。(4)

四

昭和五二年（一九七七）の第一回高野山大学ラマ教文化調査団に参加した頼富本宏氏は、「ラダック地方に見られる二つの壁画について」（『密教学研究』一〇号、昭和五三年三月）の中で、インドのジャム・カシミール州に属するラダック地方（インダス河上流域）の「生死輪（Srid pa'i khorlo）」に関して貴重な報告をされている。それによれば、この「生死輪」は、ラマ教全体に共通したモチーフであり、仏教古来の中心教義を取り込んだもので、宗派を問わず、ほぼ全ての寺院の入口の所に四天王などと並んで描かれているという。我々有情の生存は、死の神（無常大鬼）によって支配される輪廻の世界の中にあることを示した図だと説明したあと、頼富氏が現地で入手したチベット僧の手に成る木板画「五趣生死輪」の左上部に書かれたチベット文の偈文が、前掲『根本説一切有部毘奈耶』巻

図1　アジャンター石窟第17窟「五趣生死輪」（壁画、5世紀頃）

第三十四に収められた解脱を説く二伽陀と一致するものである旨、図版を掲げて述べておられる（氏が入手されたものと同じ架蔵木版画（**図5**）を後に掲げて、参考に供することとする）。

かように、この仏教教義に基づいて作られた「生死輪」は、アジャンター石窟第十七窟の壁画だけでなく、現にインドのラマ教仏教圏にも深く浸透していることを、知ることが出来るのである。

また、頼富氏は『阿毘達磨大毘婆沙論』巻第百七十二及び『大智度論』巻第十の記述を引き合いに出し、五趣説を採った場合見られる件の二伽陀が、六趣説に則った「六道輪廻図」[5]には見受けられない点に言及されたのだった。この他、「六道輪廻図」について、最上段の天と最下段の地獄は固定しているが、他の悪趣は左右入れ替わることがあること、「六道輪廻図」の場合、一部のものには各趣に観音が描出されており、それぞれの持物が有情救済に相応しい具であること、さらに、外周の十二縁起にヴァリエーションのあることを指摘されている。ラダックでの実見では、圧倒的に「六道輪廻図」が多数を占めていたとも言う。

なお、頼富氏が図像解説を分担された『チベットの密教壁画』（駸々堂、昭和五三年一一月）には、先のラダック地方調査の成果が盛り込まれ、部分図ではあるが、ガオン寺（通称フィヤン寺）諸尊堂の「六道輪廻図」（貪瞋癡・六趣・十二縁起から成る三重の同心円）、スピトク寺勤行堂の「六道輪廻図」（貪瞋癡・六趣・善趣と悪趣・十二縁起から成る四重の同心円）、ティクセ寺勤行堂の「五趣生死輪」（三重の同心円、ただし二伽陀はないらしい）が紹介されている。

五

チベットが中華人民共和国の自治区となってから、多くのラマ僧たちがインドやネパールへ逃れたことは、まだ記憶に新しいところである。

先にも触れたL. A. Waddellの研究によれば、チベットの「生死輪」は、多くの場合ラマ教寺院の大門にあり、そこ

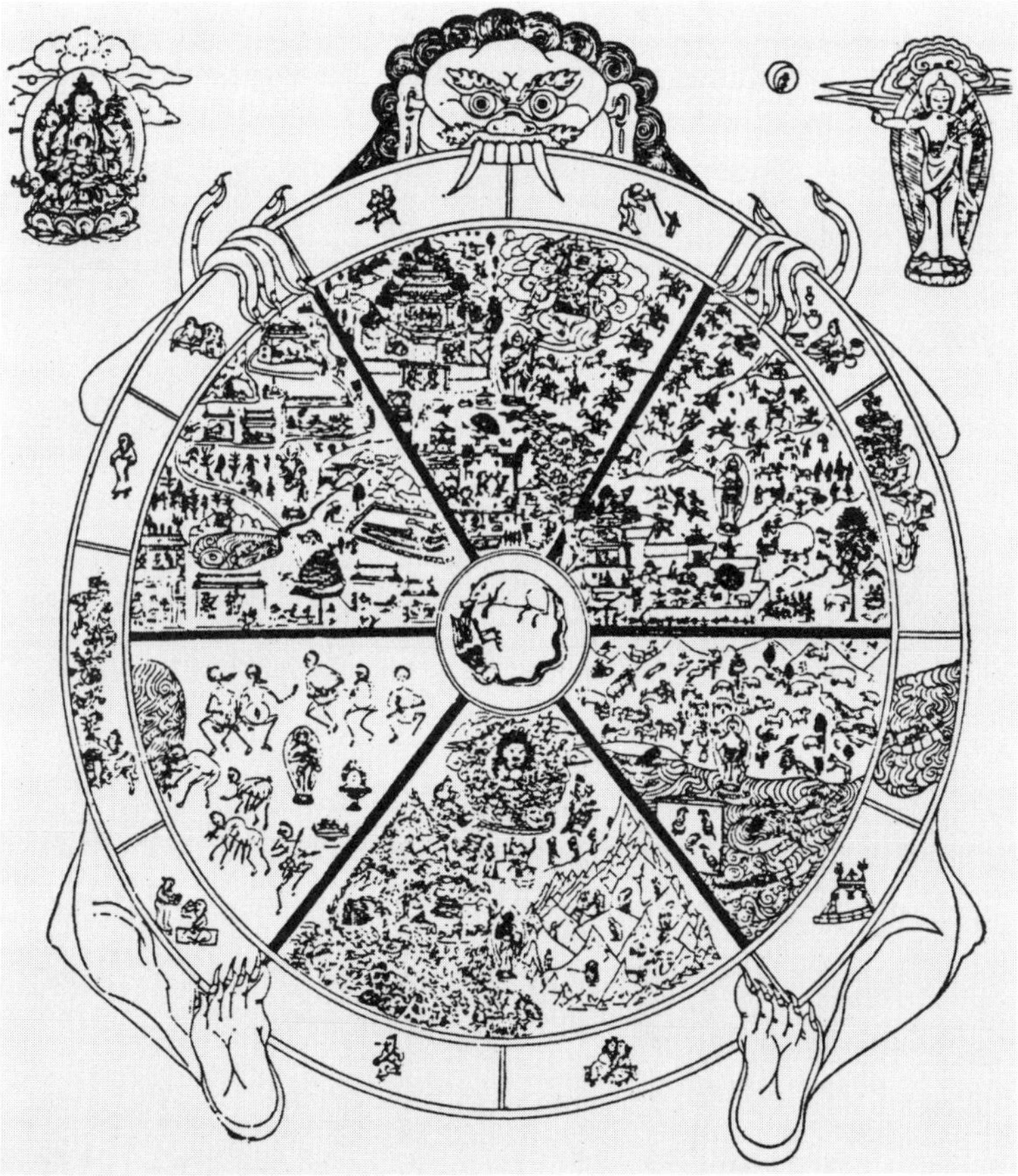

図 2　「六道輪廻図」
(Waddell “The Buddhism of Tibet”)

には講釈するための僧、すなわち、絵解き僧が任命されて居たという。[6] また、しばしば引用する梅津次郎氏の「五趣生死輪図に就いて——絵解き絵画史的考察　その一——」は、Waddellの"The Buddhism of Tibet"（一九三四年）（図2）、A. K. Gordon女史の"Tibetan Religious Art"（一九五二年）両書から、チベットで作られた別種の「六趣輪廻図」[7]を転載しているのである。

スタン（R. A. Stein）著、山口瑞鳳・定方晟訳『チベットの文化』（岩波書店、昭和四六年一〇月）第四章「宗教と習俗」は、ラマ教の宗教活動の最も重要な部分は、専ら僧侶と隠者の仕事そのものであることを説く。そして、在家信者の宗教活動と「生死輪」についても、次の如く述べている。

> 彼等（引用者注・在家信者をさす）の宗教活動としては、寺院や貧者に布施を行い、神仏の像のまえにランプをともし、巡礼をし、聖物や聖域の周囲をまわり、ラマに加護や呪文を願ったりして、福徳（bsod-nams）を積んでいくことが主要なことがらとなる。彼等は善を行うか悪を行うかによって、天神、阿修羅、人間、動物、餓えた亡霊、地獄の生きもの、の六つの境遇のいずれかに生れかわる（六道輪廻）という因果応報の原理を知っている。これら輪廻の境界は『世界の（輪廻の）輪』（srid-pa'i 'khor-lo）によって図示されているが、その絵はどこでも見ることができる。地獄の罰や死者の裁きは放浪の物語師によって通俗化されているが、彼らはかつて地獄に赴いたことがあり、そこから生きて戻ったのだと称している（'daslog:これは一種の死後生還譚であって、少なくとも十五世紀以来知られている）。

このように、スタンがチベットの地で見聞した「生死輪」もまた、「六道輪廻図」だったのである。

前述のごとく、チベットからネパールにやむなく移り住んだラマ僧たちの描く木板画「生死輪」も、六道のものの方が多いようだ。

日本国内に輸入されている、チベット及びネパールの現行「生死輪」の作例を一、二あげてみよう。直接買い付け販売をしている高円寺のインド民芸品店で扱っていた極彩色のそれは、店の人々の間で「六道輪廻図」と呼ばれていた。

図 3　便箋に印刷された典型的な「六道輪廻図」（ネパール）
“WHEEL OF LIFE（人生の車輪）” とある。

図4　便箋の表紙に印刷された「生死輪」（ネパール）

また、大阪市内のネパール・チベット仏教美術専門店(夫人はネパールの人)のポスターは、カラーの「六道輪廻図」[8]そのものであるし、都内で時折催されるインドやネパールの物産展示即売会場で見掛ける木板画「生死輪」をあしらった便箋(**図3・図4**)・カレンダーも、大部分はラマ僧の手に成る六趣を描いた図様である。かくして、六趣のものの方が数多く輸入され、しかも、それらは一般に「六道輪廻図」と呼び慣らわされているようである。

『毎日新聞』昭和六一年八月一五日夕刊のコラム欄「視点」は、「六道輪廻」と題する稲村哲也氏の、大変興味深い一文を掲載している。すなわち、

人間博物館リトルワールド(愛知県犬山市)に、ネパール・ヒマラヤ地方の寺院をモデルにして、昨年ラマ教寺院が建立された。現在十名のシェルパ族の専門仏画師が、マンダラ壁画を製作中である。すでに一年が経過し、十月には全ての内壁画が極彩色の神々で埋めつくされる。

壁画のひとつに六道輪廻図がある。(中略)煩悩を滅し、迷いから目覚めない限り、生老病死に代表される苦の輪廻が永遠に繰り返される。天道といえどもその幸福は一時的なもので、輪廻・転生観はラマ教徒には明確に意識され、死後は四十九日目に生まれかわると考えられている。(下略)

と。死後四十九日目に生まれかわるというラマ教徒たちの輪廻・転生観は、この「六道輪廻図」に具現化されているというのである。そこで、先年入手した木板画の五趣及び六趣の「生死輪」を掲げることとする(**図5・図6**)。

チベットの仏教的掛幅絵は、「タンカ(Tanka)」と称される。S. Hedinの"Trans-Himalaya"には、チベットで二人連れの絵解き比丘尼と邂逅した際の様子が、写真を添えて左記の如く記されている。[9]

二人の尼が経典のこみ入つた一連の物語を表した大きなタンカ(Tanka)を持つて私の居る庭を訪れた。一人が解説をうたひ上げると、一人はその箇所を棒の先で示す。彼女は非常によい声で感情をこめてうたふのでそれを聞くことは愉快であつた。

図 5　「五趣生死輪」（ネパール・木板画）
左上に二伽陀が書かれている。

図 6　「六道輪廻図」（ネパール・木板画）

このような絵解きの女語りは、日本における熊野比丘尼の「熊野観心十界図」絵解きを彷彿させるものである。今日製作されているタンカの中には、五趣もしくは六趣の「生死輪」もあり、かつて放浪の説教師あるいは絵解き師によって絵解きされた、と考えても差し支えなかろう。

六

中国の古い例としては、夙に『望月仏教大辞典』の「五趣生死輪」項が述べるように、唐代の釈道世『法苑珠林』第二十三に、王琰の『冥祥記』を引用した、

> 宋王球字叔達。太原人也。為涪陵太守。以元嘉九年於軍失守繋在刑獄。著一重鎖釘鍱堅固。球先精進。既有囹圄用心尤至。獄中百余人並多飢餓。球毎食皆分施之。日自持斎。至心念観世音。夜夢昇高座見一沙門。以一巻経与之。題云光明案行品。并諸菩薩名。球得而披読忘第一菩薩名。第二観世音。第三大勢至。又見一車輪。沙門曰。此五道輪也。既覚鎖皆断脱。球心知神力弥増専到。因自釘治其鎖。経三日而被原宥。（『大正新修大蔵経』五十三巻、大正一切経刊行会、昭三・一）

という記述がある。元嘉九年（四三二）南宋の役人王叔達が夢中に「五趣生死輪」を見たという話で、『根本説一切有部毘奈耶』漢訳よりも二百七十年程遡った六朝時代の出来事となるが、梅津氏が指摘のとおり[10]、その真偽は定かでない。梅津氏は、前掲論考中において、清朝時代のラマ教系統と目される、北京雍和宮内照仏樓南窓壁上の「生死輪」を、中国の遺例のひとつとしてあげるが、残念ながら、具体的な記述はなされていない。

ところで、近年、宋代の作と考えられる四川省大足県宝頂山の石刻「六趣生死輪」に関する紹介・考察が、写真を添えて相次いで行われた。まず、『大法輪』昭和五九年三月号は、口絵に「中国五万体の石仏像——大足石窟——宝頂山と北山」と題して、赤津靖子氏撮影の写真を掲げるが、その中の一葉が件の石刻なのである。併載の鎌田茂雄氏論「中国に

見た五万体の石仏群　口絵によせて――大足石窟」も、

南崖の中央にある出入口から大仏湾に入って行くと、まず最初に目につくのは護法神の群像である。注目すべきは六道輪廻図《ろくどうりんねず》である。仏教の因果応報、三世輪廻の教説が彫刻されている。中央の転輪王は巨輪を口にくわえて両手で支えている。巨輪の中央の仏像から六道の仏光がたちのぼり、巨輪を天上、人間、修羅、畜生、餓鬼、地獄の六つの部分に分けている。転輪王の頭上には三世仏の三体が並んでいる。転輪王の下の両側には夫婦が向いあって立ち懐胎の因縁を表わしている。

と記している。続いて、『仏教芸術』一五九号（昭和六〇年三月）もまた、口絵にこの石刻（**図7**）の写真を載せ、関連する菊竹淳一氏の論考「大足宝頂山石刻の説話的要素」を掲載する。菊竹氏は、初めに「大足宝頂山大仏湾石刻図像配置図」を図示し、

無常大魂《(ママ)》に抱かれた輪は、輪の中心に坐した仏像から発した六条の光帯により六区画され、それぞれが天上・人間・修羅・畜生・餓鬼・地獄の六道を表現したものと考えられる。無常大鬼の頭上には、三体の仏像が刻まれて、前世・現世・来世の三世仏を示したものと思われる。

の如く、言及したのだった。さらに、

無上《(ママ)》大鬼に抱かれた輪形内が六輻により六区画され、上方から右回りに天・阿修羅・畜生・地獄・餓鬼・人の六道をあらわし、周円は十八区にわかれ、上方から右回りに羅刹像（無明）、瓦輪像（行）、獼猴像（識）、乗船人像（名色）、六根像（六処）、男女相摩触像（触）、男女受苦楽像（受）、女人抱男女像（愛）、丈夫持瓶取水像（取）、大梵天像（有）、女人誕孕像（生）、男女衰老像（老）、男女帯病像（病）、輿死人像（死）、男女慼像（憂）、男女啼哭像（悲）、男女受苦像（苦）、男女挽難調駱駝像（悩）を表現して十二因縁譬喩の最後を老・病・憂・悲・苦・悩の七相にわけたことが考えられる。この表現は、『根本説一切有部毘奈耶』の記事にほぼ合致している。また、無上《(ママ)》大鬼の頭の左右両側に「汝常

図7　中国・宝頂山大仏湾・石刻「六趣生死輪」
無常大鬼の頭部左右に二伽陀が刻されている。

求出離　於仏教勤修　降伏生死軍　如象摧草舎　於此法律中　常為不放逸　能竭煩悩海　当尽苦辺際」の二伽陀が刻記されているが、この字句も経典に示すところとほとんど一致している。

と、詳述されている。そして、大足県文物保管所編『大足石窟』（文物出版社、一九八四年六月）を繙き、「大足宝頂山には、かつて〝引香師〟と呼ばれる絵解きが存在して壁面の一つ一つを絵解きしていたことが知られる」と述べる。『大法輪』『仏教芸術』二誌に収められた「六趣生死輪」の写真を凝視すると、無常大鬼の頭部左右に刻された二伽陀の字句は、まぎれもなく前掲『根本説一切有部毘奈耶』巻第三十四に見た、それなのである。

頼富本宏氏の調査結果によると、インド・ラドック地方の二伽陀を有する「生死輪」は、いずれも五趣説に拠って描かれたものに限られること、すでに紹介したとおりである。しかるに、宝頂山の石刻は、六趣説に則った「生死輪」でありながら、問題の二伽陀を刻している。はたしてどのように解釈すべきなのであろうか。

とまれ、夙くインドの初期仏教寺院の壁画に描かれた「生死論」の伝統は、絵解きを伴なって、この宝頂山大仏湾石窟に継承されたのであった。

中国の道教は、今日に至るまで約一八〇〇年の歴史を持つが、大陸に比して、台湾や東南アジアにおける道教は、純粋性に欠けていると言われる。換言すれば、後者は、民間信仰と深い関係を有するからであり、宗教民俗学の立場からは、きわめて魅力ある世界だといえよう。仏教思想の混在する道教が説く〝地獄〟とは、北の方に存在すると考えられてきた。台湾にいる道士たちも等しく、地獄は暗黒で極寒・多湿の北方にある、と語ってくれる。[11] 昭和六三年（一九八八）一月、台湾の寺廟調査の際、一五世紀以降盛んに作られるようになった道教の勧善書を各地で収集してきたが、その中の一冊、『絵図玉歴宝鈔勧世文』には、十王の図像とともに「六道輪廻面目」（図8）と呼ばれる挿絵が載っている。無常大鬼が描かれておらず、図様も如上のそれとは異なるが、いささか関わりがあろうことは、想像に難くないのである。

七

それでは、次に日本に伝わる「生死輪」を取り上げることとする。

梅津次郎氏の紹介された資料のひとつに、「高山寺本生死輪図巻」がある。(12) 天保一〇年(一八三九)六月、高山寺にゆかりの栗原柳庵が、ある伝本を忠実に模写したものが本書で、現在梅津氏の所蔵に帰している。この「生死輪図巻」は、高山寺の明恵上人と同時代の人物と見られる実勝の書写した奥書があるという。しかも、高山寺所縁の絵師兼康の手に成ると伝えられているのである。高山寺本(現在は散佚)自体が転写本であることは、上に述べたが、転写に用いた親本の破損まで正確に写し取っている。また、『根本説一切有部毘奈耶』巻第四十三を拠り所とする、例の無常大鬼の頭部左右に記す二伽陀に関しても、

□当於出離於仏□□修隆・生□

□法律中常為不放□□竭煩悩海汝当

・苦辺際

図8　「六道輪廻面目」(『絵図玉歴宝鈔勧世文』台湾・正一善書出版社)

の如く、誤字脱字が多く、転写本であることの証左たり得るという。かかる梅津氏の詳細な分析によれば、『根本説一切有部毘奈耶』の記述と多少の差違があり、「生死輪」の図像本的性格の伝本ということになる。つまり、本書が巻子本の形態であるため、いわゆる「生死輪」の大円の中心部から外周へと、巻子本を繙く順序に従って描く形を取っているのである。轂の中心には僧形坐像があり、その坐像に蛇だけ纏わっているが、原本そのものの三毒が、転写の時点で既に破損していたことを語っている。坐像の周囲には、五趣の代わりに十界を、さらにその外周に無明以下の十二因縁譬喩の形像を、それぞれ描いた図様だったと思しい（もっとも、十二因縁の最後である老死を、老・病・死・憂・悲・苦・悩の七相に分けている）。

前後するが、院政期の嘉承元年（一一〇六）、南都七大寺を巡礼した大江親通の『七大寺日記』「西大寺」条（『校刊美術史料寺院篇　上巻』中央公論美術出版、昭和四七年三月）の一節に、

興福寺（院カ）、百川大臣建立、（中略）金堂（中略）中門ニ額アリ、之内門上、十二因縁絵様、可見之

と記してあるが、彼は保延六年（一一四〇）再度南都七大寺を巡り、その時記した『七大寺巡礼私記』「西大寺」条（同前『校刊美術史料寺院篇　上巻』）にも、

興福院、至此寺者依旧記裁（載カ）許也、堂初顛倒無実、仍嘉承之比巡礼之日所不拝見也、金堂、（中略）此堂者百川大臣之造立云々、在西大寺南、中門有額、其門内上有十二因縁之絵様云々、

とある。すなわち、当時西大寺の南に位置する興福院[13]金堂の中門の内側上部に、額装仕立ての「十二因縁絵」があった。大江親通は、この絵に以前から深い関心を抱いていたらしいが、嘉承元年の巡拝時には見ることが出来ず、三十四年後の保延六年、漸く念願叶って拝観を許されたのだった。興福院の門額については、別に護国寺本『諸寺縁起集』「興福院」条に、甚だ興趣を惹かれる記事がある。次の一文が、それである。

興福院、興福寺、福田院、斎恩寺已上四箇伽藍藤氏□（一門カ）氏寺也、興福院額之□有十二縁起之図無明鬼形腹中

多□(在カ)種々人形

興福院の中門上部にある、「十二因縁絵」あるいは「十二縁起之図」と呼ばれる額絵の詳しい図様は、いずれの記事にも述べられてはいない。しかしながら、『諸寺縁起集』に付した傍点部以下の、無明大鬼の腹中に多くの人々の姿が描かれているという記述は、梅津氏が指摘されるように、「生死輪」の図様だと断じて差し支えあるまい。

これほどまでに、大江親通をして門額に執心ならしめたのは、いったい何であったのだろう。単に特異な図様だからという理由だけではあるまい。この門額が、『根本説一切有部毘奈耶』の記事を、ほとんどそのままに具現化したものであると、親通は知っていたのではなかろうか。言い換えれば、上に見てきたインド・チベット・中国の、仏典を拠り所とした「生死輪」の享受方法の具体例を考慮に入れると、わが興福院の門額もまた、『根本説一切有部毘奈耶』に説くような、絵解きの説教を持ち併せていた、と見做し得るのである。

八

残念ながら、わが国における中世の「生死輪」に関わる史料は見つかっていないが、近世になると、『根本説一切有部毘奈耶』の律文に従って、「五趣生死輪」の製作がなされた。すなわち、「高山寺本生死輪図巻」より夙く、天保三年(一八三二)江戸駒込西教寺八世の潮音は、画工に命じて「五趣生死輪」(**図9**)を描かせて印刻・彩色するとともに、自らも解説書として『五趣生死輪縁由』[14]なる小冊子を開板したのである。『縁由』末尾には、

今此図《いまこのづ》を松田氏《まつだうじ》なる人財《ひとざい》を出《いだ》して印刻《いんこく》せり、一切《いっさい》の世人《せにん》、此《これ》を見聞《みきく》の輩《ともがら》、仏法《ぶっぽふ》に信《しん》を発《おこ》し、早《はや》く五趣《ごしゅ》の苦輪海《くりんかい》をのがれいで、速《すみやか》に涅槃無為《ねはんむい》のさとりに至《いた》り給《たま》ふべしとなん

と記述されており、潮音が「五趣生死輪」を印刻するに至った事情を、知ることが出来る。

この「五趣生死輪」のあらましについて、簡単にふれておきたい。最上部に〝五趣生死輪〟と横書し、すぐ下に小円

図10　「五趣生死輪」
（嘉永３年・彩色木板画・掛幅）

図９　潮音が画工に描かせた「五趣生死輪」
（天保３年・彩色木板画・掛幅）

図12　西教寺版「五趣生死輪」
（赤黒二色刷り、明治期のもの）

図11　「五趣生死輪」
（明治24年・木板画）
天保３年の潮音印刻本に倣って製作されたもののひとつ。

図14　「五趣生死輪」
（萩市・海潮寺、肉筆彩色の額絵、関口静雄氏撮影）
無常大鬼の頭部左右に二伽陀が記されている。

図13　「五趣生死輪」
（岡崎市・九品院、紙本肉筆彩色の掛幅）
潮音の印刻本に倣って描かれたもの。

を描き、その上部に〃涅槃円浄〃と記す。無常大鬼が抱いた輪形の轂《こく》に仏像と鴿・蛇・猪を、さらに、轂から五輻《ふく》を引き、そのスペースに五趣を配し、外周には五輻の延長線上に当たる箇所に、生死《しようじ》の釣瓶《つるべ》五組を配す。『縁由』は、この生死の釣瓶を、

其外《そのほか》の輞《わ》に、水《ミづ》を汲《く》む物《もの》を画《ゑが》しむ、多《おほ》くつるべを画《ゑが》き、生《しやう》のつるべハ上《うへ》に向《むか》ひ頭《かしら》を出《いだ》し、死《し》のつるべハかへりて足《あし》を出《いだ》す、天上《てんじやう》も地獄《ぢごく》も五道皆生《ごだうミなうま》る、処《ところ》の姿《すがた》なり、生《しやう》のつるべにて汲《くミ》てハ死《し》のつるべにてあけ、くミてあくること、三悪道《さんあくだう》と人《にん》と天《てん》と、何度《なんたび》と云《いふ》ことをしらずと、たとへ給《たま》ふなり

の如く、説明する。大鬼の抱いた輪形の周囲には、前述の中国・宝頂山の石刻の場合と同様に、十二因縁を中心に十八種の絵相を描き、大鬼の頭部左右に二伽陀を記すのである。最下段には、返り点と送り仮名とを付した『根本説一切有部毘奈耶』巻第三十四の当該部分と、宋の道誠編『釈氏要覧』下「雑記篇」にふれ、潮音の「天保三年壬辰仏降生日東都駒山沙門潮音識」なる識語を持つ文言を掲げる。

爾来、嘉永三年(一八五〇)七月**(図10)**と明治二四年(一八九一)一二月四日**(図11)**にも、この潮音の印刻本に倣《なら》って、他の者の手で製作されている。また、西教寺では後年(明治二〇年代と思しいが)、薄手の楮紙に赤黒二色で印刷した小振りの「生死輪」**(図12)**を、四ページの活字本『五趣生死輪縁由』とセットで作った。そして、明治四四年(一九一一)、このセットは再版されるに至ったのである。

昭和六一年八月下旬、龍谷大学図書館を調査した際、京都の永田文昌堂・沢田文榮堂から明治二四年一二月六日出版された、小さな「生死輪」を巻頭に挟み込んだ小山憲栄『五趣生死輪弁義并画図』なる一書を実見することが出来た。この小冊子は、上述の明治二四年永田長左衛門(永田文昌堂)印刻「五趣生死輪」(架蔵)**(図11)**の解説書と思しいものである。[15] 関口静雄氏によって関口氏蔵本が『絵解き研究』八号(平成二年六月)に翻刻・紹介されているので、ここでは本書の存在を指摘するだけに留めておく。

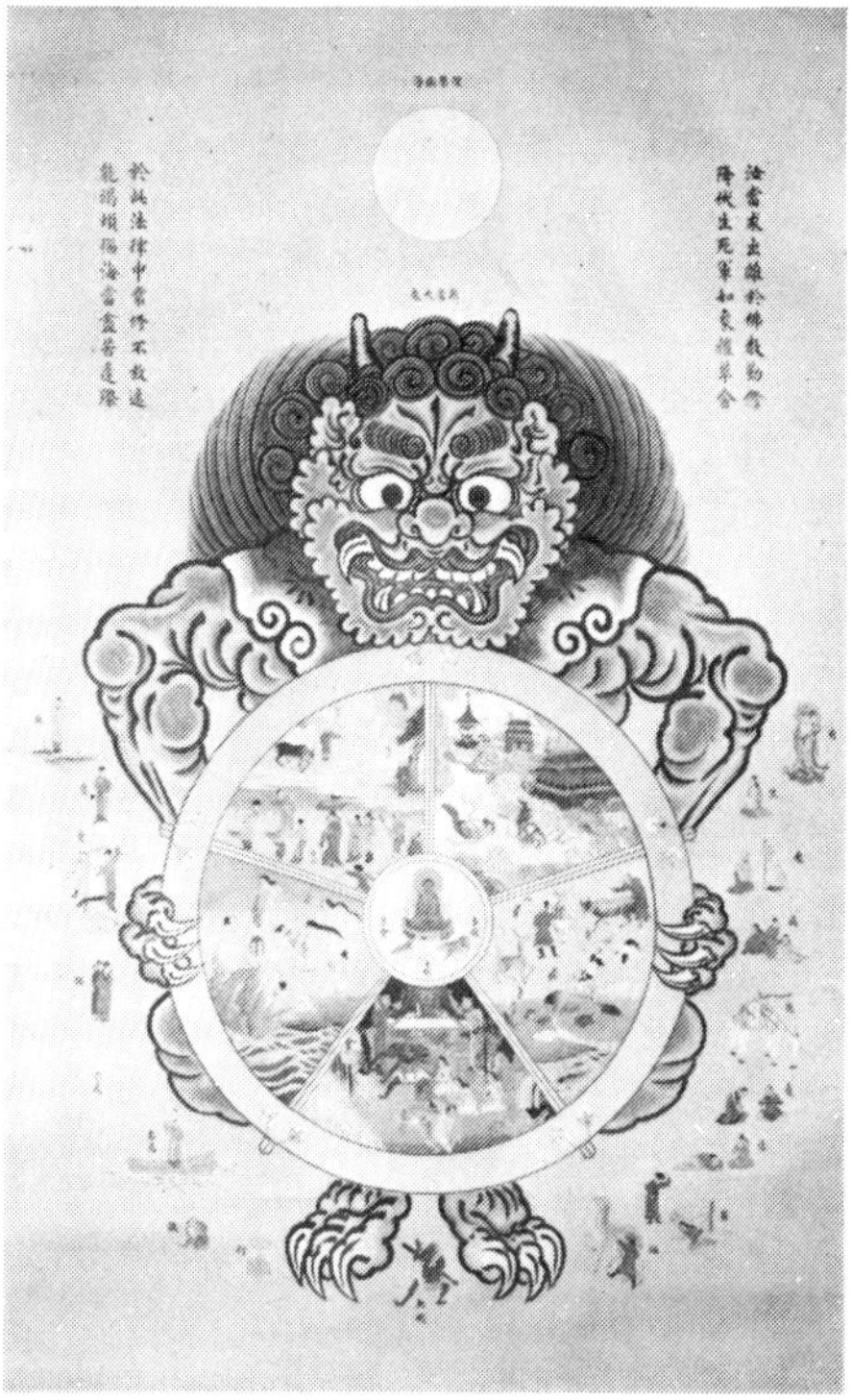

図15　「五趣生死輪之図」
（川崎市・妙楽寺、明治25年制作、紙本肉筆彩色の掛幅）
潮音独自の発想を取り入れているが、下部に「根本説一切有部毘奈耶」等の文言はない。

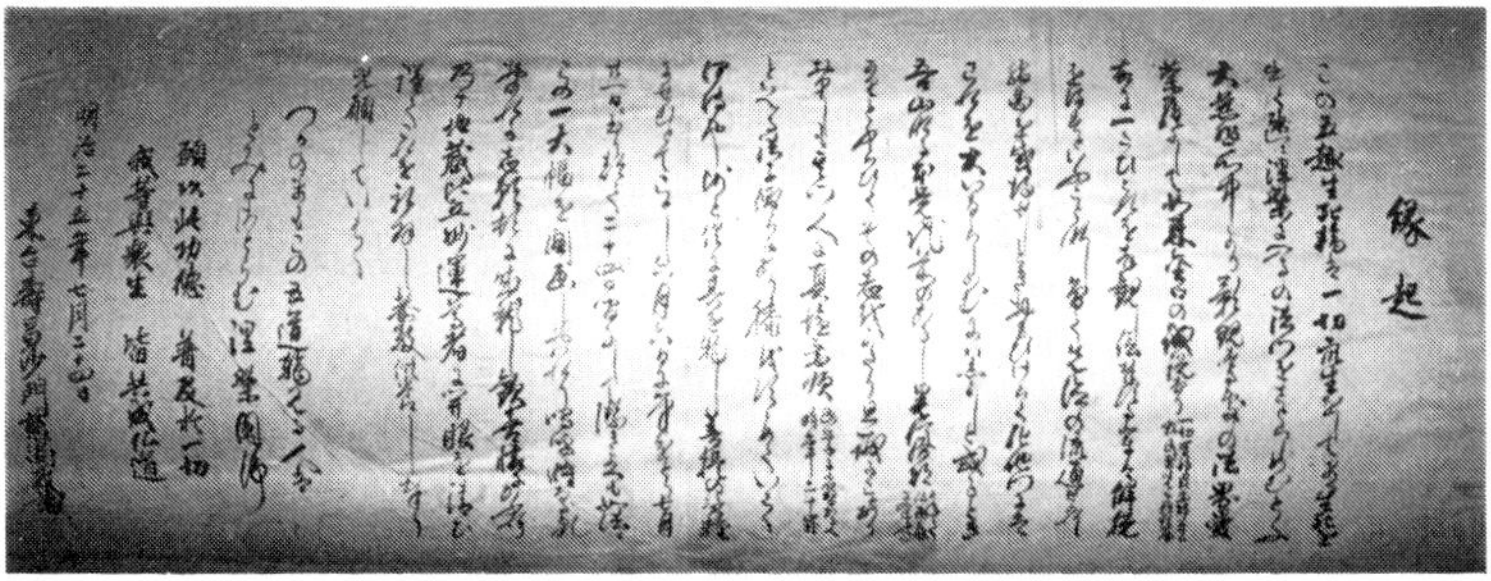

図16　「五趣生死輪之図」裏書の「縁起」（川崎市・妙楽寺）
明治期の「生死輪」制作意図を知るための貴重な縁起文である。

潮音が印刻した「五趣生死輪」を忠実に再現した肉筆彩色画（掛幅絵）（**図13**）が、愛知県岡崎市の九品院に伝わっている。江戸末期の作である。さらに、関口静雄氏の御教示によれば、明治期の作と思われる肉筆彩色の額絵「五趣生死輪」（**図14**）が、山口県萩市の海潮寺にも蔵されている。最下部に〝五趣生死輪〟と書かれていて、件の文言はないが、無常大鬼の頭部左右には二伽陀があり、図様そのものは、潮音の印刻本を典拠としていることは、言を俟つまでもないのである。

ところで、平成元年二月下旬、川崎市内寺院の仏画調査の際、多摩区・妙楽寺（天台宗）で、縦二九四・七センチメートル、横一七三・二センチメートルという、極めて大幅の明治二五年作・紙本肉筆彩色画「五趣生死輪之図」（**図15**）を実見する機会があった。二伽陀を有し、図様もすべて潮音独自の発想を取り入れているが、『根本説一切有部毘奈耶』や『釈氏要覧』を引いた文言は、記されていないものの、この「生死輪」に大いに興味を惹かれるのは、裏面に次のような縁起文（**図16**）が記述されているからである。

縁　起

この五趣生死輪は一切衆生をしてよく生死を出て速ニ涅槃に入るの法門をさとらしめむとす《（ほとにカ）》大慈悲心中より影現する処の法界曼荼羅にして如来金口の誠説なり一切有部毘奈耶三十二《（ママ）》 釈氏要覧下雑記篇 故に一たひこれを拝観し信奉する輩は解脱を得すといふことなし曽て先徳の流通せられし縮図を感得せしときおもひけらく化他門にはこれを大いならしめむにハしかしと或るとき吾山なる本覚院のあるし晃信僧都かねて仏画三昧《（聖カ）》に入れる人也かりとふらひてその志をかたり思議ることありおりしも其門人に真塩乗順画業に耆習ある人 時年二十歳といへる法《（朕カ）》子側らにあり膝をすゝめていはくいまや沙と倶に其を物し菩提の資糧にせむとてことし六月六日に筆をとり七月廿一日ニ至り都て二十(四)《六》日間にして潔きよくも妙法ニこの一大幅を図画しおハれり嗚呼時なるかなおのれの志願頓に成就し歓喜懐にあふれり乃チ地蔵比丘妙運導者に開眼を請ひ謹てこれを礼拝し恭敬供養し奉り呪願していはく

つかのまもこの五道輪見る人は
とみにさとらむ涅槃円満
願以此功徳　普及於一切
我等與衆生　皆共成仏道
明治二十五年七月二十四日
東台寿昌沙門慈尚敬識

「曽て先徳の流通せられし縮図」、すなわち、以前眼にした潮音の「五趣生死輪」という意であるが、それを参考に、妙楽寺住持は絵心のある若い乗順と相計って、明治二五年（一八九二）六月六日に筆を執り、二十六日間を費やしてこの大幅を完成したのだという。開眼供養は、地蔵信仰に深く惹かれて自ら地蔵比丘と称していた、東京・上野山内の浄名院三十八世妙運大和尚の手で執り行われたのだった。詳述は後日に譲るが、地蔵比丘妙運は、再度の浄名院住職となった明治一二年（一八七九）三月二四日地蔵の日に、八万四千体の石地蔵建立を誓願、法弟の三十九世光輪と二代にわたって、全国各地で石地蔵の開眼を行なった人物として知られる。昭和三年（一九二八）に浄名院から出された『八万四千体地蔵尊縁起』によると、妙楽寺の「生死輪」開眼前後の教宣活動として、廃院と化していた寒松院を再建して地蔵尊を本尊に祀ったり、下野岩船山に石地蔵数体を建立している。かくして、妙運大和尚こそは、妙楽寺の「生死輪」開眼に相応しい人物だったと言えよう。[16]
庶民教化のための「五趣生死輪」製作が、近代になってからも続いていたことを、前掲資料とともに、この「縁起」は語ってくれるのである。

図17　「大方広仏華厳経巻第三十七変相」（韓国・海印寺）
高麗時代に作られた「華厳経変相板（周本）」と呼ばれる板木42枚中の１枚。

図18　「十八界図」（韓国・海印寺「大方広仏華厳経巻第三十七変相」部分図）

九

インド以下、チベット・ネパール・中国、そして日本の、現存「生死輪」を中心にその流伝を眺めて来たのであるが、従来報告例のなかった韓国にも「生死輪」は存在していた。

韓国三大寺刹のひとつで、法宝の寺といわれる海印寺《ヘインサ》（慶尚南道）に伝わる「華厳経変相板（周本）」と呼ばれる板木四十二枚の中に収められた「大方広仏華厳経巻第三十七変相」[17]（**図17**）が、それである。「六道輪廻図」であるのだが、ただ残念なことに、今まで取り上げてきた「生死輪」とは異なり、あくまでも「大方広仏華厳経巻第三十七変相」と題する木板画の一部分（**図18**）にすぎないのである。張忠植氏『高麗華厳板画의世界』（ソウル市・亜細亜文化社、一九八二・九）では、この「大方広仏華厳経巻第三十七変相」そのものを、

第三十七巻：第六現前地と第七遠行地についての説明の絵である。衆生が無明によって輪廻する姿を、円相の画面の中に現わし、その中に十八界を表示している。また、その外には、六根作用として認識する衆生の妄念を猿にたとえた姿で表現している。（原文・韓国語）

と解説しており、いわゆる「六道輪廻図」は、「十八界図」と呼称するほうが相応しいとも言えよう。輪形の右下には猿がこの輪形を転がす形を表現し、轂に仏像と鴿・蛇・猪を、その外側に六道をそれぞれ描き、さらに外周を十八に区画して十八界を描いている。加えて、一番外周には、非常に抽象的・象徴的な形で衆生の輪廻する様を表現しているのである。

高麗の文宗《ムンジョン》（一〇四六～八二）代に、その第四子大覚国師義天《ウイチョン》の手で『続蔵経』が開板されたが、「十八界図」を含む「華厳経変相板（周本）」の開板も、この時なされたようである。参考資料として供した印本（**図17**）は、契丹の寿昌四年（一〇九八）板の復刻板彫造の複製で、全郭縦二三・五センチメートル、横五七・五センチメートルの大きさとなって

図19　絵はがきの「六道輪廻図」
（韓国）ソウル市内で売られていた。

図20　絵はがきの「五趣生死輪」
（韓国・ソウル市内で）

図21　絵はがきの「生死輪」
（韓国・ソウル市内で）
無常大鬼が抱く輪形は、ネパールの銅版カレンダーのそれに酷似する。

図22　絵はがきの「生死輪」
（韓国・ソウル市内で）
輪形内にはヒンズー教の影響がうかがわれる。

いる。

なお、ソウル市中心部にある曹渓宗《チョゲジョン》総本山の曹渓寺《チョゲサ》周辺に集まる仏具店では、「生死輪」の図様をあしらった絵はがき数種（**図19・図20・図21・図22**）を販売しているが、原画の所在に関しては、**図21**を除いては、手掛かりをつかんでいない。しかしながら、こうした図柄の絵はがきが売られていること自体、およそ日本とは比較にならない、真摯な仏教信者を擁する韓国ならではの今日の姿、と言ってもよかろう。

一〇

仏教文学と絵画とを中心とした日韓文化史の比較研究の一端を述べるべく、アジア諸国に伝播する「生死輪」を見てきたが、これは、どこまでも序説にすぎない。今後、さらに考えてみたいと思っている。

〔注〕

（1）梅津次郎氏「五趣生死輪図に就いて――絵解の絵画史的考察　その一――」（『美術史』一五・一六合併号、昭30・4）参照。

（2）中村元氏編著『図説仏教語大辞典』（東京書籍、昭63・2）。

（3）注(1)に同じ。

（4）注(1)に同じ。

（5）頼富氏は「六趣輪廻図」と称しておられるが、本稿では、引用文を除いては、原則として従来通り「六道輪廻図」と統一して表記することとした。

（6）注(1)に同じ。

（7）梅津氏は、Waddell及びGordon女史がそれぞれ掲載した「生死輪」を、五趣とされるが、それは誤りで、ともに「六道輪廻図」である。

（8）同店では「六道輪廻図(解説)」なる一枚のコピーを配っている。すなわち、「六道輪廻図」を掲げてその図様の各部分を説明したものである。それによると、六道のそれぞれに衆生救済の地蔵を描く旨、説いている(因みに、前記頼富氏論中では、それは観音だと分析されているが）。また、無常大鬼の左右の像は、釈迦と観音だという。
（9）岡見正雄氏「絵解きと絵巻、絵冊子――近古小説のかたち（続）――」（『国語国文』昭29・8月号）参照。
（10）注（1）に同じ。
（11）「善書」とも。神仏の功徳を得たいと願う人は、勧善書と呼ばれる経典や精神修養書の類を印行、寺廟において無料配付することで、地獄から救われる、と考えられている。
（12）注（1）に同じ。
（13）天平勝宝二年（七五〇）頃、藤原良継の建立といわれる。
（14）全文は、永井啓夫・林雅彦・久野俊彦「〈翻刻〉潮音『五趣生死輪』（日本大学総合図書館黒川文庫蔵）」（『絵解き研究』4号、昭61・6）を参照されたい。
（15）刊記が明記された五丁裏のあとに、「今般弊堂に於て新たに左記の諸図を木板に上せ、緻密の彫刻を以て鮮麗の彩色を施し、価を廉にして貴需に応ず、茲に功成事を以て江湖望諸彦に謹告す」と銘打って、「大経五善五悪段掛図」「仏法双六」とともに、件の「五趣生死輪」について、所謂出版目録（広告）を掲げているのも、その一証左である。なお、近年、架蔵に帰した一本がある。
（16）文政一〇年（一八二七）元旦に大阪南堀江に生れ、明治九年（一八七六）東京上野・浄明院三十八世住職となる。同四四年（一九一一）三月一九日寂す。八十五歳だった。和歌や漢詩・和讃をよくし、その中には、「六道輪廻二首」の詞書を有する、

親となり子となりめぐる小車の迷ふ夢路やはてしなからむ
千歳ふる鶴のよはひもなにかせむ皆うたゝねの夢の世なれば

のような和歌が存する。絵にも秀で、地蔵尊を数多く描いている。
（17）この図を日本に初めて紹介したのは、鎌田茂雄氏で、『朝鮮仏教史』（東京大学出版会、昭62・2）の表紙カバー及び扉絵に用いられた。ただし、本図そのものについては、言及していない。

韓国・台湾の「地獄絵」

一

台湾や韓国の寺院では、今も閻魔王を中心とする十王信仰が人びとの素朴な心をとらえているようで、門前では、十王を歌ったカセットテープやCD、奇怪な地獄絵などが売られたりもしている。

図１　奉恩寺（ソウル市）冥府殿の入口

地蔵と十王の信仰は、中国・韓国・日本において長年月にわたって盛行してきた信仰で、民間信仰にも多大な影響を与えてきた。十王信仰の中でも、第五の閻魔王に対する信仰は、インドから仏教伝来と共にもたらされたもので、その歴史は古い。古代インドの死者の神Yama神が閻魔または閻羅と漢訳されたのである。夙く中国では、冥途に居る十王が死者の罪状を裁くのだと考えられた。十王の呼称や服装もすべて中国風に変じた。そして、死後冥府に赴くと、初七日から四十九日まで、七日毎に一王の裁きを受け、さらに百ヶ日・一周忌・三回忌と都合十人の王たちの裁決を受けねばならないと信じられるようになったのである。

二

慶尚南道の名刹通度寺《トンドサ》をはじめ、韓国の多くの寺院においては、冥府殿《ミョンブジョン》(**図1**)の内部に「地蔵願讃二十三尊図」及び「十王幀」(十王図)の他に、地蔵・十王・日直使・月直使などの塑像を祀っており、根強い地蔵・十王信仰の世界を垣間見ることが出来るのである。高麗板「預修十王生七経変相」などの存在からみて、高麗時代以降、韓国の地蔵・十王信仰は隆盛となり、各寺院で冥府殿を建てた。こうした盛行の背景には、中国で撰述された『閻羅王預修生七往生浄土経』が大いに与ったようである。

わが国と同様、韓国でも、地蔵は冥府に堕ちた衆生を救済する菩薩だと考えられた。従って、冥府殿には十王と共に地蔵も祀られているのである。現行の『釈門儀範』礼敬篇「大礼懺礼」によれば、韓国寺院には大雄殿(日本の金堂に当たる)・弥陀殿(極楽

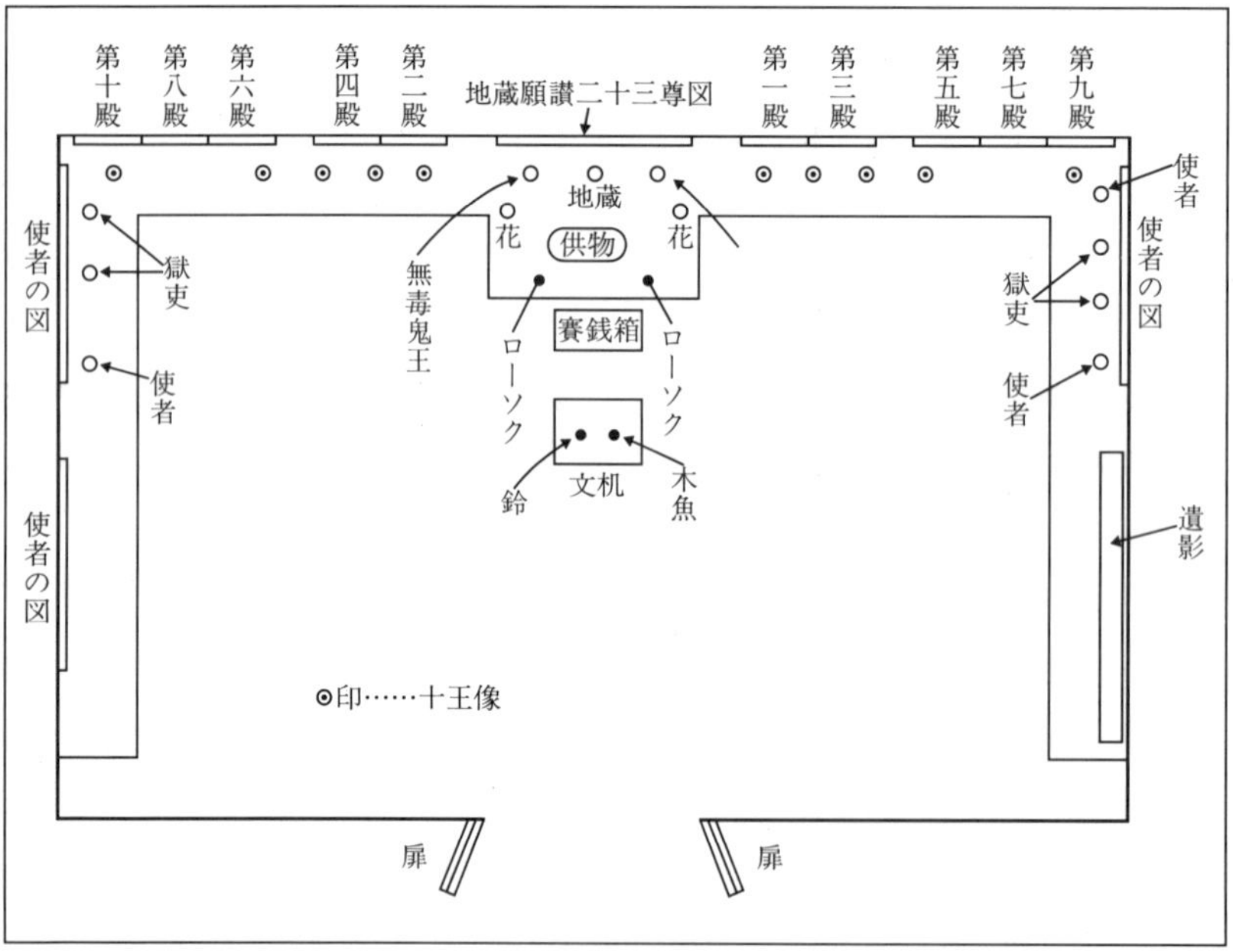

図2　奉恩寺冥府殿平面図

殿）・観音殿などと共に、地蔵殿または冥府殿が存する。生前預修斎と呼ばれる仏教儀礼も盛んであるが、これは十王の裁決を予見した信仰である。

ソウル市内の曹渓宗《チョゲジョン》・奉恩寺《ポンウンサ》の冥府殿内は、右の**図2**の如くなっている。太古宗《テゴジョン》の総本山奉元寺《ポンウォンサ》の冥府殿も大同小異の構造である。因みに、前掲『釈門儀範』礼敬篇「冥府殿」によると、冥府殿上壇に「地蔵願讃二十三尊図」を、その前に幽冥教主たる地蔵像、その左に道明尊者像、右に無毒鬼王像を脇士とし、さらに十王や判官鬼王・童子・使者・卒吏などを配すべく記述されている。同書所収「十王疏」にも同内容の記事が見られる。究極件の「十王幀」は、地獄（冥界）の恐ろしさを説き、冥界救苦の信仰に則って存在するのである。

ところで、韓国には、一六世紀以降広く人々に知られた「回心曲《フェシムゴク》（悔心曲とも）」と称する仏教歌謡が伝わっている。釈迦の功徳を蒙り、この世で善悪どちらかを選んで生きてきた後、あの世では因果応報によって（善人は極楽へ往生し）悪人は地獄に堕ちる。このことを戒め、着実に生活し、心の修行をすべきことを説いたものである。異本が生ずるほど、「回心曲」は寺院を中心に人口に膾炙した。『釈門儀範』にも収められている他、カセットテープが七、八種の他、CDも市販されており、例えば、現在民謡歌手として活躍中の金英妊のそれの一節は、

> 無情歳月　流れの如し、あっという間に　二・三十になり、父母の恩を　返そうとしたら、朝方元気だった体が夕方病気深く、弱々しいわが身（中略）わが命絶えた時、第一殿に　奏広大王、第二殿に　初江大王、第三殿に　宋帝大王、第四殿に　五官大王、第五殿に　閻羅大王、第六殿に　変成大王、第七殿に　泰山大王、第八殿に　平等大王、第九殿に　都是大王、第十殿に　転輪大王、十の十王の使者　日直使者、月直使者、片手に鉄棒　片手に槍剣を持ち、鎖を下げて、弓のように　曲がった道を　矢のように　飛んできて、締まった門を　蹴っとばし、姓名三文字で　呼び出し、早く行こう、急いで行こう、（中略）弱々しいわが身に　太い鎖を捲いて　引っ張るので、肝をつぶすように　苦しい（下略）　（原文・韓国語）

となっている。韓国の寺では「十王幀」(十王図)の絵解きはしていないようだが、この歌謡の詞章は、地獄の恐怖を掻き立てるのに十分な役割を果たしている。チベットやネパールの五体投地に似た韓国仏教の礼拝の仕方は、冥府殿の「十王幀」の前でも常に見られる光景であることを、付言しておきたい。

三大寺刹のひとつ、慶尚南道にある海印寺《ヘインサ》に蔵される『八万大蔵経』(『高麗大蔵経』とも)中の「大方広仏華厳経巻第三十七変相」(前章図17参照)は、チベット・ネパール・中国・日本などに伝わる「五趣生死輪」とか「六道輪廻図」と呼ばれる広義の地獄絵を載せている。また、ソウル市中心部の曹渓寺《チョゲサ》(曹渓宗総本山)周辺に集中する仏具店では、この種の絵はがきを販売している。それは、今日に生きる地獄絵の姿だと言えよう。

三

次に、台湾の地獄絵について述べることとしたい。

中国の道教は、現在に至るまでおよそ千八百年の歴史を有する宗教である(大陸に比して、台湾・東南アジアの道教は純粋性に欠ける。つまり、きわめて民間信仰と深い関わりを持つと言われている。それは、大きな魅力でもある)。仏教と混淆した道教が説く地獄の数は、六、八、九、十八、二十四、三十六、八十一と様々ではあるが、いずれも地獄は北の方にあると信じられてきた。今の台湾の道士たちも、地獄は暗黒の寒くて湿り気の多い北方に存すると言う。

道士が用いるための地獄絵—「十王図」あるいは「十殿閻王及十八層地獄画像」なる掛幅絵が存する。劉文三著『台湾宗教芸術』(雄獅図書股份有限公司、一九八三年)は、このような絵画が民衆の心を強く捉えるものの、伝統的中国絵画とは少し異なり、超現実的画風だと指摘している。この道士用「十王図」は、葬儀の折、祭場内に掛けるのだと言う。

仏教の色濃い地獄思想を呈する『白話玉暦』『玉歴至宝鈔』『絵図玉歴宝鈔勧世文』(前章図8参照)の如き道教の勧善書

が、一五世紀以降盛んに作られ、十王は死命を司る神であると説かれた。『地獄遊記』と題する勧善書も存する。これらの書籍は、功徳のためにしばしば寺廟で無料配布されており、人々は容易に入手出来るのである(所謂『家庭暦』には、

図3　麻豆代天府の広場で神がかり直前の道士(上半身裸の男性)

図4　麻豆代天府の神前でポエ(半月形の占具)を使って願い事をする老婦

神仏の生誕日が記されているが、十王についても例外ではない）。『白話玉暦』の記述に従えば、第一の秦広王・第十の転輪王を除く各の十王に即して、それぞれ十六の小地獄が存し、死者はそこで責苦を受けねばならないという。かくして、人々は勧善書を印行・無料配布することによって、地獄から救われると考えたのである。

台南県麻豆《マトン》の代天府《タイテイエンフ》（図3・4）には、「十八地獄」と銘打った電動仕掛けの立体的な地獄セットがあり、いささか度肝を抜かれる。また、台北市に近い新荘の地蔵廟内にある地蔵庵には、六幅一対から成る「十王図」が常時掛けてあり、その前には十王の当該王像が安置されている。六幅目左上部には「一心十界図」も描かれている。

前後するが、言うまでもなく仏教寺院においても、古態に則った「仏説十法界図解」（「一心十界図」とも。図5）とか、『絵図玉歴至宝鈔勧世文』の挿図にも採られている「六道輪廻面目」といった、一枚刷の絵画を見かける。こうした事例

図5　獅頭山大元寺（獅岩洞・新竹県）の壁に貼ってあった「仏説十法界図解」。

に鑑みて、『十王経』を拠り所とする地獄思想が、仏教の側からも台湾の人々の中に滲透していることが知られるのである。

図6　通度寺《トンドサ》（慶尚南道）一柱門　（韓国三代名刹のひとつ）

四

韓国には、日本のような「地獄絵」はないようで、「十王図」の形をとる。寺院の冥府殿には、多くの場合、地蔵や十王の像と共に「十王幀（十王図）」が祀られている。華厳寺《ファオムサ》（全羅南道）の「十王幀」は、製作が一八六二年と明確な絵画である。また、修徳寺《スドクサ》（忠清南道）の冥府殿では、見事な彫刻が「十王幀」の代りをしていて、珍しい。前章に述べた如く、曹渓寺《チョゲサ》（ソウル市）付近の仏具店では、仏画の複製や絵はがきを売っており、その中には「五趣生死輪」の絵はがき数種も見られる。

左に、通度寺（慶尚南道）**（図6）**冥府殿内の「十王幀」を掲げておくこととする。

『十王幀』(通度寺冥府殿)(全12図)

第一　秦広王(初七日　不動明王)　刀山地獄

第二　初江王(二七日　釈迦如来)　鑊湯地獄

第三　宋帝王(三七日　文殊菩薩)　寒水地獄

第四　五官王(四七日　普賢菩薩)　剣樹地獄

第五　閻羅王(五七日　地藏菩薩)　拔舌地獄

第六　変成王(六七日　弥勒菩薩)　毒蛇地獄

第七　泰山王(七七日　薬師如来)　碓磑地獄

第八　平等王(百日　観音菩薩)　鉅解地獄

第九　都市王(一周忌　勢至菩薩)　鉄床地獄

第十　五道転輪王(三回忌　阿弥陀如来)　黒暗地獄

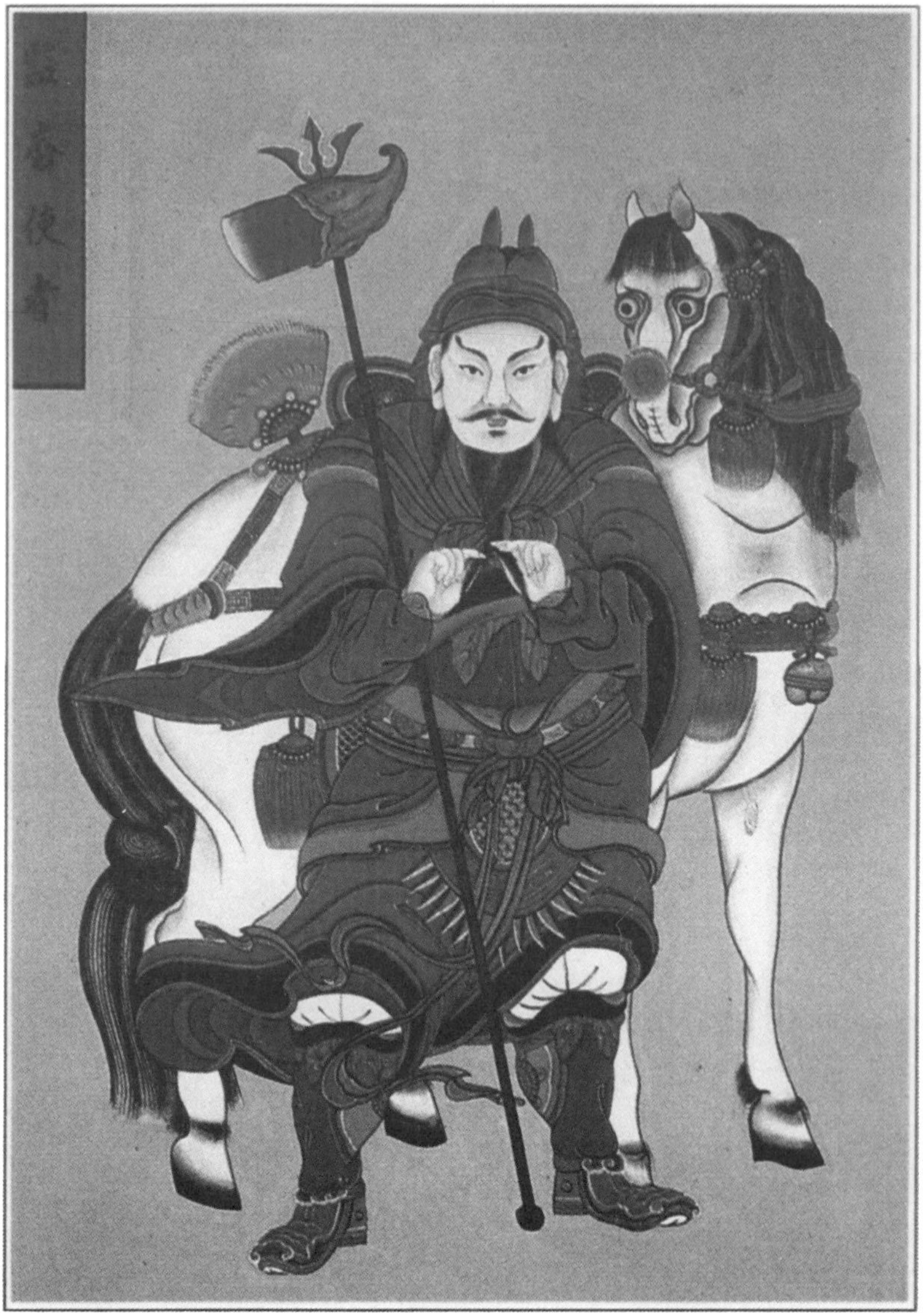

監齋使者

冥府使者

通度寺冥府殿内部の光景

五

台湾にあっては、道教と仏教とが相互に関わってきたことは、前述の通りである。十王の呼称は、日本のそれと若干異なっている。新竹市で求めた道士が使用するための『十王図』（四幅）には、西欧的な表現部分も見られる。筋肉隆々たる男女の裸体が、それである。政府の規制が厳しい台湾で、しかも厳粛な葬儀の場で用いられる地獄絵に、女性の豊満な乳房（グロテスクでもある）が描かれているのは、驚くべきことである。各幅とも左右及び画面の中にまで隙間のないほど経文（説明文）が書かれている。また、中生代に栄えた恐竜も登場する。伝統と新奇とが混在する「十王図」なのである。巷のレコード店では「十殿閻君」と題する歌謡のカセットテープが市販されており、このテープと地蔵に纏わるカセットテープには、ミニサイズの「六道輪廻面目（六道絵）」が付いている。また、前述の如く、麻豆代天府《マトンタイティエンフ》の「十八地獄」は、電動で動き、話す人形で作られた立体的な地獄巡りとでもいうべきものである。

左に参考に供するため、道士の用いる「十王図」（四幅一対）と、台南県麻豆代天府の立体的な「十八地獄」の様子を掲げておくこととする。

道士の用いる「十王図」（四幅一対）

第一幅　第一殿秦広王・第二殿楚江王・第三殿宋帝王の司る世界。中央部に地蔵、そのすぐ左に恐竜が描かれている。

第二幅　第四殿五官王・第五殿閻羅王・第六殿卞城《べんじょう》王の司る世界。左下端部に血の池地獄、右中段部に十字架の磔《はりつけ》が見える。

第三幅　第七殿泰山王・第八殿平等王・第九殿都市王の司る世界を描く。中央に日輪・月輪を手にした千手観音が描かれている。

第四幅　第十殿転輪王・孟婆娘娘《ニャンニャン》の司る世界。右下端部に十悪の極みとして恐竜のいる世界を描く。

麻豆代天府「十八地獄」

↑第五殿閻羅王　大蛇が罪人に襲いかかっている。

←第一殿秦広王　獄卒に引かれて行く手桎《かせ》や手錠をされた罪人の姿が見える。

→第一殿秦広王　画面では見えないが、右側の浄玻璃の鏡（ビデオ）が罪状を映し出す。

←第三殿宋帝王　目上の人に忤《さから》った者、訴訟を起こした者が堕ちる地獄。

第二殿楚江王　罪を犯した男女が裁きを受けているところ。

血の池地獄

七堂の御本尊の前で読経に勤しむ尼僧

鋸引きにされる罪人

四殿五官王　石錐地獄

龍を象った「十八地獄」の外観

獄吏の責めを受ける罪人に見入る入場者たち。

獅頭山勧化堂(新竹市)のタイル画による「十王図」。

観化堂入口の壁画。破壊が著しいが、上部は閻羅王の司る世界。

III

韓国の仏教説話画と絵解き

一

近年我が国では、とみに隣国韓国に対する関心が高まってきている。ソウル・オリンピック（所謂88《パルパル》オリンピック）の開催も、その要因のひとつであろうし、成田空港・ソウル金浦《キンポ》空港間がジェット機でわずか二時間の行程にあり、手軽な海外旅行地として人気を集めていることも、同様にひとつの要因であると言えよう。

また、近頃アジア各国の映画も、屢都内で上映されるようになったが、韓国映画もその例外ではない、林権沢《イムグオンテク》監督・姜受延《カンスヨン》主演の「シバジ」(1)が、平成二年（一九九〇）一二月ロードショーとして上映され、多くの人々に感動を与えたことは、まだ記憶に新しい。「朝日新聞」一二月一四日付け夕刊の芸能欄は、「現代韓国に通じる根『代理妻』制度の悲劇描く　映画「シバジ」イム監督に聞く」という見出しで、大きく取り上げた。さらに平成三年二月には、目黒シネマなどで、李長鎬《イジャンホ》監督、李甫姫《イボヒ》・安聖基《アンソンギ》主演の「膝と膝の間」、李斗鏞《イドゥヨン》監督、李美淑《イミスク》主演「桑の葉」が上映され、話題となった。また、中野武蔵野ホールにおいて、同じく二月、張允炫《チャンユンヒョン》・張東洪《チャンドンホン》・李恩《イウン》の若手三氏を監督に、一九八〇年五月の所謂〝光州事件〟を扱った「五月――夢の国」が上映されるに至ったのである。

一九九〇年七月から八月にかけては、ロードショーとして、岩波ホールでは初めての韓国映画上映がなされた。即ち、老・若・幼の三人の禅僧を主人公とする、裴鏞均《ペヨンギュン》監督、李判傭《イパンヨン》・申元爕《シンウォンソプ》・黄海進《ファンヘジン》出演の「達磨はなぜ東へ行っ

図1　上映時（平成3年7月）に配られたちらし

たのか」(2)が、それである（**図1**）。単なる禅問答の公案に留まらず、韓国の自然の美しさをも表現した、言うなれば、近年の邦画に見られぬ、人間と自然との触れ合いを見事に描いた作であり、と同時に、現代韓国仏教界の一側面をも鋭く把えた作品でもある。そして、九月には、「続・桑の葉」が、一〇月には、金鎬善《キムホソン》監督、姜利那《カンリナ》主演の「ソウルの虹」(3)、林権沢監督、美受延主演のコンビで製作された「波羅羯諦」(4)が、それぞれ都内の常設館で上映された。とりわけ、「波羅羯諦」は、人間の魂の救済という大命題を、脱世界・世俗世界の両面から視聴者に真摯に問いかけた作品で、見応えがあった。前掲「達磨はなぜ東へ行ったのか」と同様、自然描写の表現にも魅せられた。

この一年、堰を切ったかの如く、韓国映画の問題作が相次いで上映されたことは、韓国の文化や習俗等を知る上で、大いに役立ったと言えよう(補注)。

ここで、韓国現代文学に眼を転じてみると、五十歳を目前にハングル・韓国語の学習を始められたという経歴を有する詩人・茨木のり子氏の、季刊詩誌「花神」に翻訳・紹介されてきた（連載）ものを中心に纏めた『韓国現代詩選』が、平成二年一一月花神社から出版された。多様な韓国現代詩を実に美しく翻訳・紹介された一書で、その業績が高く評価され、平成三年度読売文学賞を受けられたのであった。因みに、平成三年八月下旬、アジア地域では初めての国際比較文学会世界会議が、東京で開催された。この時の記念プログラムのひとつに、在日韓国人の詩人・崔華国《チェファグク》氏の発案に成る「日韓の歌垣」なるものが行われた。右の茨木氏訳編『韓国現代詩選』に収められた詩を、先ず韓国語で朗読、次いで日本語訳で朗読し、それを茨木氏が簡単な説明を加える、というものだったと仄聞する(5)。姜尚求《カンサング》氏責任編集の『韓国の現代文学』全六巻も、柏書房から平成四年二月下旬刊行の由、誠に喜ばしい限りである。

前後するが、「朝日新聞」九月二五日付け夕刊掲載の西島建男氏「難しさと期待と日韓比較研究フォーラムを聞いて」は、九月一四・一五の両日、やはり東京において〝日韓比較研究フォーラム〟が開かれ、政治学・経済学・文化などの多方面から活発な討議がなされた旨、報道されている。その中で西島氏は、日韓両国間の「比較の困難は文化になるとますます増す」という感想を述べられているが、西島氏の指摘を俟つまでもなく、日韓比較文化の研究の一端に多少関わってきた著者にとって、それは日常痛感しているところなのである。

前置きを長々と述べてきたのは、最近の日本における韓国・北朝鮮に対する関心の度合いを、少々文化史的方面から眺めておいた上で、本題である韓国の仏教説話と絵解き、及びその周辺について考察してみたいと思ったからである。

二

日本中世文学の研究者として知られるバーバラ・ルーシュ女史(コロンビア大学教授)の論文集『もう一つの中世像 比丘尼・御伽草子・来世』[6](思文閣出版、平成三年六月)の出版は、外国人が自らの日本語で記述、日本国内で出版した研究書として、出版直後から人々の注目を集めてきたが、絵解きに関わるものが、大部分を占めている。即ち、「奈良絵本と貴賤文学——国民性のルーツを求めて——」「美術・文術・魔術」「中世の遊行芸能者と国民文学の形成」「海外における絵解き研究」「来世観の変容——中世日本の文学と絵画における地獄・極楽・六道——」「矢立の納め」と、八章中の六章を挙げることが出来る。先ず「序にかえて」の一節でも、絵解きに関して、

> 「海外における絵解き研究」は、当時、絵解きの研究が日本で一つの転機を迎え、『国文学・解釈と鑑賞』が特集を組んだ際に書き下ろしたものである。わたくしが言いたかったのは、絵解きがけっして日本独特の現象でなかったということである。すなわち何千年もの間、東洋一円に共通に見られ、一部東ヨーロッパでも見られたほどの現象であったのである。したがって、当然、中国、インド、インドネシア、イランなどにおける絵解きについても海外で研究が行なわれており、それらを紹介することで、この分野の研究をより国際的なものにしたいと思った。
> (傍点引用者・以下同じ)

と、わが国の絵解きを考える際、アジア各地の絵解きへの目配りを示唆しておられる。また、本書のために書き下ろした最終章「矢立の納め」と題する三つのエッセイの中のひとつ、「朝鮮半島の絵解きを求めて」の冒頭で、

過去数年、しばしば気になり、また学者としてのわたしくを驚かせたことがある。それは、東アジアの文化史を研究する日本と韓国の学者たちの間にはほとんど接触がなく、学術協力もあまり行なわれていないという事実である。考古学の分野では、両者にある程度の協力関係ができているかもしれないが、わたくしが専攻する十二世紀から十六世紀にわたる文化史の分野では、共同研究はなきに等しいといってよい。韓国は日本に一番近い国であるだけに、私には非常に不思議なことに思われてならない。東京からソウルまでは、飛行機でニューヨークからシカゴ、あるいはパリからローマまで行くのと同じくらいに近いし、福岡から朝鮮半島南部の諸都市へいくのはもっと近い。にもかかわらず、このように両者が協力関係を欠いているのは残念としかいいようがない。

なぜわたくしがこの状況を強く意識するようになったかといえば、それは、わたくしが絵解きという宗教活動に興味を持っていることと関係がある。本書に収めた「海外における絵解き研究」を読んでいただければ、絵解きが東洋一円に共通の現象であったことがおわかりいただけると思うが、実際この現象は日本、中国、インドネシア、インド、さらには遠く中近東、ヨーロッパに至る地域にも存在したという証拠が見つかっている。しかし、朝鮮半島ではまだ見つかっていないのである。

なぜ朝鮮半島では絵解きの証拠がみつからないのか、それは私には大きな謎であった。それに、朝鮮半島の絵解きの伝統を積極的に探究している人もいないようである。一九八五年、わたくしはソウルに行き、みずからその証拠を捜し出そうと決心した。まず、朝鮮絵画、朝鮮文学と芸能を専攻する現地の学者たちに、このことについて説明したが、そこで出会った学者たちすべてにとって、絵解きはまったく未知の対象であった。そんな現象があるとは、一度たりとも耳にしたことがなかったのである。（下略）

とも述べておられるのである。ルーシュ女史の絵解き研究に対する姿勢あるいは視点に、我々が学ぶ点は少なくないと言えよう。このエッセー後半部に、一五七六年（引用者注・朝鮮王朝の宣祖王九年）製作の「安楽国太子経変相図」（高知県佐川町・青山文庫現蔵）と称される図版を掲げるが、その画中にはハングルで記述された詞書があり、その文体は、中国や日本の絵解きに屢見られる「これは……です」の形をとっているという。ルーシュ女史の言の如く、絵解きに供された図と断言しても、差し支えなかろう。「わたくしが、いま心から願うのは、日本と韓国の学者が協力して、この重要な絵画の研究に当たり、増えつつある汎アジアの絵解きの研究資料に新たな一ページが加えられんことである」と結んでおられる。著者は、たまたま本書の校正段階で「朝鮮半島の絵解きを求めて」を読む機会を与えられ、このエッセイ執筆時に、韓国の絵解きに関する私見を述べた拙稿が一、二既に存することを、ルーシュ女史に伝え得た。そこで、末尾に、

※　一九八九年[7]、明治大学の林雅彦氏が韓国へ行き、絵解きの調査を行ない「東鶴寺の『釈迦八相図』絵解き」（『絵解き研究』第七号、一九八九年）を発表されている。こうした研究が今後とも続けられることを願う。

と好意的な補注が加えられた、という経緯《いきさつ》があったのである。

とまれ、ルーシュ女史が願われるように、著者も昭和六二年（一九八七）三月に初めて渡韓、その後、中央大学校《チュンアンデハクキョ》（ソウル市銅雀区）文科大学日語日文学科の朴銓烈《パクチョンヨル》副教授との、冥府殿内に描かれた幀画《テンファ》「十王画《シワンド》」の世界を歌謡に仕立てた各種「回心曲《フェシムゴク》」をめぐる共同研究や、当時同大学大学院生だった金正凡《キムチョンボム》氏との「仏伝図」の日韓比較の共同研究を試みつつあるが、この研究成果が、いつの日か実を結び、韓国における仏教説話画及び絵解きに纏わる研究の解明に、多少なりとも役立つならばと、念じている。

三

著者が初めて韓国へ赴いたのは、前述の如く、昭和六二年三月末のことである。そもそも渡韓する切っ掛けとなったのは、昭和五九年(一九八四)一一月上旬、国際交流基金・日本文化財団・朝日新聞社主催の第四回「アジア伝統芸能の交流 Asian Traditional Performing Arts」のセミナー・シンポジウム「旅芸人の世界 Itinerant Artists of Asia」が、新築成った東京・有楽町マリオン内の朝日ホールで催された際、第三日の「歌い継がれる世界」に特別パネラーとして参加した時まで遡る。(8) 日本の絵解きについて報告することが著者の役割であったが、打ち合わせの席上で、韓国の中央大学校芸術大学舞踊学科教授(現名誉教授)の鄭《チョン》昞浩《ピョンホ》氏から「韓国にも『地獄極楽図』があり、毎年春に絵解きされる」旨の示唆を頂いたからであった(結果的には少々事情を異にしたのだが)。

昭和六二年三月、明治大学在外研究員として一年間の機会を与えられ、鄭昞浩教授の所属される中央大学校芸術大学招聘教授の形で、十一ヶ月間ソウルに滞在した。その間、鄭教授が韓国政府の文化公報部から委託された調査に屢同行、全国各地の伝統的民俗芸能に接し得たのは、韓国及び韓国人の本質を理解するのに有効だった。例えば、巫堂《ムーダン》の行事や儀礼の中に、驚嘆する程多くの仏教儀礼と思しきものが存することを知ることが出来た。

また、前述の朴銓烈氏や金正凡氏(現日本・中央大学大学院博士課程学生)らの案内で、各地の寺院の仏教説話画調査に出向いたり、種々の年中行事や庶民の信仰生活にも触れたりし得た。加えて、中央大学校文科大学国文学科教授(現名誉教授)で、当時韓国の民俗学会会長だった任東権氏の示教や案内も屢いただくことが出来たのである。

ところで、三月二九日、春まだ浅い一日、ソウル市西大門区にある太古宗《テゴジョン》総本山奉元寺《ポンウォンサ》へ鄭昞浩教授に伴われて訪れたところ、ちょうど境内の人目の付かぬ一週で四十九日の法要が営まれており、数人のチマ・チョゴリ(韓服)を纏った女性たちが、「アイゴー、アイゴー」と大声を出して哭いていた。

寺域の脇にある人間文化財指定（日本の人間国宝に当たる）太古宗の絵仏師・李満奉《イマンボン》老師のアトリエも覗かせてもらった。たくさんの仏画が周囲に立て掛けてあったが、床には製作中の大画面の仏画が拡げられていて、幾人かの助手たちが甲斐甲斐しく彩色していた。八九年一二月、ソウルの国立中央博物館（旧朝鮮総督府の建物）のある景福宮《キョンボクグン》内の一画の伝統工芸館で〝丹青展〟と題した李満奉師の仏画展を観る機会を得たが、そこには、李老師が手本とした朝鮮王朝時代の「十王図」などの墨絵（下絵）も参考資料として展示されていた。今後、こうした仏教説話画の古い下絵類の調査・研究が活発に行われることを、ひたすら鶴首する思いだった。

奉元寺の境内上部に位置する冥府殿《ミョンブジョン》（日本の地蔵堂もしくは十王堂にあたる）で初めて目にした韓国の十王像（塑像）と「十王図」に、思わず日本の仏教文化・仏教説話画との比較をしてみたくなるほど心ひかれたこの時の体験が、現在も継続中の韓国寺院仏教説話画調査の出発点となったのである。多くの仏像・仏画を安置する大雄殿《テウンジョン》（日本の金堂・本堂）も拝観し、日本の寺院との相違点に、ある種の感動さえおぼえた。

それから十日余り後の四月一〇日、早朝の奉元寺を再度訪れ、〝生前預修斎《センジョンイエスジェ》〟と称する行事に接することが出来た。延延と続く行事の中で、私が興味深く思ったのは、大雄殿前の広庭での儀式だった。広庭の一隅には大画面の掛仏《ケーブル》（仏画の大掛幅絵）が掲げられ、その前に特大のテントが張られていたが、この中で多くの僧侶が参加、読経は勿論のこと、僧舞《スンム》や唱歌などの仏教芸能が次々と繰り広げられた。そして、最後に、〝食事作法《シクサジャクボプ》〟と呼ばれる、太古宗に伝わる古式に則った食事が見物人の前で摂られた。かくて、すべての行事は終わったのである。絵解きそのものはなかったが、この生前預修斎は、言うなれば、我が国の奥三河に伝わる〝白山詣《しらやままい》り〟や越中立山芦峅寺の〝布橋大潅頂〟などの、擬死再生儀礼に似た行事だと言えよう。

ところで、残念なことだが、奉元寺の大雄殿が一九九一年（平成三）一〇月上旬焼失した。因みに、一〇月一〇日付けの『朝鮮日報《チョソンイルボ》』は、十月九日〇時二十分頃、ソウル西大門区奉元洞山一、奉元寺（住持、金性月　60歳）で火災が発生、ソウル市地方文化財六十八号である大雄殿・木造建物（二十二坪）と仏画八点、木造三尊仏など仏像三点を焼き、二時間後に鎮火した。と、報じている。後日その惨状を目のあたりにしたが、大雄殿内の仏画調査をもっと詳らかにしておけばよかったと、悔やまれてならないのである。

四

韓国の春は、東京以南よりも遅く訪れるが、色美しい花々が一斉に咲きほころび、美しい全土と化す。そして、この季節、実に多くの庶民を対象とする行事が執り行われる。

一九八七年五月五日は、ちょうど旧暦の四月八日に当たり、韓国全土で釈迦の誕生を祝う国民の休日、〝釈迦誕辰日《ソッカタンシンイル》〟だった。各地の寺院の境内には、万燈という言葉にふさわしく、奉納された提灯が所狭しと吊り下げられ、夜の帷《とばり》がおりる頃、これらの提灯すべてに灯がともされる。この行事は、一般的には〝燃燈会《ヨンドンフェ》〟と呼ばれているようである。

特異な儀式を行うので有名だとの鄭昞浩教授の示唆を得て、江原道《カンウォンド》にある月精寺《ウォルチョンサ》の燃燈会を実見すべく、韓国外国《ハングクウェグク》語大学校《ゴテハクキョ》に招聘中の梅光女学院大学宮田尚教授と出かけた。日もとっぷりと暮れ、周囲が暗闇に包まれると、万燈に灯がともされ、僧侶たちを先頭に、多くの信者たちは印刷された経典を頭に載せ、「南無観世音菩薩《ナムクアンゼウンボサル》」と唱えながら、庭の中心にある石塔《ソッタプ》の周囲を幾度か廻った。著者たちもそれに従った。石塔の周囲の廻り方が、〝海印〟、即ち、海の波紋を形取ったもので、長い伝承を有するのだと、人の良さそうな老僧がかたことの日本語で説明してくれた。

旧暦の五月五日に当たる同年六月一日は、〝端午祭《タノジェ》〟と称する年中行事が、これまた各地で執り行われたが、ソウルの高速バスターミナルから四時間半余りをかけて、東海《トンヘ》（日本海）に面した江陵市《カンヌン》のそれを見物に行った。江陵の端午祭は、日本でもよく知られているものである。東海《トンヘ》巫堂굿《ムーダンクッ》やブランコ乗り・農薬《ノンアク》（五穀豊穣を祈る農民音楽）、あるいはサー

カスや歌謡ショーなど、河川敷には、民間芸能や放浪芸のさまざまなテントや小屋掛けが出ていた（東海地方の巫堂のテントを覗くと、正面に紙本の仏画が懸かっていた）。私の関心をひいたのは、半僧半俗のリーダーが率いる一群れの男たちのテントだった。折しも、正面に掲げた仏画の前で腰痛治療を行っていたが、どことなく怪しげな雰囲気が漂っていた。日本の家相見が、上部に日月を描いた〝家相図〟を用いて家相を見るのに似ており、絵解きの周辺を考える上で大いに興趣をそそられるものであった。

五

一九八七年三月の初渡韓以来、一九九一年八月までの間に、年一、二回渡韓して、仏教説話画とその絵解きの有無を調査すべく訪うた寺院の数は、手元のノートや手帳に記したメモによれば、既に七十余ヶ寺を超えている。[9] 左にそれらの寺院を列記してみよう。

〈ソウル特別市〉
曹溪寺（鍾路区堅志洞、曹溪宗総本山）
奉元寺（西大門区奉元洞山、太古宗総本山）
道詵寺（道峰区牛耳洞、曹溪宗）
華溪寺（道峰区水踰洞、曹溪宗）
安養庵（鍾路区昌信洞、元暁宗総本山）
津寛寺（恩平区津寛外洞、曹溪宗）
奉恩寺（江南区三成洞、曹溪宗）
白蓮寺（西大門区弘恩洞、浄土宗）
新興寺〈興天寺〉（城北区敦岩洞、曹溪宗）
少林寺（鍾路区弘智洞、曹溪宗）
〈京畿道〉
三幕寺（安養市石水洞、曹溪宗）
念仏寺（安養市、曹溪宗）
普光寺（坡州郡広灘面霊場里、曹溪宗）
神勒寺（驪州郡北内面川松里、曹溪宗）
龍珠寺（華城郡台安面松山里、曹溪宗第二教区本山）
龍門寺（楊平郡龍門面新店1里、曹溪宗）

高達寺（驪州郡北内面上橋里、単立寺院）
伝燈寺（江華郡吉祥面温水里、曹溪宗）
青龍寺（安城郡瑞雲面青龍里、曹溪宗）
興国寺（南楊州郡別内面徳松里、曹溪宗）
奉国寺（城南市太平2洞、曹溪宗）
〈江原道〉
神興寺（東草市雪岳洞、曹溪宗第三教区本山）
清平寺（春城郡北山面清平里山、曹溪宗）
上院寺（原城郡神林面城南里、曹溪宗）
月精寺（平昌郡珍富面東山里、曹溪宗第四教区本山）
洛山寺（襄陽郡降峴面前津里、曹溪宗）
洛伽寺（溟州郡江東面正東津里、曹溪宗）
〈忠清北道〉
法住寺（報恩郡内俗離面舎乃里、曹溪宗第五教区本山）
〈忠清南道〉
甲　寺（公州郡鶏龍面壮里、曹溪宗）
東鶴寺（公州郡反浦面鶴峰里、曹溪宗）
麻谷寺（公州郡寺谷雲岩里、曹溪宗第六教区本山）
灌燭寺（論山郡恩津面灌燭里、曹溪宗）
長谷寺（青陽郡大峙面長谷里、曹溪宗）
修徳寺（礼山郡徳山面斜川里、曹溪宗第七教区本山）
開心寺（瑞山郡雲山面新昌里、曹溪宗）
〈全羅北道〉
内蔵寺（井邑郡内蔵面内蔵里、曹溪宗）
禅雲寺（高敞郡雅山面三仁里、曹溪宗第二十四教区本山）
来蘇寺（扶安郡山内面石浦里、曹溪宗）
文珠寺（高敞郡古水面隠士里、曹溪宗）
開巌寺（扶安郡上西面甘橋里、曹溪宗）
陰寂寺（郡山市少龍洞、曹溪宗）
金山寺（金提郡金山面金山里、曹溪宗第十七教区本山）
〈金羅南道〉
證心寺（光州市東区雲林洞、曹溪宗）
道林寺（谷城郡谷城邑月峰里、曹溪宗）
華厳寺（求礼郡馬山面黄田里、曹溪宗第十九教区本山）
松広寺（昇州郡松光面新坪里、曹溪宗第二十一教区本山。
韓国三宝寺刹の中の僧宝の寺）
無為寺（康津郡城田面月下里、曹溪宗）
白蓮寺（康津郡道岩面万徳里、曹溪宗）

大興寺（海南郡三山面九林里、曹溪宗）
道岬寺（霊岩郡西面道岬里、曹溪宗）
仏会寺（羅州郡茶道面馬山里、曹溪宗）
仏甲寺（霊光郡仏甲面母岳里、曹溪宗）
白羊寺（長城郡北下面薬水里、曹溪宗第十八教区本山）
雙溪寺（珍島郡義新面斜川里、曹溪宗）
〈大邱直轄市〉
桐華寺（東区道鶴洞、曹溪宗第九教区本山）
〈慶尚北道〉
仏国寺（慶州市進峴洞、曹溪宗第十一教区本山）
石窟庵（慶州市、曹溪宗。仏国寺の付属庵）
芬皇寺（慶州市九黄洞、曹溪宗）
雲門寺（清道郡雲門面新院里、曹溪宗）
直指寺（金陵郡代項面雲水里、曹溪宗第八教区本山）
浮石寺（栄豊郡浮石面北枝里、曹溪宗）
仏影寺（蔚珍郡西面下院里、曹溪宗）
水多寺（善山郡舞乙面上松里、曹溪宗）
桃李寺（善山郡海坪面松谷里、曹溪宗）
大芚寺（善山郡玉城面王冠洞、曹溪宗）
観雲寺（星州郡、曹溪宗）
禅石寺（星州郡月恒面仁村里、曹溪宗）
瀧淵寺（達城郡玉浦面盤松里、曹溪宗）
〈釜山直轄市〉
梵魚寺（東莱区青龍洞、曹溪宗第十四教区本山）
〈慶尚南道〉
通度寺（梁山郡下北面芝山里、曹溪宗第十五教区本山。
韓国三宝寺刹の中の仏宝の寺）
雙磎寺（河東郡花開面雲樹里、曹溪宗第十三教区本山）
海印寺（陜川郡伽倻面緇仁里、曹溪宗第十二教区本山。
韓国三宝寺刹の中の法宝の寺）

これらの寺院を四年半の間に訪れたことになるが、個々の寺院に関する詳細な報告を纏めるのは、容易なことではない。さらに二度、三度と採訪調査を重ねる必要もある。

そこで、ここでは仏教説話画及び絵解きに関わるあらましを述べておくこととしたい。

日本の本堂・金堂に相当する大雄殿（大雄宝殿とも）には、多くの場合、幀画あるいは壁画の相違はあるが、「釈迦一代記図絵」「釈迦八相図」が描かれている。絵解きの実例としては、忠清南道《チュンチョンナムド》・東鶴寺《トンハクサ》の大雄殿外壁に描かれた「釈迦八相図」[10]（三七ページ、図7参照）がある。東鶴寺は尼僧の講院（専門道場）を兼ねた尼寺であるが、請われれば、尼僧が随時絵解きしてくれる（図2）のである。また、京畿道南揚州郡にある興国寺《フングクサ》の満月宝殿《マンウォルポジョン》（六角堂の形態の建物）には、「釈迦八相図」が額装されて二図ずつケースに収められている（三七ページ、図6参照）が、いずれも画中に赤地の短冊形に場面の簡単な説明が墨書されており、かつて絵解きに供された可能性の高いものである。

冥府殿（日本の十王堂）内部には、正面中央部に「地蔵菩薩図」の幀画が飾られ、その前に塑像の地蔵菩薩像が、両脇に道明尊者像と無毒鬼王像が据えられている。加えて、これらの塑像の左右に、奇数、偶数毎に分けて、同じく塑像の十王像が配されている。寺によっては、十王像の背後の壁に各像に対応する形で「十王像」の幀画を掲げることも、少なくない。「十王図」の画中には、必ずといっていいほど「第一秦広大王 刀山地獄」「第二初江大王 火湯地獄」の如く、各図の短冊形の部分に明記されているのも、韓国の「十王図」の一つの特色なのである。日本ではよく「十王図」の絵解きがなされるのに対し、韓国での「十王図」の絵解きの有無は、たやすく断定し難いが、一六世紀以降人々に広く知られた仏教歌謡「回心曲《フェシムゴク》」の存在は、甚だ興味深い。[11] 서울《ソウル》大学校東亜文化研究所《デハクキョトンアムンファヨングソ》編『国語国文学事典』（新丘文化社、一九七四年三月）は、「回心曲」について、

回心曲・悔心曲《作品名》制作年代未詳の歌辞。西山大師が作ったともいう。内容は、釈迦如来の功徳を蒙り、この世で善悪の中、その一つを選んで生きて来た後、あの世に行ってからは、因果応報の法によって、善人は極楽の世界へ、悪人は地獄に堕ちることを戒め、着実に生活し、心の修行をなすことを勧める歌。仏教伝道を目的とする歌辞。『校註歌曲集』に伝え、類似本が四つある。「別回心曲」は類似の歌辞である。総六五二句。

と記している。「別回心曲」「特別回心曲」「続回心曲」「青年回心曲」などと題するテキストも存し、ソウル市中心部に位置する曹渓宗の総本山・曹渓寺周辺の仏具店、仏教書専門店、あるいは各地に散在する大寺院の売店のコーナーで

図 2　東鶴寺・「雙林涅槃相」を絵解きする尼僧（1987.12.7）

は、件の「回心曲」のカセットテープやCDが販売されており、既に前章でも引用したが、韓国を代表する民謡歌手・金英妊《キムヨンイム》氏自作の、

無情歳月　流れの如し、あっという間に　二・三十になり、父母の恩を　返そうとしたら、朝方元気だった体が夕方病気深く、弱々しいわが身（中略）わが命絶えた時、第一殿に　秦広大王、第二殿に　初江大王、第三殿に宋帝大王、第四殿に　五官大王、第五殿に　閻羅大王、第六殿に　変成大王、第七殿に　泰山大王、第八殿に　平等大王、第九殿に　都是大王、第十殿に　転輪大王、十の十王の使者　日直使者、月直使者、片手に鉄棒　片手に槍剣を持ち、鎖を下げて、弓のように　曲がった道を　矢のように　飛んできて、締まった門を　蹴っ飛ばし、姓名三文字で　呼び出し、早く行こう、急いで行こう（中略）弱々しいわが身に　太い鎖を捲いて　引っ張るので、肝をつぶすように　苦しい（下略）

といった口調の「回心曲」のLPレコード及びカセットテープ、CDも販売されている。この歌謡が、絵解きと同じ役割を果たしてきたことは、もはや自明のことである。熱心な信者たちは、冥府殿及び「回心曲」の何たるかを、詳しく知っているのである。

さらに、朝鮮巫俗研究の先駆者・李能和《イヌンファ》の『朝鮮巫俗考』（京城府・啓明倶楽部、昭和二年五月）を繙いてみると、第十五章「巫祝之辞及儀式」第六節「十王」に、

巫祝之歌。有十王世界等語。又神位排設有十王位。是乃道教化或仏教化者也。按十王者。仏書有閻摩羅王子　主持冥界之説。而今加其九共為冥府十大王。蓋後世之付会也。十大王之称号。見於梵音集。（朝鮮寺刹仏事儀式必要此書）如左。

第一秦広大王。第二初江大王。第三宋帝大王。第四五官大王。第五閻羅大王。第六変成大王。第七泰山大王。第八平等大王。第九都市大王。第十五転輪大王。

按後漢書。中国人死者。魂帰神岱山。（按神岱山即秦山也）注博物志太山天帝孫也。主召人魂。東方萬物始。故知人生命云

云。然則此云太山大王。猶有所本。其余八大王。不知其所自出。而疑是道家所作之称号。其云宋帝大王者。宋徽宗皇帝好道教。自称道君皇帝。或者指此帝。死為冥府大王者歟。冥府十大王之称。疑自趙宋時始有。而宋帝何以称大王乎。蓋淫祀之神多称大王。例如松都王朝有国師堂神祀。而其神称国師大王。見于東国李相国集。白雲居士李。奎報文集 然則宋帝大王。即一国師大王之類例也。

の如く記述されており、巫堂の世界、あるいは道教の世界と融合した仏教の十王思想の一面をも窺い知ることが出来るのである。

もうひとつ、韓国の仏教説話画の特徴として、特定の建造物との結び付きは審かではないが、屢外壁に「十牛図」(韓国では「心牛図」と呼称されることも少なくない)が描かれていることである。一九八七年渡韓直後から、この図の絵解きの可能性を想定してきたが、その年の八月、現に慶尚南道《キョンサンナムド》の海印寺《ヘインサ》で、若い僧が「十牛図」を絵解きしている光景を垣間見るチャンスがあった。

六

一九九一年の夏、ソウル市とその周辺の京畿道・江原道の寺院を中心に(さらに忠清北道・忠清南道・全羅北道の幾つかの寺院も含めた)仏教説話画の調査を行ったが、あちこちの寺院で修復や新築の工事が目についた。今韓国の寺院は、一寸した建築ブームのように見受けられる。はたして、寺院自ら大きく様変わりしようとしているのであろうか。

〔注〕

(1) 一九八七年ベネチア映画祭主演女優賞などを受賞。
(2) 一九八九年ロカルノ映画祭グランプリ金豹賞などを受賞。
(3) 一九八九年大鐘賞(韓国)8部門を受賞。

（4）一九八九年モスクワ映画祭最優秀主演女優賞などを受賞。
（5）「朝日新聞」平成三年九月四日付け夕刊・文化欄「取材ファイル」参照。
（6）平成三年度南方熊楠賞・平成一一年度山片蟠桃賞を受賞された。知友のひとりとして心からお祝い申し上げる。
（7）本書所収「東鶴寺（韓国・忠清北道）の『釈迦八相図』絵解き」の中でも触れておいたが、私が渡韓し、東鶴寺へ初めて絵解き調査に行ったのは、ともに、ルーシュ女史が渡韓された二年後の一九八七年である。この記述は、ルーシュ女史の何らかの誤解による。
（8）拙稿「『旅芸人の世界』セミナーの一報告——インドの絵解き歌〝ボーパ〟をめぐって——」（「絵解き研究」3号、昭60・9）は、図版を除く形で、本書「おわりに」の中に掲げておいたので、参照されたい。
（9）その後一九九八年一月末までに、延べ百五十ヶ寺余を訪れたが、本稿の性格上、一九九一年八月末までに訪問した寺だけとした。
（10）注7の拙稿を参照されたい。
（11）前章「韓国・台湾の地獄絵」で若干触れておいた。

〔補注〕

その後、韓国映画史上最大のヒットと言われた林権沢監督「西便制《ソピョンジェ》」が、平成六年（一九九四）わが国でも上映され、韓国の大ヒットアクション映画として、「西便制」以上の観客動員数を誇った姜帝圭《カンジェギュ》監督、韓石圭《ハンソッキュ》主演「シュリ」が、平成一二年（二〇〇〇）初頭、日本各地のロードショーで話題を呼んだ。

曹溪寺（ソウル市）大雄殿の壁画「釈迦一代記図絵」

一

隆熙《カンヒ》四年（一九一〇）(1)、日韓合併の年、現在の曹溪寺《チョゲサ》に隣接する中東中学校《チュンドンジュンハクキョ》の地（ソウル市鍾路区寿松洞《チョンノグスソンドン》、現在は韓国日報社有地）に、李晦光《イフェグァン》師（当時海印寺住職）・韓龍雲《ハンヨンウン》師らを中心に、覚皇寺《カクファンサ》が建立された(2)。この年京城に朝鮮総督府（ソウル市・景福宮《キョンボククン》内にあった国立中央博物館の建物。現在は取り毀されて、無い）が置かれ、朝鮮仏教界も、朝鮮総督府の管理下に帰属することとなった。総督府は、さらに翌一九一一年六月、「寺刹令」七ヶ条を発布し、朝鮮半島の全寺院と寺僧とを支配することとなったのである。かくして、朝鮮半島の仏教寺院は、三十の本山教区（一九二四年に華厳寺を加えて三十一本山教区となった）に分けられた。この三十一の本山とは、左に掲げる寺院である。

奉恩寺・龍*珠寺・奉*先寺・海*印寺・伝燈寺・法*住寺・麻*谷寺・威鳳寺・宝石寺・大*興寺・白*羊寺・松*広寺・華*厳寺・仙巌寺・通度寺・梵*魚寺・桐*華寺・銀*海寺・孤*雲寺・金龍寺・祇林寺・貝葉寺・成仏寺・永明寺・法興寺・普賢寺・乾鳳寺・楡岾寺・月*精寺・釈王寺・帰州寺

右肩に*印を付した寺院は、一九六二年四月の時点での曹溪宗二十五区本山としても知られる名刹で、その過半をも占める十四ケ寺に及んでいて、当代における末寺は、千三百七十一ケ寺であったという（現在は、仙岩寺《ソンアムサ》が太古宗《テゴジョン》に改宗したため、二十四教区となっている）。

総督府のもとで朝鮮仏教禅教両宗と称された朝鮮半島の仏教は、一九三六年(昭和一一)そのシンボルである覚皇寺が現在の曹渓寺の地に移り、太古寺《テゴサ》と寺名を改めたのであった。権相老《クォンサンノ》師の労作『韓国寺刹全書』下巻(ソウル市・東国大学校出版部、一九七九年二月)を繙いてみると、

太古寺　在京畿道楊州郡北漢山中高麗国師宝輝所剏伽藍考○按宝輝普愚之誤口在高陽郡神道面三角山大本山奉恩寺末寺太古寺寺法(3)

太古寺　在京畿道京城府寿松洞昭和十一年移建三角山太古寺為摠本山以三角山太古寺為太古庵

太古寺　在全羅北道錦山郡珍山面大芚山大本山宝石寺末寺太古寺寺法

太古庵　即三角太古寺　(傍点引用者・以下同じ)

と記されており、奉恩寺の末寺三角山太古寺の建造物を、現在地に移築したこと、併せて覚皇寺が太古寺と改称されたこと、また、元来の太古寺が太古庵と称されるようになったこと、などが知られる。

一九四一年四月には、朝鮮仏教曹渓宗と改称し、総本山制がとられ、四五年(昭和二〇)八月十五日の太平洋戦争終結まで続いた。この解放を機に、太古寺は再度曹渓寺と寺名の呼称を改め、韓国仏教曹渓宗として、新たなる出発を遂げたのである。

しかしながら、日本から解放・独立して間もない一九四八年、朝鮮半島は南北に分断され、五〇年の六・二五動乱で、多くの名刹も戦火のために相次いで焼失したのだった。

韓国仏教界は、一九一〇年以来、独身僧(禅宗)と妻帯僧(教宗)との対立が深刻化したまま、六二年四月、大韓仏教曹渓宗として、三十一本山制から二十五教区制をとることとなった。この間、変革がなされ、七〇年には、妻帯僧を中心とする集団が曹渓宗《チョゲジョン》から分離、臨済禅の僧太古普愚を宗祖と仰ぐ韓国仏教太古宗《テゴジョン》として、独立したのである。

現在の韓国仏教界は、伝統的な教団としての大韓仏教曹渓宗と、韓国仏教太古宗とを二大宗派とし、さらに新興宗派

に、朴重彬《パクチュンビン》を開祖とする円仏教をはじめ、大韓仏教真覚宗・大韓仏教元暁宗・大韓仏教法華宗・大韓仏教仏入宗・大韓仏教法華宗などがあり、その他に、大韓仏教華厳宗・大韓仏教浄土宗・大韓仏教真言宗・大韓仏教天台宗・大韓仏教龍華宗・大韓仏教弥勒宗等々、十八の宗派に分かれている。(4) このうち、妻帯を認めているのは、太古宗だけである。

二

ところで、我が国ではあまり知られていないが、日本の仏教と韓国の仏教との大きな相違点について、少し触れておきたい。

夙く高橋亨氏『李朝仏教』(宝文館、昭和四年一〇月)は、朝鮮王朝末期から日帝時代にかけての朝鮮半島の寺院の特色を、(1)多く深山幽谷に存する点、(2)檀家制度のない点、(3)寺有財産による寺院の管理・維持、(4)祈禱依頼者が稀に訪れて来る以外、俗人の入山がほとんど無い点、(5)名刹・大寺は多数の僧侶が居住している点、を指摘されているが、鎌田茂雄氏が『朝鮮仏教の寺と歴史』(大法輪閣、昭和五五年一〇月)中で訂正されている如く、(4)に関しては、今日の実情にそぐわなくなっている。(5) 即ち、日本の場合と同様、四季を通じて、ハイカーや物見遊山的な参詣者たちで賑わいを見せている寺院も少なくないのである。

とまれ、韓国の寺院には、寺域内に信徒たちの墓地がなく、従って、特定の檀家が存在しないのである。(6) 檀家制度のない代りに、巫堂《ムーダン》(シャーマニズム)と結び付いており、境内には現世利益を色濃く示す三聖閣《サムソンガク》・山神閣《サンシンガク》・三星閣《サムソンガク》などの建物が、屢見られる。また、山神閣のない寺院では、大雄殿《テウンジョン》内部の一隅に「山神図」を掲げる場合も、少なくない。

地方の寺院は、寺域が広く、いずれも長い参道を歩いた後に、一柱門を経て天王門あるいは不二門といった扁額の掲げられた門に至る。その前方には、本尊釈迦像を安置する大雄殿が存する。この「大雄殿」「大雄宝殿」という呼称は、中国伝来のものだと考えられる。一例を示すならば、前掲の如く、中国・北京市の名刹のひとつ、潭拓寺発行の小冊子

『潭拓寺名胜古迹(7)』に収められた「大雄宝殿」の記述に、

「大雄」とは「大いなる勇士」とか、「一切を畏れない」という意味で、釈迦牟尼の尊称である。大雄宝殿は、仏教の教主である釈迦牟尼を祀っている。釈迦牟尼は仏教を創始した人で、もとは二五〇〇年前インドの釈迦族の王子で、二九才の時に出家して修行をした。その後中印度を巡り歩いて四五年間教化を行い、八〇才で亡くなった。仏教では彼のことを「仏祖」と言う。（中略）大雄宝殿は大きく壮大で、寺の中の第一のものであり、大雄宝殿の前の上の庇には、もともと清の康熙皇帝が書いた「清浄荘厳」の四文字の額が掛かっていた。現在の上の庇の「大雄宝殿」という額の四文字は、趙朴初が書いたものである。（下略）

と記されている。冒頭に「大雄」の語義が示されており、中略にした部分には、釈迦像の前に二体の立像、即ち、左は迦葉尊者、右は阿難尊者の立像が安置されているとある。同じく北京市の戒台寺で出している小冊子『北京名勝古跡叢書 戒台寺』(8)にも、「大雄宝殿」項があり、「大雄宝殿は高くて雄大で、気勢が雄壮である。大殿は間口五間、奥行三間で、そうすると当然十五間で、硬山式の建築である」と述べ、真中に釈迦像を、左に薬師如来像、右に阿弥陀如来像を祀っている旨の記述が見られるのである。譚拓寺・戒台寺の伽藍配置図を眺めてみると、ともに大雄宝殿はその中央部に配されている。

韓国寺院の大雄殿の周囲には、楼門《ルムン》・極楽殿《ククラクジョン》・冥府殿《ミョンブジョン》や、前述の三聖閣・三星閣・鐘閣《チョンガク》（梵鐘楼）・僧尼たちの寮舎等が配されている。

経済的な面では、寺が有する財産（田畑など）の有効利用によって維持されているのも、韓国寺院の大いなる特色だと言えよう。かつて、一二月初旬に忠清南道公州郡の東鶴寺《トンハクサ》を尋ねたところ、ちょうど大勢の尼僧たちが長い冬に備えてキムチ作りをしている場面に邂逅、自給自足の姿の一面を見ることが出来た。また、冬季に訪れた太古宗の総本山奉《ボン》元寺《ウォンサ》(ソウル市西大門区奉元洞山)では、オンドル部屋で寺僧たちの普段食べている精進料理を御馳走になったが、唐辛子のたっぷり入った山菜そのものの食事だった。これが、現在の曹溪宗・大古宗に属する僧尼たちの日常生活の一端なのである。

僧尼たちの出家の動機は、一般に多かれ少なかれ、不幸な経験を有するようで、現在の日本に見られる世襲制とは大いに異なっている。出家者のみならず、在家の信者もまた、同様な体験をしているという。こうした韓国人の仏教との対峙を知る上で、林権沢《イムグォンテク》監督・姜受延《カンスヨン》主演の映画「波羅羯諦《はらぎゃてい》」(一九八九年制作)は、大いに参考となろう。

名刹・大寺院では、多数の修行中の僧侶・尼僧が共同生活を営んでいるのも、韓国仏教の特色である。加えて、信者たちの礼拝の動作は、所謂五体投地の形で、日本との違いを、ここでも肌で感じる。

そして何よりも、多くの寺院が、深山幽谷、山紫水明の地に建立されている、ということである。これらの特徴は、百余の寺々を巡った著者自身の実感でもあることを、申し添えておきたい。

三

ソウル市中心部の一画、鍾路区寿松洞にある曹溪寺《チョゲサ》は、前述の如く、現在大韓仏教曹溪宗総本山として、二十四教区本山(本寺)制、千九十の寺院、僧侶一万三千人を超える、文字通り頂点に立つ寺である。因みに、「曹溪」という呼称は、そもそもこの宗派が祖師と仰ぐ六祖大師大鑑禅《テガムソン》師慧能《サチョンヌン》の住んだ曹慧山法林寺《チョゲサンボプリムサ》に拠る命名だと言われる。序でに、二十五教区制時代の本山を、一三七ページに列記する。

図１　曹渓宗総本山曹渓寺・大雄殿（右）と槐《えんじゅ》の大木（左）

図２　曹渓寺・大雄殿外壁「釈迦一代記図絵」25図〜30図

総本山・曹溪寺
第2教区・龍珠寺《ヨンズサ》（京畿道華城郡）
第3教区・神興寺《シンフンサ》（江原道東草市）
第4教区・月精寺《ウォルチョンサ》（江原道平昌郡）
第5教区・法住寺《ボプチュサ》（忠清北道報恩郡）
第6教区・麻谷寺《マゴクサ》（忠清南道公州郡）
第7教区・修徳寺《スドクサ》（忠清南道礼山郡）
第8教区・直指寺《チッチサ》（慶尚北道金陵郡）
第9教区・桐華寺《トンファサ》（大邱直轄市東区）
第10教区・銀海寺《ウンヘサ》（慶尚北道永華郡）
第11教区・仏国寺《ブルククサ》（慶尚南道慶州市）
第12教区・海印寺《ヘインサ》（慶尚南道陜川郡）
第13教区・雙磎寺《サンゲサ》（慶尚南道河東郡）
第14教区・梵魚寺《ボモサ》（釜山直轄市東莱区）
第15教区・通度寺《トンドサ》（慶尚南道梁山郡）
第16教区・孤雲寺《コウンサ》（慶尚北道義城郡）
第17教区・金山寺《クムサンサ》（全羅北道金提郡）
第18教区・白羊寺《ペクヤンサ》（全羅南道長城郡）
第19教区・華厳寺《ファオムサ》（全羅南道求礼郡）
第20教区・松広寺《ソングァンサ》（全羅南道昇州郡）
第21教区・仙岩寺《ソンアムサ》（全羅南道昇州郡、現在は太古宗に帰属）
第22教区・大興寺《テフンサ》（全羅南道海南郡）
第23教区・観音寺《クァンウムサ》（済州道済州市）
第24教区・禅雲寺《ソヌンサ》（全羅北道高敞郡）
第25教区・奉先寺《ボンソンサ》（京畿道南楊州郡）

この中で、第十二教区海印寺・第十五教区通度寺・第二十教区松広寺の三本山は、韓国三大寺刹—仏宝（仏舎利のある）の通度寺・法宝（大蔵経のある）の海印寺・僧宝（修行道場のある）の松広寺—として広く知られる名刹である。

さて、ソウル市内の南大門路に繋がる郵政局路を北上すると、左側の仏具店が何軒も立ち並ぶ一帯に、気付かずに通り過ぎかねない鉄製のアーチの下を潜り抜け、少し進むと、そこは既に曹溪寺の境内（**図1**）である。正面に幅約十三メートル、奥行約八メートルの大雄殿がある。この建物は、もと全羅北道井州付近にあったが、一九三五年に現在地に移築されたものだという。内部は三百畳ほどの広さがあり、中央に高い壇が設けられており、「霊山図《ヨンサンド》」（幀画《テンファ》）を背に

図3　曹溪寺・徳王殿

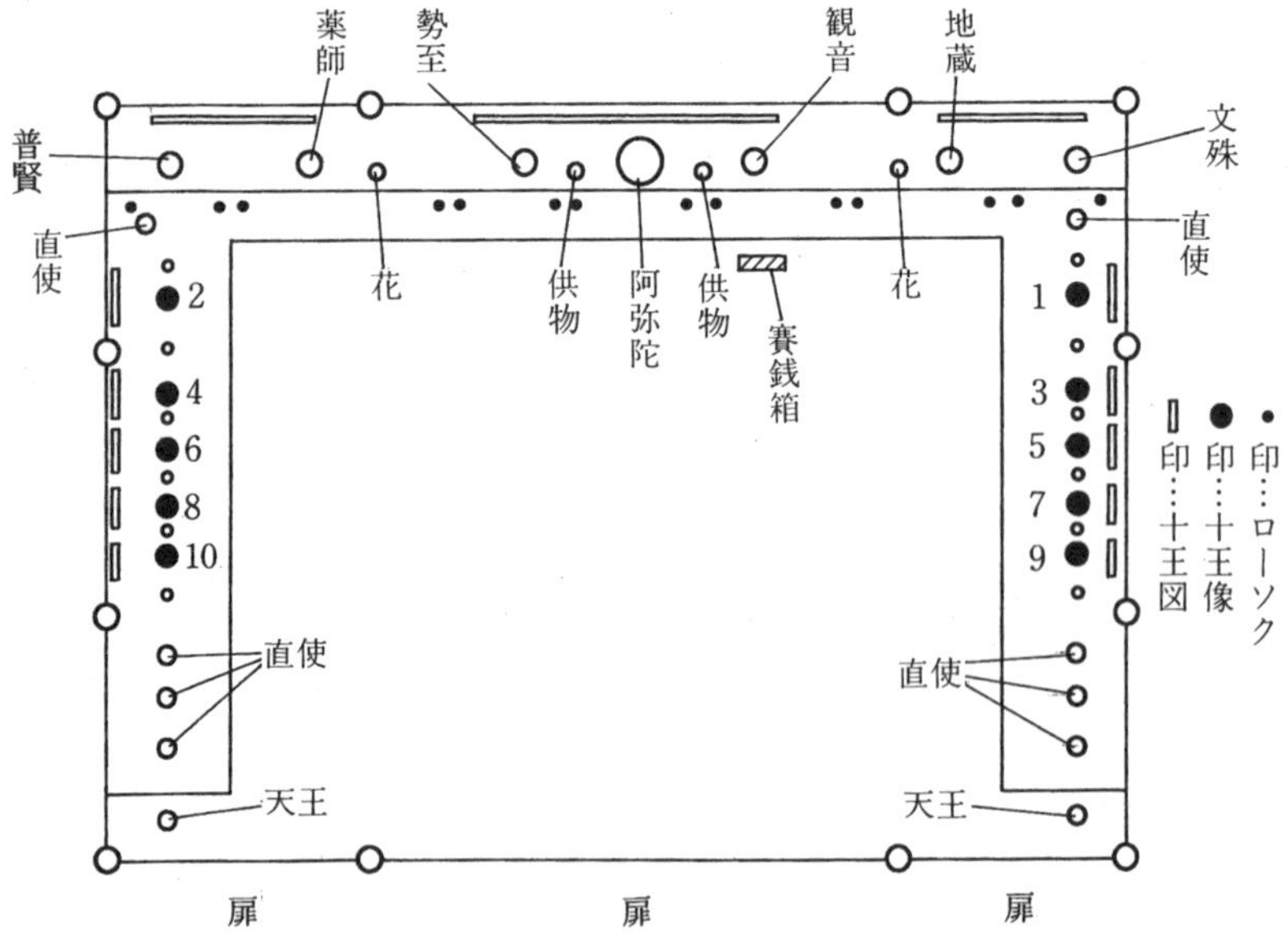

図4　曹溪寺・徳王殿概略図

して釈迦の座像が奉安されている。祭壇の全面は、五段から成る精巧な螺鈿細工で飾られているが、眼を凝らして見ると、そこには「釈迦一代記図絵」が施されている（図2・5）。[9]

大雄殿の前庭中央部には、樹齢四百年以上の槐《えんじゅ》の大木が聳え立ち、右脇には、天然記念物に指定された樹齢五百年にも及ぶという白松がある。また、左側の一隅に梵鐘楼があり、大雄殿左後部には、曹溪宗の総本部たる仏教会館が、右後部には、建立後間もない徳王殿《トクワンジョン》（図3）が、それぞれある。徳王殿は、一般的に冥府殿《ミョンブジョン》と呼ばれる建物に匹敵し、その内部には、中央に阿弥陀像を、脇侍に観音像・勢至像を配し、さらに、普賢・薬師・地蔵・文殊の各像を奉安し、その背後に幀画三図を掲げる。左右側面には、向かって右側に奇数の十王像と「十王図」が、同じく左側に偶数の十王像と「十王図」が、各々安置されている（図4）。外壁には、向かって左側面部から右廻りに「十牛図」を描く。以上が、曹溪寺境内のあらましである。

四

前章でも少々述べておいたが、この一、二年、ソウルはもとより、深山幽谷の寺院においても、修覆や新築の工事現場をよく眼にする。例えば、一九九一年八月下旬に訪うた江原道洛山寺《ナクサンサ》の境内でも、木材の香りも馨《かぐわ》しい工事現場に遭遇した。

曹溪寺も例外ではなく、九一年八月に尋ねると、折しも梵鐘楼の側《がわ》で、仏殿のひとつらしき建物[10]の工事が急ピッチで進められていた。

大雄殿外壁の絵画も、前年（一九九〇）一二月に採訪調査した時とは様変わりして、図5に示した如く、左右側面及び背面を用いて、向かって右側面から左廻りに合計三十図に及ぶ仏教説話画「釈迦一代記図絵」[11]が描かれていたのである。しかも、すべて画面下部には、簡にして要を得た説明文が、誰にでも分かるようにとの意図のもと、ハングルで記

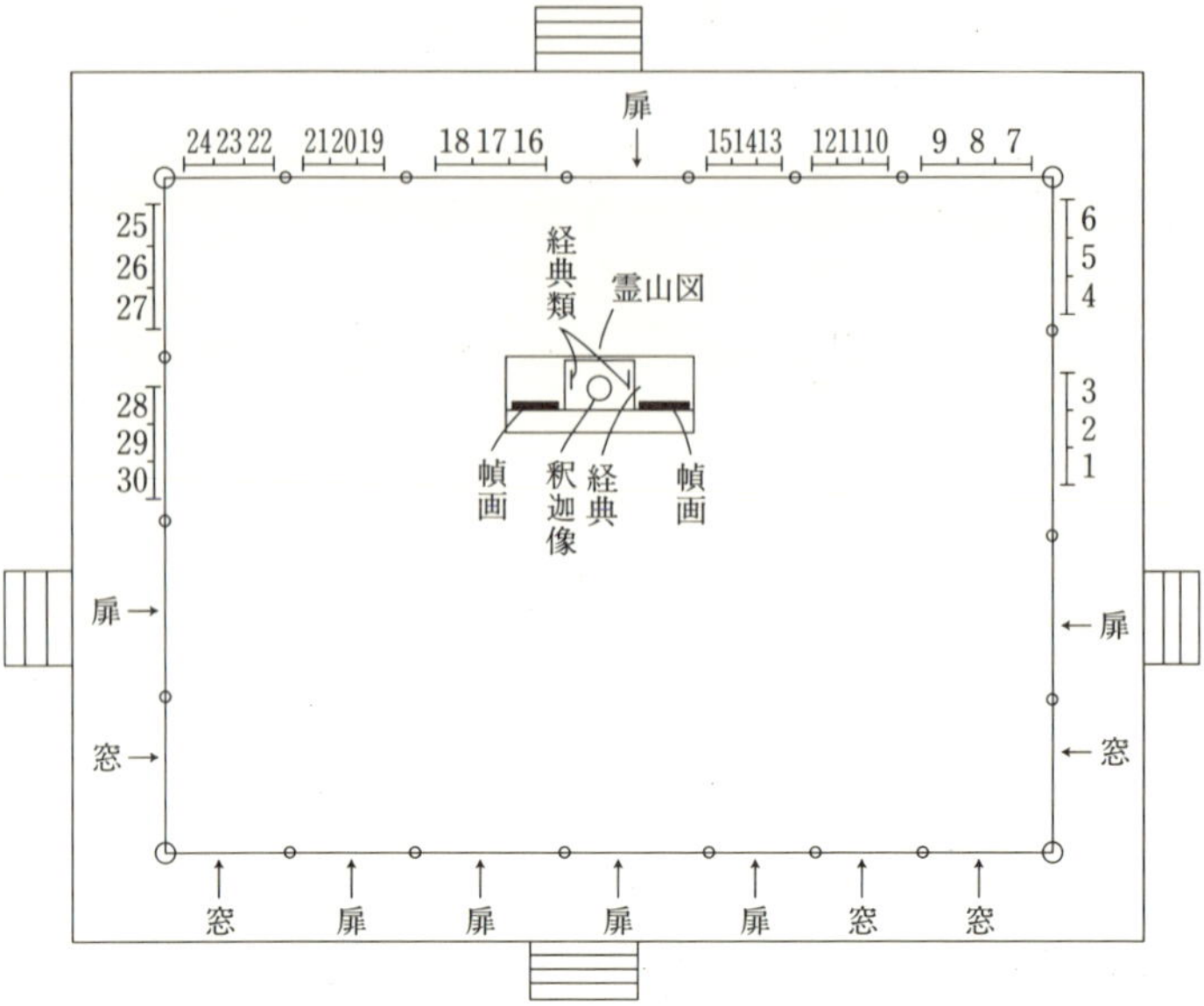

図５　曹溪寺・大雄殿概略図

図６　曹溪寺・大雄殿外壁に描かれた「釈迦一代記図絵」の前で礼拝する信者たち

されていた。自分ひとりでも十分に絵語りの世界に浸《ひた》れるように工夫された絵画だと言えよう。絵解きも可能な仏教説話画の大作なのである。ただ惜しむらくは、韓国の気候風土がなさしめる著しい乾燥のため、既に画面の一部に剥落が認められる。そこで、本稿では、火急の要と判断し、左にこの「釈迦一代記図絵」の全容を紹介することとした。

なお、韓国の仏伝に関する絵解きについては、後述の「東鶴寺（韓国・忠清南道）の『釈迦八相図』絵解き」も併せて参照されたい。

〔注〕

（1）日本の年号では、明治四三年に当たる。

（2）以下、近・現代の韓国仏教界の動静については、左の諸書が参考となった。
愛宕顕昌著『韓国仏教史』（山喜房仏書林、昭57・4）
金煐泰著・沖本克己監訳『韓国仏教史』（禅文化研究所、昭60・9）
鎌田茂男編『講座仏教の受容と変容5　韓国編』（佼成出版社、平3・11）

（3）一九四一年（昭和一六）四月二三日、「朝鮮仏教曹溪宗総本山太古寺寺法」が制定・認可された。これは、十六章百三十条から成り、あらたに宗会法・僧規定法などの規定がされた。

（4）韓国観光文化研究所編『韓国寺刹住所録』（国際仏教徒協議会、'83・4）参照。

（5）鎌田茂雄氏『朝鮮仏教の寺と歴史』（大法輪閣、昭55・10）『朝鮮仏教史』（東京大学出版会、昭62・2）をはじめ、先学諸家こぞって韓国仏教の特色として掲げる項目は、ほぼ一致していると言ってよかろう。

（6）ただし、寺僧については、亡くなると荼毘に付したあと、その舎利の一部を収めた釣鐘型の浮屠が、寺域の一隅に作られている、という事実が存する。

（7）（8）原漢文。平成三年九月北京市内の寺院を回られた吉原浩人氏恵贈の、国内観光客用の小冊子。

（9）本図は、II「絵解きの東漸―インド・中国・韓国、そして日本に見る「仏伝図」絵解き―」でも掲げたが、論旨の都合上、再度掲出する点、御寛怒願いたい。

（10）現在は、「大韓教育曹溪宗教育院」と書かれた縦書の看板と、「文化教育館」と書かれた横書の看板が掲げられている。

(11) 画題は、その内容から見て便宜上恣意に付したものであることを、おことわりしておく。

「釈迦一代記図絵」(壁画)

凡例

一、曹溪寺(ソウル市鍾路区)大雄殿外壁に描かれた「釈迦一代記図絵」(仮称、全三十図)と、各場面の下部に付された説明文(原文はハングル)とを取り上げることとした。

一、各場面共通して、上部に当該図を掲げ、その下にハングルの説明文を翻字し、さらに各図の左側に日本語訳を付す、という形態をとることとした。

一、日本語訳の部分に関しては、若干の注を施しておいた。また、補足した部分は、便宜的に( )で示した。

〔第一図〕

浄飯王妃《じょうぼんのうひ》、摩耶夫人《まやぶにん》は、天の門が開きながら輝く雲の中で菩薩たちの護衛を受け、白象に乗った菩薩が下って胎内に入るという、懐妊の夢を見られた。

정반왕비 마야부인은 하늘문이 열리며 찬란한 구름속에
보살들의 호위를 받고 백색코끼리를 탄 한분 보살이 내려
와 복중으로 드는 태몽을 꾸시다.

정반왕비 마야부인은 하늘문이 열리며 찬란한 구름속에 보살들의 호위를 받고 백색코끼리를 탄 보살한분이 내려와 복중으국 드는 태몽을 꾸시다.

143 曹溪寺（ソウル市）大雄殿の壁画「釈迦一代記図絵」

〔第二図〕

お産のため生家に帰る途中、浄飯王妃が花畑で休息中出生した太子は、七歩歩んだ後、天と地を指しながら〝天上天下　唯我独尊〟とおっしゃった。この時、地から蓮華が開いた。

해산코저 친정으로 가던 정반왕비가 꽃밭에서 휴식중 출생한 태자는 7걸음을 옮기시며 하늘과 땅을 가리키고 “천상 천하 유아독존”이라 하시다. 이때 땅에서 연꽃이 솟다.

〔第三図〕

仏様の出生を予見して下山した阿私陀《あしだ》仙人は、三十二相・八十種好を具足した太子を見て、仏になって衆生を済度されることを予言する。

부처님 오심을 예견하고 하산한 아시타선인은 32상
80종호가 구족한 태자의 상을 보시고 부처가 되어 중생
을 제도 하실 것임을 예언하다.

부처님 오심을 예견하고 하산한 아사타선인은 32상 80종호를 구족한 태자의 상을 보시고 부처가되어 중생을 제도하실 것임을 예언하다.

145 曹溪寺（ソウル市）大雄殿の壁画「釈迦一代記図絵」

〔第四図〕

太子は、名前を悉達多《しっだった》と名付けられ、少年期に既に二十四種の学問と二十九種の武術に通じ、他に適う者は誰もいなかった。

태자의 이름은 실달타라 하였으며, 소년기에 이미 24종의 학문과 29종의 무술에 통달하여 누구도 감당할 수 없었다.

〔第五図〕

太子は、才色を兼備した隣の国の王女である耶輸陀羅《やしゅだら》に求婚しているおおぜいの競争者を武術試合で退けて、王女を太子の妃として迎え入れた。

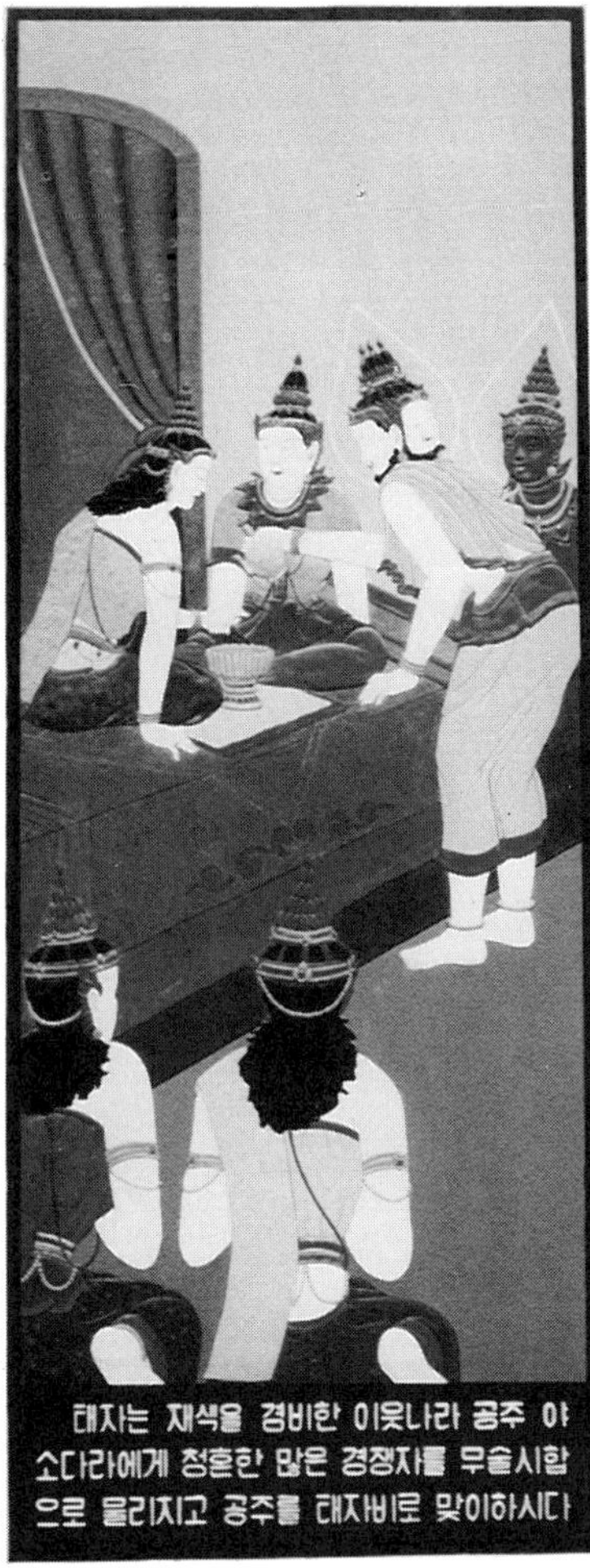

태자는 재색을 겸비한 이웃나라 공주 야소다라에게 청혼한 많은 경쟁자를 무술시합으로 물리치고 공주를 태자비로 맞이하시다.

〔第六図〕

民情を視察していた時、太子は、城の外で老人と病者とをごらんになって、人生の虚無と生老病死の根本的苦しみとを見た。

민정을 시찰하던 태자는 성밖에서 노인과 병자를 보시고 인생의 허무와 생노병사의 근본고를 관찰하시다.

〔第七図〕

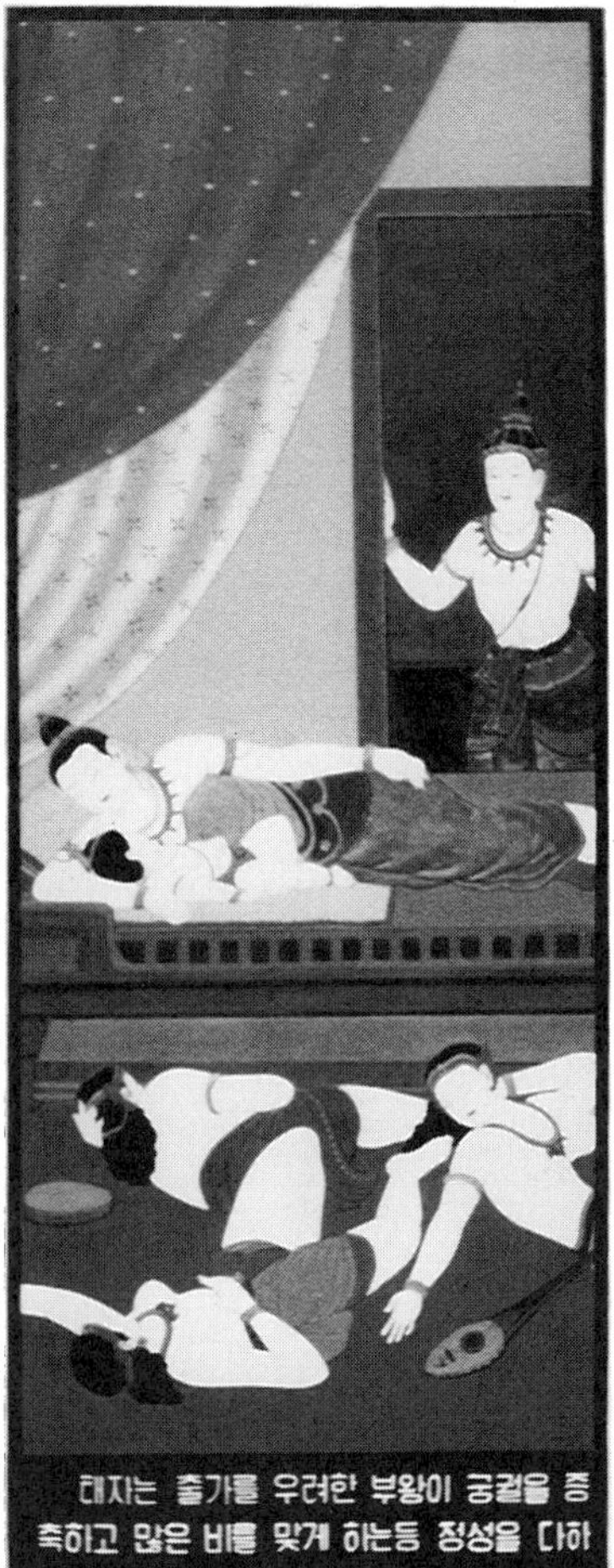
태자는 출가를 우려한 부왕이 궁궐을 증
축하고 많은 비를 맞게 하는등 정성을 다하
나 생사해결의 명상에만 전념하시다.

太子が出家するかも知れないと恐れた父王は、宮殿を増築し、おおぜいの妃を迎え入れるなど、あれこれ気遣っておられたが、太子は、生死解決の瞑想ばかりに専念なさった。

태자의 출가를 우려한 부왕이 궁궐을 증축하고 많은 비를 맞게 하는등 정성을 다하나 태가는 생사해결의 명상에만 전념하시다.

〔第八図〕

太子は、父王が兵士を動員して、宮殿を閉ざして、出家を阻止されようとしたが、二月八日の真夜中、御者の車匿《しゃのく》を伴い、宮殿を抜け出して出家なさった。

태자는 부왕이 군사를 동원 궁궐 안밖을
막고 출가를 저지하였으나 2월 8일 한밤중
마부 차익과 성문을 넘어 출가 하시다.

태자는 부왕이 군사를 동원하여 궁궐 안밖을 막고 출가를 저지하였으나 2월 8일 한밤중 마부 차익과 성문을 넘어 출가 하시다.

〔第九図〕

数ヶ月かかって到着したヒマラヤの森の中にあるアノバ河（注）の上流を修行の地と定めた太子は、〝成仏して還宮する〟と伝えるように、車匿に対して依頼された。

（注）Anoma（アノマ）とも言う。崇高の意。

수개월만에 도착한 히마라야숲속 아노바강 상류를 수행처로 정한 태자는 성불하여 환궁할 것임을 전언토록 차익에게 당부하시다.

〔第十図〕

父王は、憍陳如《きょうじんにょ》などの五人を遣わして、苦行をなさる太子を守護させ、帝釈天王は、琴を弾いて、厳しい苦行を慰められた。

부왕은 교진여등 5인을 보내 고행하시는 태자를 보호케 하였으며 제석천왕은 거문고를 타며 극심한 고행을 위로하시다.

〔第十一図〕

六年の苦行で、すべての感情・本能・欲求・衝動などから解放され、解脱成就のため苦行を解き、沐浴後、乳粥を初めての供養として召し上がった。

6 년고행으로 온갖 감정・본능・욕구・충동등을 항복받고, 해탈성취를 위해 고행을 풀고 목욕후 유미죽을 첫공양으로 드시다.

〔第十二図〕

菩薩（太子）の相好は一層明かるく、頭光は輝き、眉間の白い毛から出る光に、魔王波旬《はじゅん》は驚いて、三人の魔女に成道を妨げさせた。

보살의 상호는 더욱 밝고 두광은 빛났으며
눈섭사이의 흰털에서 나온 빛에 마왕 파순이
놀라 3마녀를 시켜 성도를 방해토록 한다.

보살의 상호는 더욱 밝고 두광은 빛났으며 눈썹사이의 흰털에서 나온 빛에 마왕 파순이 놀라 3 마녀를 시켜 성도를 방해토록 한다.

〔第十三図〕

菩薩の成道を妨げることに王女である魔女たちが失敗すると、魔王は、猛獣・羅刹・餓鬼などを数限りなく動員して、神通力と手際を尽くして菩薩に危害を加えようとしたが、近寄ることさえ出来なかった。

보살의 성도를 방해하는데 공주인 마녀들이 실패하자, 마왕은 맹수・나찰・아귀등을 수없이 동원하여, 신통과 재주를 다하여 보살을 해하려 하였으나 가까이 접근할 수 없었다.

〔第十四図〕

最後に、八十億の魔軍を動員して決死的に攻撃する魔王を退け、降参させた。この時、攻撃に使った武器は、菩薩に接近出来ないばかりか、空中に舞い上がって落ちたり、蓮華などに変わった。

최후로 80억 마군을 동원하여, 결사적으로 공격하는 마왕을 물리치고 항복을 받으시다. 이때 공격하던 무기는 보살 가까이 접근을 못하고 공중에서 머물다가 떨어지거나, 연꽃등으로 변하였다.

〔第十五図〕

菩薩は、魔王を降した翌日、明けの明星をごらんになって、阿耨多羅三藐三菩提の大悟を開いて、釈迦牟尼仏になられた。それは、三十五歳の年の十二月八日のことである。

보살은 마왕의 항복을 받은 다음날 샛별이 올라옴을 보시고 아녹다리삼약삼보리의 큰 깨달음을 이루시니 석가모니불이 되시다. 이때가 35세로 선달 8 일이다.

〔第十六図〕

仏様は、成仏の後、初めてラサヤタ(注1)の樹の下でタプサ(注2)、バルリカ(注3)という二人の商人から蜜水などの供養を受けられた。この時、右の四天王は鉢を捧げている。

注
(1) 菩提樹のことか。不祥。
(2) 北天竺から来た商人。帝梨富沙《たいりふさ》。
(3) 帝梨富沙の弟、波利《はり》。

부처님은 성불하신후 최초로 라사야타 수하에서 타푸사・발리카 두상인으로부터 꿀물등의 공양을 받으시다. 이때 오른쪽 4천왕은 발우를 받치고 있다.

〔第十七図〕

世尊は華厳経を説くが、根気のない衆生には理解出来ないことをお分かりになり、涅槃に入る前に根本法ではなく、三乗法を説くこととされた。この時、天神などは皆、説法を懇請する。

세존께서 화엄경을 설하시나 근기가 약한 중생은 알아들을 수 없음을 아시고 열반에 드시려다 근본법이 아닌 3승법을 설하시기로 하셨을 적에 천신들이 모두 설법을 간청하다.

〔第十八図〕

世尊は、天神などの請いを受け容れて六年苦行の時、太子を守護してから鹿野苑で修行中であった憍陳如などの五人に、初めての法話を説いた。これが、有名な鹿野苑の初転法輪である。

세존께서는 천신들의 청을 받아들여 6년 고행시 태자를 보호하다가 녹야원에서 수행중이던 교진여등 5인에게 첫 법문을 설하시다. 이것이 유명한 녹야원의 초전법륜이다.

성도 6년 부왕의 청에 따라 한국 본생담을 설하시다. 부왕은 총명한 소년 5인을 승려되게 하다. 동생 난타의 하인 우바리존자도 출가하다.

〔第十九図〕

成道して六年、父王の願いを受け容れて帰国、本生譚を説かれた。父王は、総明な少年五人を出家させた。（世尊の）弟の難陀《なんだ》の下人、優波離《うはり》尊者も出家した。

〔第二十図〕

父王と耶輪陀羅妃は、世尊の教えによって、世尊の子であり、王孫である羅《ら》睺《ご》羅《ら》の出家を承諾し、また、少年五十人をも一緒に出家させることを承諾された。

부왕과 야수다라비는 세존의 깨우침에 세존의 아들이며 왕손인 라후라의 출가를 승낙하시고 소년 50인을 함께 출가케 하시다.

〔第二十一図〕

世尊をねたんだ従弟の提婆達多《だいばだった》は、阿闍世《あじゃせ》王と謀って、五百頭の酒を飲ませた象を以て、世尊に危害を加えようとしたが、むしろ彼等を正法に入らせることとなった。

세존을 시기한 사촌동생 제바달다는 아사세왕과 모의하여 500마리 술먹인 코끼리로 세존을 해하려 하나 그들을 정법에 들게 하시다.

〔第二十二図〕

世尊を養育した叔母は、出家を願って八つの敬い方を守ることを約束された。この方が、比丘尼の鼻祖、マハープラジャーパティー（魔《ま》訶《か》波《は》闍《じゃ》波《は》提《だい》）である。

세존을 양육한 이모가 출가를 원하심에 8개 공경법을 지킬것을 약속받고 허락하시다. 이분이 비구니의 비조인 대애도 비구니이다.

〔第二十三図〕

従弟の提婆達多は、手を替え品を替えて世尊に危害を加えようとしたが、かえって阿闍世王と五百弟子は世尊に帰依し、自分（提婆達多）はとうとう地に埋められて死んだ。

사촌동생 제바달다는 온갖 방법으로 세존을 해하려 하나 오히려 아사세왕과 5백제자가 세존에 귀의되고 자신은 끝내 땅에 묻혀 죽다.

〔第二十四図〕

難陀は、結婚式にお招きして自分の家に来られた世尊の帰りを見送る途中、世尊の神通力によって、無意識のまま祇園精舎に入って、僧侶となった。

난타는 결혼초청을 받고 자신의 집에 이르셨던 세존을 전송하다가 세존의 신통 력으로 무의식중에 기원정사로 들어가 승려가 되다.

〔第二十五図〕

千人の指で首飾りを作らなければならないバラモン教徒・央堀《おうくつ》摩羅《まら》は、千人目の母親を殺そうとした時、通り過ぎてゆく世尊に躍りかかったが、済度を受けることとなった。

천명의 손가락으로 목걸이를 해야하는 바라문교도 알굴마라는 천명째 친모를 죽이려다 지나는 세존께 덤볐으나 제도를 받다.

167　曹溪寺（ソウル市）大雄殿の壁画「釈迦一代記図絵」

〔第二十六図〕

世尊は、大衆に戒法を開き、悪の根本を絶やし、善行で修行する道として、五戒・十戒・四十八戒・二百五十戒などを説いた。

세존께서 대중에게 계법을 열으시니 악의 근본을 발본하고 선행으로 수행하는 길 5계, 10계, 48계, 250계 등을 설하시다.

〔第二十七図〕

父王の老衰を二千里離れていてもお分かりになった世尊は、家族と還宮してから、最後の説法で父王を心安らかにさせ、(父王が)九十七歳で崩御なさると、手ずから葬られた。

부왕의 노환을 2천리 거리에서 아신 세존은 가족과 환궁 마지막 설법으로 안락케 하시고 97세로 붕어하시자 친히 장사지내시다.

〔第二十八図〕

世尊誕生の八日目に亡くなられ、忉利天に転生された生母摩耶夫人を諭され、一切衆生が六道輪廻することは、ひとえに貪・嗔・癡の三毒のためであるので、これを断ち切るようにと説かれた。

세존 탄생 8일만에 사하여 도리천궁에 환생한 생모 마야부인께 이르시어 일체중생이 육도윤회하는 것은 오로지 탐・진・치 3독 때문이니 이를 끊으라 설하시다.

〔第二十九図〕

世尊が忉利天で母親に説いている間、世尊に会いたいと切望していた于闐国《うてんこく》王《おう》が、仏像を造って礼拝することによって、僧迦施《そうぎゃせ》（国《こく》）に降下なさった。

세존이 도리천궁에서 어머니께 설하시는 동안 세존을 뵈옵고 싶은 마음이 간절했던 우진국왕이 불상을 조성하여 예불함으로 상카사에 강하하시다.

〔第三十図〕

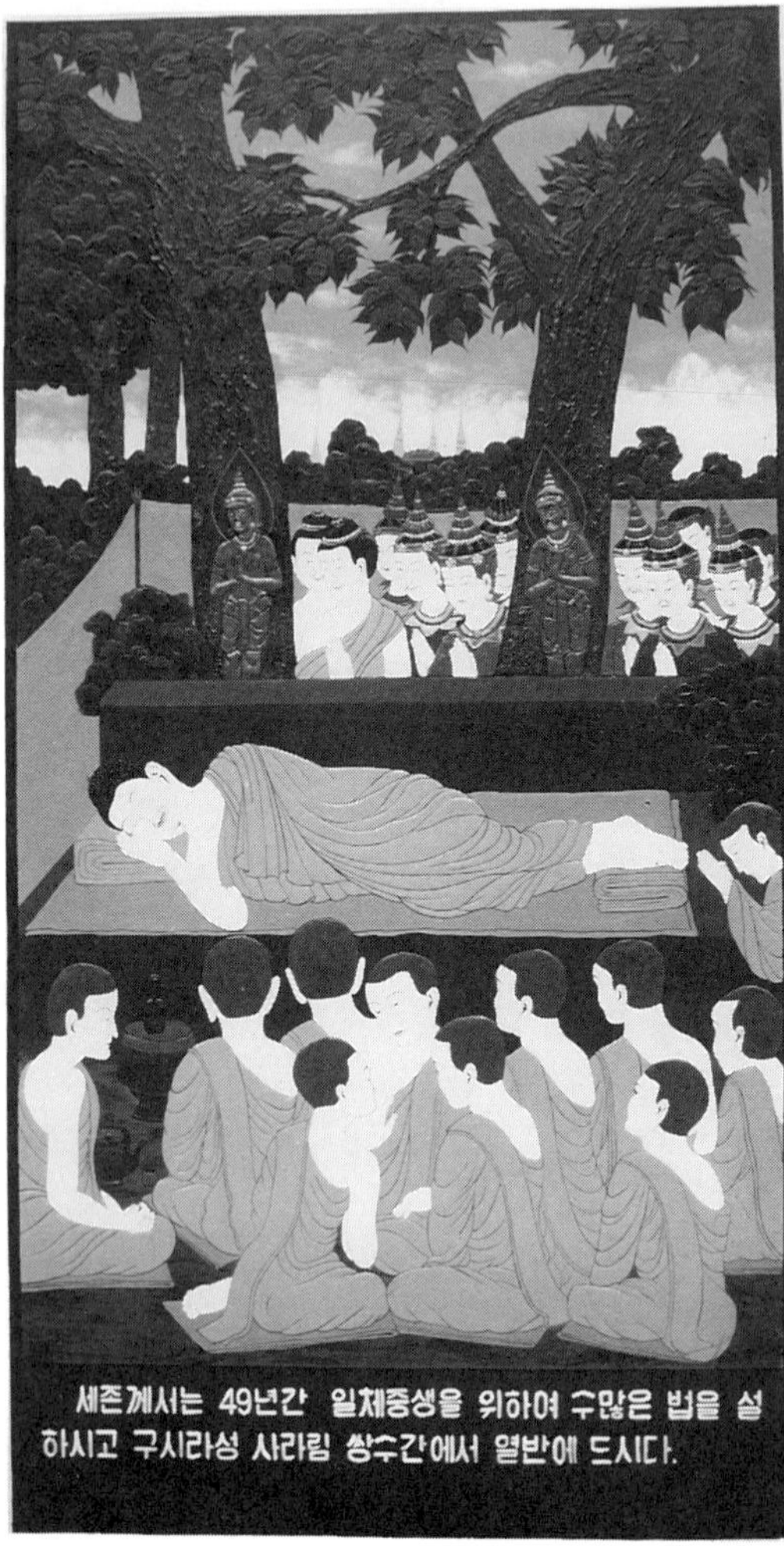

世尊は、四十九年間、一切衆生のために数多くの法を説かれ、拘尸《くし》那城《なじょう》の沙羅林双樹の間で涅槃に入られた。

세존께서는 49년간 일체중생을 위하여 수많은 법을 설하시고 구시라성 사라림 쌍수간에서 열반에 드시다.

韓国における『釈氏源流應化事蹟』の意義

一

一九八七年以来、韓国の仏教寺院に伝来する「仏伝図」を採訪、その成果を少しく報告してきた(1)が、韓国最大の宗派、曹渓宗《チョゲジョン》総本山・曹渓寺《チョゲサ》（ソウル市）の大雄殿外壁に描かれた「釈迦一代記図絵」（全三十図）の典拠に長い間関心を抱いてきた。そこで、第八十一回絵解き研究会例会（於明治大学、平成九年五月六日）において、「北朝鮮の仏教寺院・絵解き、そして韓国の仏伝図をめぐって」と題する口頭発表の中で、右の「釈迦一代記図絵」の拠ると思しき絵伝が、八七年秋頃ソウル市内の古書店で求めた『図解八相録』(2)の口絵にカラー印刷されている全三十五図、ならびに曹渓寺近くの仏教専門書を出版・販売している宝蓮閣《ポリョンガク》発行のカラー版絵伝、金正煥画「娑婆教主釈迦牟尼一代記」（刷り物）全三十五図の両者と、構図的に一致する旨報告した。今、具体的にその一例を次ページ（**図1〜図3**）に示しておく。

おそらく、曹渓寺の「釈迦一代記図絵」は、『図解八相録』所収画に依拠したものであろう。ただし、現時点では、『図解八相録』所収画が、韓国独自の絵柄か否かは不明である。

二

勧善書の形態をとる『図解八相録』（架蔵）が、実は呉杲山《オゴサン》・李鐘益《イジョンイク》・沈載烈《シムゼヨル》編訳で、一九七八年九月宝蓮閣より刊行さ(3)

図1　『図解八相録』

図2　「娑婆教主釈迦牟尼一代記」

図3　「釈迦一代記図絵」

れていることも分かっていたので、先の口頭発表に当たっては、金正凡氏にその「はしがき」を日本語に訳してもらったものを、出席者に配布した。それを、左に掲げておくこととする。

　概ね、聖人や英雄の伝記には、様々の伝説・逸話が付きがちではあるが、釈迦世尊の伝記ほど、豪華で荘厳に飾られたものは、他に例を見ない。釈迦世尊の伝記には、前世の話から、（中略）涅槃に入るまでの話を説話や伝記で編纂した文献としては、『修行本起経』上下二巻、（中略）『中本起経』二巻など、十部経の百巻余りがある。このように、豪華で広範な文献が残っていることに驚かされる。

これらを、総合して釈迦牟尼仏の伝記を編集したものとしては、梁僧祐（四四四〜五一八）撰の『釈迦譜』十巻があり、明の宝成が一四八六年に刊行した『釈氏源流應化事蹟』四巻は、延べ四百話のうち、釈迦の前世から涅槃を経て法蔵の結集までの釈迦の行蹟を、百九十話に要約して編んだものである（残り二百十話は、歴代高僧・大徳の行蹟を纏めたもの）。

そして、我が国において、ハングル文で流行っている『八相録』は、上記の『應化事蹟』から釈迦の行蹟のみを抜粋して、百七十七話に編んだものである。

ところで、本書の出版の前に、宝蓮閣の李奉洙社長から様々な形態の「釈迦行蹟図」について、絵の説明を詳しくするように依頼され、それを解説しようとしたところ、解説だけでは釈迦の伝記が順序よく纏まらないので、結局は一つの説話体の原稿を七百枚余り書くこととなった。

釈迦の伝記は、神格化されたものと、純粋な人間釈迦の立場から記したものとがあり、もう一つは、純粋に学術的な側面から伝記を整理する方法もあるだろう。ここでは、神格化された側面と人間的な側面とを混ぜて叙述した。特に前世譚の宝光如来に花供養した話、求婚争いの武術試合、魔軍降伏などの説話場面は、それ自体が小説であり劇なので、大衆のために詳しく説明した。そして、求道精神や苦行生活、涅槃に入る状況も詳しく記した。本書の主な目的は、興味本位の説話体で大衆布教をするためにある。また、多くの文献の記録が一致しないので、自分で取捨した。補充原稿六百枚は、呉杲山・沈載烈両氏のおかげで出来上がり、『図解八相録』と命名したことを、記しておく次第である。

仏滅三〇〇三年六月

法雲居士　李鍾益　合掌

右の如く、韓国にあっては、ハングルで書かれ、世に広く知られる『八相録』は、中国明代の宝成が成化二十二年（一四八六）に出した『釈氏源流應化事蹟』[4]全四巻の中から、釈迦の行蹟百七十七話を取り上げて編纂したもので、件の『図解八相録』も又同じであるという。因みに、両書を読み較べていくと、『図解八相録』の挿図も、その絵柄を『釈氏源流應化事蹟』のそれに則っていることが、知られるのである。

三

例えば、『釈氏源流應化事蹟』巻一「菩薩降魔」の絵柄は、『図解八相録』に収められた「樹下降魔相」の中の一図に相当するものである。参考に供すべく、次ページに両者の当該図（**図4・図5**）を掲げることとする。

『釈氏源流應化事蹟』を繙くと、いずれの場合も先ず図を掲げ、次いで漢文体の文章を物しているのである。右の巻一「菩薩降魔」の図に相応する一文は、次の通りである。

菩薩降魔

本行経云菩薩思惟此魔波旬不受他諫造種種事菩薩語波旬言我至菩提樹下将一把草鋪已而坐恐畏波旬成於怨讐闘諍相競造諸悪行無有善心我今欲断怨讐欲滅悪業汝若欲生怨恨之心菩薩坐此樹下将草作鋪著糞掃衣汝心如是妬嫉此事汝魔波旬旦定汝意我若成就阿耨多羅三藐三菩提後取如是等一切諸事付嘱於汝願汝廻心生大歡喜魔王波旬汝今心中亦有誓言我等必当恐怖菩薩令捨此座起走勿渟然我復有弘大誓願我今此身坐於此座設有回縁於此坐処身体砕壊猶如微塵寿命磨滅若我不得阿耨多羅三藐三菩提我身終不起於此処魔王波旬如是次第我等当観是誰勇猛誓願力強有能在先成就此願或我或魔及汝軍衆若我福業善根力強我応成就如此誓願真実不虚

いわゆる朝鮮半島に伝わる「仏伝」、とりわけ『八相録』を考察する上で、この中国伝来の宝成著『釈氏源流應化事蹟』の存在を看過してはならない。加えて、「仏伝」「釈迦八相図」等の検討に際しても、本書を視野に入れておく必

図4　『釈氏源流應化事蹟』所収「菩薩降魔」図

図5　『図解八相録』所収「樹下降魔相」の中の一図

要があるだろう。

四

曹溪寺大雄殿の壁画「釈迦一代記図絵」と『図解八相録』所収絵伝及び「娑婆教主釈迦牟尼一代記」（刷り物）との詳細な比較検討、ならびに『釈氏源流應化事蹟』と『図解八相録』の両書に見られる図のもう少し詳しい比較検討に関しては、次章に譲ることとする。

〔注〕

（1）「東鶴寺（韓国・忠清南道）の『釈迦八相図』絵解き」、「曹溪寺（ソウル市）大雄殿の壁画『釈迦一代記図絵』」、「俗離山法住寺（韓国・忠清北道）捌相殿の『八相幀』」。なお、これらの小考は、すべて本書に収めた。

（2）奥付は一紙貼り込んだもので、次の如く記されている。

新圓寂陽川后人　許太宰　灵駕
四十九日齋　極樂發願法布施
願以此功徳　普及於一切　我等與衆生
當生極樂國　同見無量壽　皆共成佛道
齋日、佛紀二五二二年　十一月　五日（양력）
十月　五日（음력）
주소：서울　特別市　道峰區　双門洞六九—一二号
齋者　清真士　許　敏　康
清信女　朴　光　任　伏爲
京畿道　議政府市　長岩洞
水落山　石　林　寺　水月道場

比丘尼　住持　兪　寶　覺
總務　孫　能　仁　合掌

台湾でも見られる勧善書の類であろうか。表紙の色は青で、宝蓮閣刊のそれは濃いグレーであるが、内容は完全に一致している（総ページ数七百二十六ページ）。

（3）　一九九七年五月、宝蓮閣で購入した。

（4）　宝蓮閣で刊行した複製本は、巻一内題に「釋迦如来成道應化事蹟記」とあり、又、巻四奥付に「康熙十二年癸丑秋京畿楊州地仏岩寺開刊」とある。因みに、康熙一二年は西暦一六七三年で、朝鮮王朝顕宗一四年に当たる。架蔵の右記複製本は、一九九七年六月、韓国外国語大学校大学院日本語科の学生たちから贈られたものである。

清・開慧撰『釋迦如来應化事迹』小攷

一

韓国・ソウル市にある曹溪宗総本山・曹溪寺の大雄殿外壁画「釈迦一代記図絵」（全三十図）の典拠を探し求めている過程で、『図解八相録』（ソウル市・宝蓮閣、一九七八年九月）口絵カラー（全三十五図）との関わりの一通りではないことを見出した。刷り物の「娑婆教主釈迦牟尼一代記」（全三十五図）をも含めた相関関係については、前章「韓国における『釈氏源流應化事蹟』の意義」で少々触れておいた。それ以後、事ある毎に、『図解八相録』の「はしがき」に記されている、中国明代の宝成が一四八六年に刊行したという『釈氏源流應化事蹟』[1]四巻に注目してきたのだが、残念ながら未だこれを実見するまでには至っていない。

しかし、『釈氏源流應化事蹟』の内容と類似する『釋迦如来應化事迹』（四冊）なる複製本[2]**（図1）**を、一九九七年秋入手することが出来たので、それについて些か考えることとしたい。

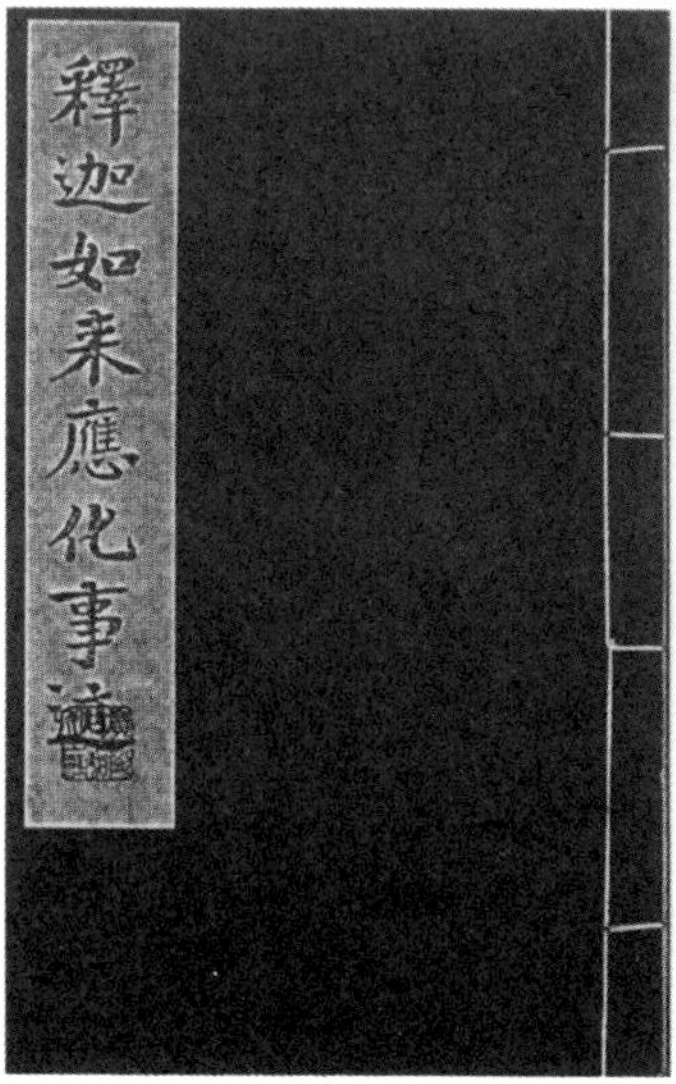

図1　『釋迦如来應化事迹』表紙
（嘉慶13年版複製）

二

件の『釋迦如来應化事迹』は、清の嘉慶十三年（一八〇八）に刊行された絵入り仏伝である。巻頭に清の永珊撰「重絵釋迦如來應化事迹縁起」を掲げ、続けて、前記『釈氏源流應化事蹟』の巻頭にも掲載された、唐の王勃《おうぼつ》撰『釋迦如來成道記』を載せている。さらに、本文の目録（目次）を列記している。そこで以下に、その目録を掲げておくこととする[3]。なお、標題の下に、『釈氏源流應化事蹟』[4]の標題(目次)の構成も掲載しておく。

〈巻一〉		〈巻一〉	
1	釈迦垂迹	1	
2	買花供仏	2	如来因地
3	布髪掩泥	×	
4	上托兜率	3	
5	瞿曇貴姓	4	
6	呪成男女	5	浄飯聖王
7	家撰飯王	6	摩耶託夢
8	乗象入胎	×	
9	樹下誕生	7	
10	九龍灌浴	×	
11	従園還城	8	
12	仙人占相	9	
13	大赦修福	×	
14	姨母養育	10	
15	往謁天祠	11	
16	園林嬉戯	12	
17	習学書数	13	
18	講演武芸	14	
19	太子灌頂	15	
20	遊観農務	16	
21	諸王捔力	17	
22	擲象成坑	×	
23	悉達納妃	18	

24	五欲娯楽	19	
25	空声警策	20	
26	飯王獲夢	21	飯王応夢
27	路逢老人	22	
28	道見病臥	23	
29	路睹死屍	24	路覩死屍
30	得遇沙門	25	
31	耶輸兆夢	26	耶輸応夢
32	初啟出家	27	
33	夜半逾城	28	
34	落髪貿衣	29	金刀落髪
35	車匿辞還	30	
36	車匿還宮	31	
37	詰問林仙	32	
38	勧請回宮	33	
39	調伏二仙	34	調伏二遷
40	六年苦行	35	
41	遠餉資糧	×	
42	牧女献糜	36	

43	禅河澡浴	37	
44	天人献衣	38	帝釈献衣
45	詣菩提場	39	
46	天人献草	40	
47	龍王讃嘆	41	
48	坐菩提座	42	
49	魔王驚夢	43	魔王得夢
50	魔子諫父	44	
51	魔女妶媚	45	
52	魔軍拒戦	46	
53	魔衆拽瓶	47	
54	地神作證	48	
55	魔子懺悔	49	
56	菩薩降魔	50	
57	成等正覚	51	
58	諸天讃賀	52	

〈巻二〉

59	華厳大法	53	
60	頓制大戒	×	

61	観菩提樹	54	
62	龍宮入定	55	
63	林間宴坐	56	
64	四王献鉢	57	
65	二商奉食	58	
66	梵天勧請	59	
67	転妙法輪	60	
68	度富楼那	61	
69	仙人求度	62	
		63	船師悔責
70	耶舎得度	64	
71	降伏火龍	65	
72	急流分断	66	
73	二弟帰依	×	
74	棄除祭器	67	
75	竹園精舎	68	
76	領徒投仏	69	
77	迦葉求度	70	
78	仮孕謗仏	71	

79	請仏還国	72	
80	認子釈疑	73	
81	度弟難陀	74	
82	羅睺出家	75	
83	須達見仏	76	
84	布金買地	77	
85	玉耶受訓	78	
86	漁人求度	79	
87	仏化無悩	82	
88	月光諌父	80	
89	申日毒飯	81	
90	降伏六師	83	
91	持剣害仏	84	
92	仏救尼揵	85	
93	初建戒壇	86	
		87	敷宣戒法
94	姨母求度	88	
95	度跋陀女	89	
96	再還本国	90	

97	為王説話	91
98	仏留影像	92
99	度諸釈種	93
101	降伏毒龍	94
102	化諸淫女	95
103	阿難索乳	96
104	調伏酔象	97
105	張弓害仏	98
106	仏化盧志	×
		〈巻二〉
107	貧公見仏	99
108	老人出家	100
〈巻三〉		
109	浄土縁起	×
110	醜女改容	101
		102 夫人満願
111	鸚鵡請仏	103
112	悪牛蒙度	104
113	白狗吠仏	105
114	火中取子	106
115	見仏生信	107
116	因婦得度	108
117	老婢得度	110
118	盲兒見仏	109
119	付嘱天龍	×
120	勧友請仏	111 勧親請仏
121	嘱兒飯仏	112
122	貸銭弁食	113
123	談楽仏至	116
124	説苦仏来	115
125	老乞遇仏	114
126	度網魚人	119
127	仏度屠兒	118
128	度捕猟人	120
129	無量寿会	×
130	仏化醜兒	121
131	度除糞人	123
132	救度賊人	122

133	祀天遇仏	117	
134	仏救嬰児	126	
135	鬼母尋子	128	
136	金剛請食	127	
137	目連救母	125	
138	施食縁起	124	
139	説咒消災	136	
140	楊枝浄水	130	
141	採花献仏	131	
142	造幡供仏	133	
143	施衣得記	134	
144	小児施土	129	
145	衣救龍難	135	
146	證明説咒	137	
147	燃燈不滅	132	
148	龍宮説法	138	
149	念仏法門	139	天龍雲集
150	仏讃地蔵	140	
151	勝光問法	141	
152	維摩示疾	142	
153	文殊問疾	143	
154	金鼓懺悔	144	
155	楞伽説経	145	
156	円覚総持	146	円覚三観
157	楞厳大定	147	
158	般若真空	148	
〈巻四〉			
159	法華妙典	150	
160	法伝迦葉	×	
161	飯王得病	151	
162	仏還観父	152	
163	殯送父王	153	
164	釈種酬債	154	仏救釈種
165	為母説話	155	
166	嘱累地蔵	×	
167	最初造像	156	
		157	浴仏形像
168	姨母涅槃	158	

169	請仏入滅	159	
170	仏指移石	160	
171	嘱分舎利	161	
172	付嘱國王	149	
173	付嘱諸天	162	
174	付嘱龍王	163	
175	請仏住世	164	
176	天龍悲泣	165	
177	魔王説咒	166	
178	純陀後供	167	
179	度須跋陀	168	
180	仏現金剛	169	
181	懸記法住	170	如来懸記
182	最後垂訓	171	
183	茶毘（マヽ）法則	173	
184	臨終遺教	172	
		174	造塔法式
185	雙林入滅	176	
186	金剛哀恋	177	

187	仏母得夢	178	
188	昇天報母	179	
189	仏母散花	180	
190	仏従棺起	181	
191	金棺自挙	182	金棺不動
192	仏現雙足	183	
193	凡火不燃	184	
194	聖火自焚	185	
195	応盡還源	175	
196	均分舎利	186	
197	結集法蔵	187	
198	育王起塔	188	
		189	育王得珠
199	迦葉付法	190	
200	雞足入定	191	迦葉入定
201	商那受法	192	
202	毱多籌室	193	
203	蜜多持幡	×	
204	馬鳴辞屈	194	

205	龍樹造論	195
206	天親造論	×
207	師子伝法	196
208	大法東来	×

右に示した如く、『釋迦如来應化事迹』全四巻は、『釈氏源流應化事蹟』全四巻中の巻一及び巻二という前半部と対応していることが、自ずと知られるのである。詳細な比較検討は、後日に期することとしたい。

三

ところで、一九九七年の晩秋、中国・上海、蘇州の仏教寺院調査の際、上海外文書店で求めた影印版『釋迦如来應化事迹』（上海古籍出版社、一九九五年二月）冒頭の「出版説明」中に、

《釋迦如來應化事迹》是一部通俗性的佛傳圖書、它從《佛本行經》、《過去現在因果經》、《釋迦譜》等近七十部佛傳典籍和經書中輯録釋迦佛故事二百餘則、每則配以插圖一幅、形象地展示了他從誕生、出家、修行、成道、説話傳教直至涅槃的整個過程。這些故事多具濃郁傳奇色彩、讀來饒有興味。書中還包含一些經教故事和佛陀諸弟子的事迹、最後以漢明帝夢感求法、佛教傳入中國的故事結束。

全書各故事大致以時間先後爲序、圖文對照、其形式頗近於現代的連環畫。二百餘幅圖畫、繪刻精麗秀朗、人物表情和舉止的描摹與塑造均一絲不苟。畫家的想象《ママ》力使得神奇的故事情節在畫面上獲得了充分的表現。此書在清代人物版畫中也堪稱較上乘之作。書前原附《釋迦如來成道記》一文、爲唐王勃所撰、全篇扼要介紹了佛陀一生創教經過和佛教在印度傳播的概況、也有助於我們瞭解佛陀的生平事迹。

と、本書の内容とその性格について、簡要に述べている。「釈迦仏故事二百余則、毎則配以挿図一幅」、即ち、釈迦に纏わる故事二百余話の各話柄毎に挿図を配した「図文対照」という形態こそ、広く世に流伝することとなったのだ、とい

う。まさしくその通りである。

ただし、名著の誉れ高き近藤春雄著『中国学芸大事典』（大修館書店、昭和五三年一〇月）や孟慶遠他編著・小島晋治他訳『中国歴史文化事典』（新潮社、平成一〇年二月）では、明の宝成の手に成る『釈氏源流應化事蹟』、清代の開慧撰『釋迦如来應化事迹』のどちらについても、全く言及していないのである。

ともかく、中国の明・清代、ひいては、近・現代韓国における「仏伝」及び「仏伝図」と民衆との関わりを考察するにあたって、右の二著は貴重な資料だと言ってよかろう。

四

参考に供するため、清の光緒代、嘉慶十三年（一八〇八）に刊行された『釋迦如来應化事迹』複製本から、巻一所収「夜半喩城」の挿図（**図2**）を掲げるとともに、この挿図に対応する本文（**図3**）も掲げておく。さらに、前章で考察した韓国楊州・仏岩寺開刊本『釈氏源流應化事蹟』の、巻一所収「夜半喩城」の挿図（**図4**）をも、併せて収載しておく。因みに、当該本文は、右の『釋迦如来應化事迹』と同文なので、ここでは省略する。

〔注〕

（1）傍点引用者、以下同じ。なお、本稿で用いたテキストは、宝蓮閣で刊行した複製本で、奥付に「康熙十二年（引用者注・一六七三年）癸丑秋京畿楊州地仏岩寺開刊」とある。

（2）奥付（巻四）は、次の通りである。

釋迦如来應化事迹　全四冊
清・比丘開慧撰
江蘇廣陵古籍刻印社出版印刷

図 2　『釋迦如来應化事迹』所収「夜半喩城」図

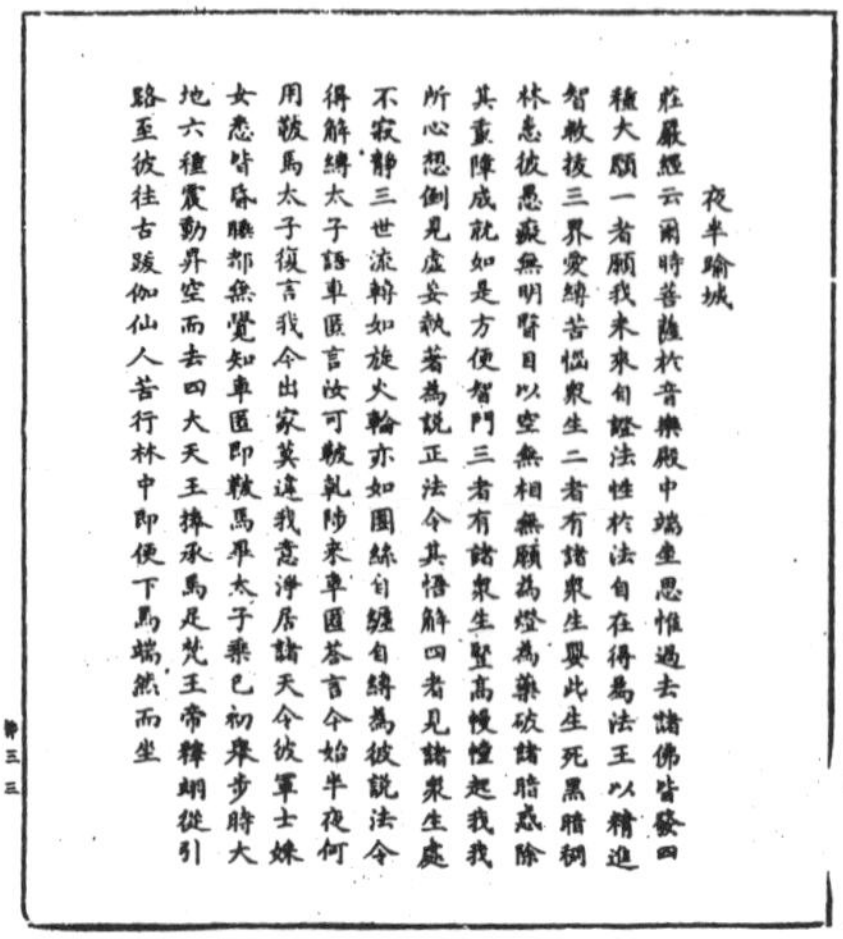

夜半踰城

莊嚴經云爾時菩薩於音樂殿中端坐思惟過去諸佛皆發四種大願一者願我未來自證法性於法自在得為法王以精進智慧拔三界愛縛苦惱衆生二者有諸衆生嬰此生死黒暗稠林悉抜愚癡無明瞖目以空無相無願為燈為藥破諸暗惑除其重障成就如是方便智門三者有諸衆生堅高慢幢起我我所心想倒見虚妄執著為説正法令其悟解四者見諸衆生處不寂静三世流轉如旋火輪亦如圍絲自纒自縛為彼説法令得解縛太子語車匿言汝可鞁乾陟來車匿荅言今始半夜何用鞁馬太子復言我今出家莫違我意淨居諸天令彼軍士婇女悉皆昏睡都無覺知車匿即鞁馬與太子乗已初舉歩時大地六種震動昇空而去四大天王捧承馬足梵王帝釋翊從引路至彼往古跋伽仙人苦行林中即便下馬端然而坐

図 3　『釋迦如来應化事迹』所収「夜半喩城」の本文

南京古舊書店發行
定價八十元

（3）総話数二百八話。対応する挿図は二百八図である。なお、標題上部の番号は、便宜的に附した通し番号である。

（4）『釋迦如来應化事迹』との対照の便を考えて、標題の通し番号を附した。本書に該当する標題のない場合は×印で示し、本書のみの標題についてはその都度通し番号の下に明記した。

図4　『釈氏源流應化事蹟』（韓国・仏岩寺開刊本）所収「夜半喩城」図

東鶴寺（韓国・忠清南道）の「釈迦八相図」絵解き

一

かつて「絵解きに関する覚書(一)」[1]という小稿中で、庵逧巌氏の試みられた絵解きの分類[2]を、補説して発表したことがある。経説、仏伝、祖師・高僧伝、寺社縁起、英雄最期、そして物語・伝説の六つに大別すべき旨述べたのだが、実は、経説と仏伝に纏わる日本の絵解きを考える場合には、広くインドをはじめとするアジアの仏教圏の説話画や絵解きに対する目配りが必要ではないのか、ということをずっと思い続けてきた。本章は、それに関わるものである。

昭和六二年(一九八七)三月から一年間、明治大学在外研究員としての機会を与えられ、日韓文化比較研究のため、十一ヶ月の間韓国に滞在、仏教説話画は言うまでもなく、民俗芸能、年中行事、大道芸、放浪芸、庶民生活の調査・採訪を行うことが出来た。仏教説話画に関しては、その後も調査・採訪を継続しているが、この間、多くの寺院で屢「十王図」や「十牛図」とともに、「釈迦八相図」を実見し、また、「釈迦八相図」の絵解きそのものにも接し得た。そこで、本章では忠清南道・東鶴寺《トンハクサ》の絵解き実演を紹介・翻字することと相成った次第である。

二

「釈迦八相図(3)」のあらましを理解するためには、中村元氏編著『図説仏教語大辞典』（東京書籍、昭和六三年二月）所収「仏伝図」項が、便利である。前にも引いたが、煩瑣を厭わず、再度引用する。

【仏伝図】ぶつでんず　釈尊の伝記を図に描いたもの。釈尊の死後、釈尊をしのぶために、釈尊の生涯の出来事が詳細に書かれたり、描かれたりするようになった。初めは、釈尊の姿を表現しない「聖跡参拝図」や「ブッダガヤーの大精舎参拝」が描かれたが、それに降魔を加えて、「降魔成道図」という仏伝図として展開され、更に、釈尊の生涯における八つの重要な事柄を描いた、釈迦八相図が描かれるようになったと考えられる。釈迦八相とは、降兜率、托胎、出胎、出家、降魔、成道、転法輪、入滅の八相であるが、図によって相違がある。ボロブドゥール第一回廊主壁上段には一二〇の場面にわたって仏伝の諸場面が表現されているが、その内容は『ラリタヴィスタラ』の叙述に近い。（下略）　（傍点引用者・以下同じ）

以下、口絵三十五図（すべてレリーフ）と、その解説等々二十一ページにわたって詳述されている。右の如く、「釈迦八相図」はインドで夙くから作られていたようで、口絵の最初に掲げる「八相図」は、サールナートから出土したもので、五世紀の作という。向かって左下から上へ、誕生、猿猴奉蜜、従三十三天降下、初転法輪、右下から上へ、降魔成道、酔象調伏、シュラーヴァスティーの奇蹟、涅槃の八場面を表現している。因みに、八相図の内容は、右に引いた文中の八相（『天台四教儀』に依拠か）とは相違する。

わが国で、「仏伝図」をめぐる経論中の記事に夙く触れたのは、小野玄妙氏の『仏教美術概論』（丙午出版社、大正六年一一月）だった。即ち、小野氏は、『根本説一切有部毘奈耶雑事』巻第三十八を引用した上で、「仏在世、並に仏入涅槃当時に、果して是の如き画図の製作ありしや否やを詳にせずと雖も、既に釈尊が、諸教典中に、画師の譬を挙げて訓説する所少なからず」と述べ、さらに、画師などの職業が釈迦誕生以前からインドに存在したとしても、釈迦在世中に伽藍内に「仏伝図」の類が描かれたなどと、軽々しく断定すべきではないと主張されたのである。『根本説一切有部毘奈耶雑事』の当該部分の長い引用については、II「絵解きの東漸―インド・中国・韓国、そして日本に見る「仏伝図」絵解き―」に掲出しておいたので、ここでは省略する。

小野玄妙氏が言及されたように、釈迦在世中に、あるいは、入涅槃時に、既に釈迦に纏わる絵画が存したのか否かは、必ずしも判然としない。しかしながら、入胎から雙林涅槃に至るまでの、釈迦の主な生涯を描いた「仏伝図」もしくは「八相図」と思しき絵画が夙い時期に製作され、〝陳説〟、即ち、絵解きされていたであろうことを、件の記事は語ってくれるのである。

三

韓国の「釈迦八相図」を見ていく上で、注目しておきたいのは、一冊の現行儀礼集である。朝鮮王朝（李朝）以来の各種仏教儀礼を記した『梵音集』『作法亀鑑』、中礼文・予修文・弥陀礼懺などの儀礼文を安震湖《アンジンホ》師(4)が整理・編輯し、一九三五年刊行されたのが、『釈門儀範』である。今日の韓国仏教界の曹溪宗《チョゲジョン》・太古宗《テゴジョン》における儀礼は、すべてこの『釈門儀範』の記述に沿って営まれているという。その上篇を繙いていくと、第一章「礼敬篇」に収められた「大礼懺法」の文中に、甚だ興味深い一節が見られる。これ又、既に引用しているが、あらためてここでも引いておく。

志心頂礼供養　身智光明　普周法界　清浄無礙　非智円満　第一過去毘婆尸仏　第二尸棄仏　第三毗舎浮仏　円證
法界　解脱三昧　究竟法門　随順根欲　第四現在拘留孫仏　第五拘那含牟尼仏　第六迦葉仏　第七釈迦牟尼仏　善
慧菩薩　放　光明於兜史宮中　摩耶夫人　感　瑞夢於毘羅国土　散花作楽　乗象入胎　兜率来儀相　我本師　釈迦
牟尼仏　九龍吐水　洗金軀於雲面　四蓮敷化　奉玉足於風端　蹇蹇七歩　哦哦数声　毘藍降生相　我本師　釈迦牟

尼仏　暗聞林鳥之哀鳴　現観庶人之苦労　志懇脱屣　心切払衣　四門遊観相　我本師　釈迦牟尼仏　策　紫騮轡於衆園　奉　青蓮蓋於大曇　人馬悲惨　龍神歓喜　踰城出家相　我本師　釈迦牟尼仏　始悲無常於釈蘭之仙　意欣真楽於羅刹之獣　雪巌為家　林鳥作侶　雪山修道相　我本師　釈迦牟尼仏　河辺受　難陀之糜粥　石上却　波旬之邪迷　天人献楽　地祇退魔　樹下降魔相　我本師　釈迦牟尼仏　召　梵衆於鹿苑　主伴雁列　示　妙法於馬勝　因果河傾　弄葉上啼　除糞定価　鹿苑転法相　我本師　釈迦牟尼仏　尸羅角城　受　単供於純陀娑羅鶴樹　示　雙趺於迦葉　摩耶痛泣　梵衆悲哀　雙林涅槃相　我本師　釈迦牟尼仏　四顧無人法不伝　鹿苑鶴樹両茫然　朝朝大士生浮世　処処明星現碧天　是我本師　釈迦牟尼仏

後半部は、まさに「八相図」を意識しての記述なのである。

前述の如く、文明大《ムンミョンデ》氏は、『韓国의仏画』第一部「仏教絵画論」に収めた「仏画の用途」中で、「来迎図」「十王図」とともに、韓国寺院の〝教化用仏画〟のひとつとして、この「八相図」を挙げる。また、同じく第一部所収「仏画の主題」において、「八相殿（捌相殿）と八相図」と題して、釈迦を扱った殿閣の仏画のひとつと位置付け、李氏朝鮮王朝世《セ》祖《ジョ》四年（一四五九）完成の『月印釈譜』の例をひき、さらに、八相殿に描かれた「八相図」と『有部毘奈耶雑事』巻第三十八その他経論との比較対照表を示し、以下八相各場面に言及されている。文氏は別に、『朝鮮朝仏画의研究』（京畿道城南市・韓国精神文化院、一九八五年二月）に掲載の「朝鮮朝釈迦仏画의研究」でも、簡略ながら八相殿の後仏画たる「八相図」に触れておられる。

金玲珠《キムリョンジュ》氏『朝鮮時代仏画研究』も又、「釈迦八相変」の一章を立て、多くの経律や『月印釈譜』等の資料を駆使して「八相図」を論じられている。

四

大韓仏教曹渓宗《チョゲジョン》の第六教区に属する東鶴寺《トンハクサ》（忠清南道公州郡反浦面鶴峰里七八九）は、大田《テジョン》からおよそ二十キロメートルの国立公園鶏龍山《ケリョンサン》の東山麓にある。大田発儒城《ユソン》経由の市外バスで約四十五分ぐらいの距離である。

鶏龍山は、新羅時代に五岳のひとつ、西岳の名で知られ、古来霊山と崇められた山で、この山麓には、東鶴寺とは反対側の西山麓に阿道《アド》和尚の創建した甲寺《カプサ》があり、その他、新元寺《シンウォンサ》・麻谷寺《マゴクサ》・九龍寺《クリョンサ》等の名刹が、大自然に囲まれて散在する（図1）。

東鶴寺は、古く東鶏寺と称した。統一新羅の時代、新羅三十三代聖徳王二三年（七二四）、懐義《フェイ》和尚の手で創建されたという。下って、高麗太祖《テジョ》三年（九二〇）道詵《トソン》国師が再興したが、朝鮮王朝二十一代英祖《ヨンジョ》（一七二四～七六）の時代に火災ですべて焼失してしまった。しかしながら、同二十三代純祖《スンジョ》一四年（一八一四）再建され、今日に至っている。権相老《クォンサンノ》氏編『韓国寺刹全書　上』（ソウル市・東国大学校出版部、一九七九年二月）には、

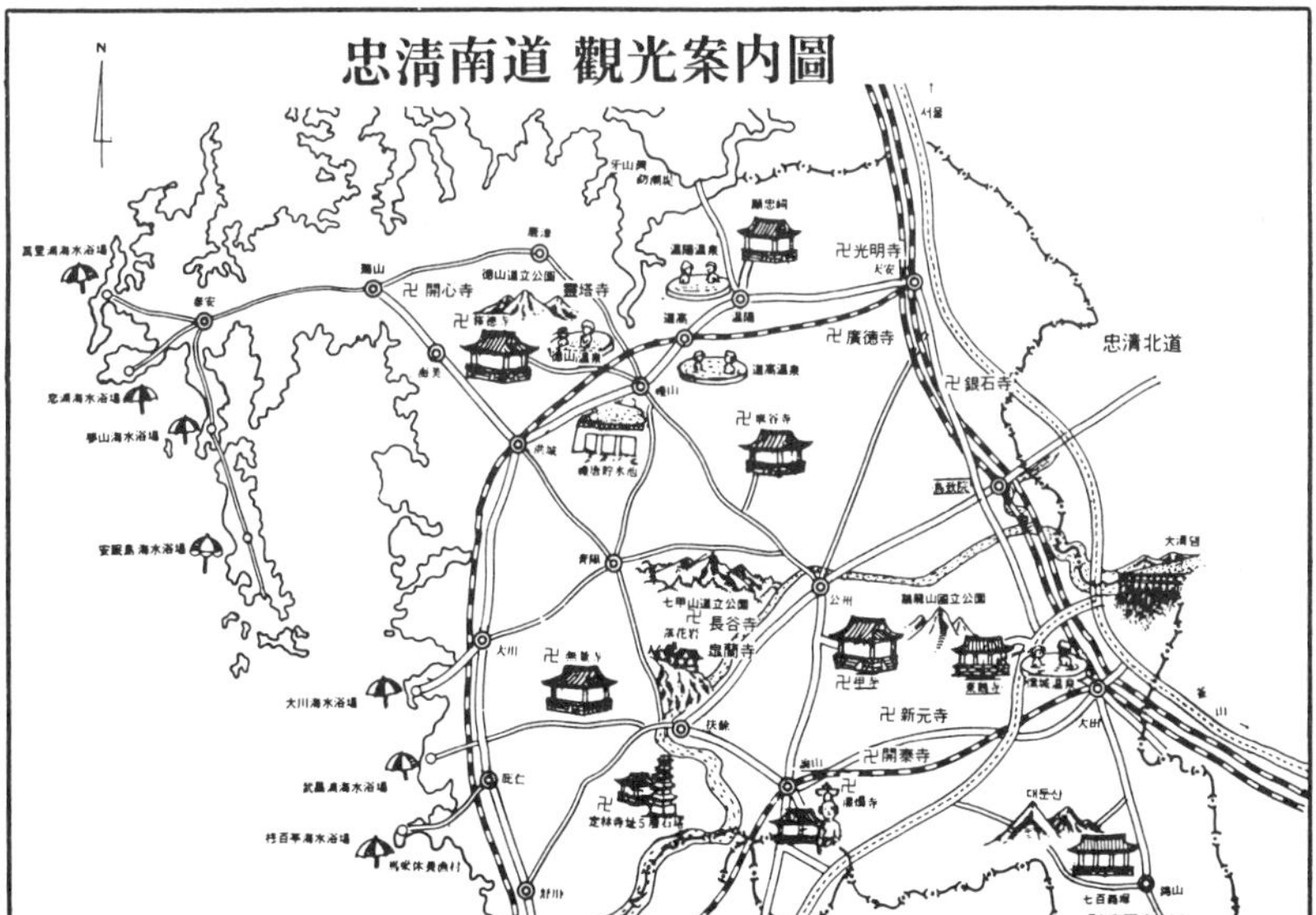

図1　韓国文化研究所編『韓国の古寺ガイド』より

図 2　東鶴寺の背後に聳える鶏龍山

図 3　東鶴寺・大雄殿

東鶴寺　在忠清南道公州郡反浦面鶏龍山、大本山麻谷寺末寺。太古寺寺法　○按與地勝覧・梵字攷・伽藍考皆作東学寺。

とあり、麻谷寺を本寺と仰いだこと、東学寺とも書いたことが知られる。高麗・朝鮮両王朝の不遇を託《かこ》った儒者や官吏が住んだ寺としても、有名なのである。

韓国の僧侶の中に占める尼僧の割合は、大きいといわれる[5]。慶尚北道清道郡雲門面の雲門寺《ウンムンサ》、慶尚南道尉州郡上北面の石南寺《ソクナムサ》等、尼僧を養成する講院（専門道場）が全国に幾つかあるが、現在の東鶴寺のそれは、韓国第一の大講院で知られる（**図2**）。二十代から三十代の若い尼僧たち百数十人が、毎日読経・坐禅・作務などの日課に従って暮らしている。邪淫は許されず、勿論菜食主義である。しかし、周辺に、儒城《ユソン》温泉や大清《テチョン》ダム等の観光地を控えていること、ソウルからバスでわずか二時間足らずと比較的近いこと、前述の如き名刹があること、等々の事情から、東鶴寺への参詣者は、一年中絶えることがない（**図3**）。

著者は、長期滞在中に二度、仏教説話画調査のため東鶴寺を訪うた。六・二五動乱（一九五〇～五三）以降の成立と

図4　大雄殿左側面に描かれた「釈迦八相図」①図・②図

図 5　大雄殿背面に描かれた「釈迦八相図」③図〜⑥図

図 6　大雄殿右側面に描かれた「釈迦八相図」⑦図・⑧図

覚しい「釈迦八相図」があると知ったからである。初めての調査は、昭和六二年(一九八七)一二月七日、よく晴れ上がった、しかし、寒い日だった(東鶴寺の調査が終った後、甲寺にも行った)。ちょうど寺の前の溪谷に面した場所では、大勢の尼僧たちがキムチの漬け込み作業をしていた。この時、著者のために大雄殿外壁に描かれた「釈迦八相図」を絵解きしてくれたのは、二十代半ばかと思われる尼僧だった。二度目は、翌年二月六日、前々日降った雪が参道や雑木林に凍てついた、気温マイナス十五度の日であった。今度は、強い風の中、三十歳そこそこの尼僧の絵解きだった。普段ならば、講師の尼僧が人々の需めに応じて説くのだそうだが、今は冬休みで不在のため、修行中のこの尼僧が代役を勤めることになったという。

次に、件の「釈迦八相図」の配置を図示する。併せて**図4〜図6**も参照されたい。

大雄殿　正面

大雄殿　背面

外壁「釈迦八相図」配置図

最後に、各場面及び説明文の大きさを認めておくこととしたい。

①②………縦百二十五・〇センチメートル
　　　横百七十九・一センチメートル
③④⑤⑥…縦九十三・〇センチメートル
　　　横百二十四・五センチメートル

⑦⑧………縦百二十六・六センチメートル
　　　横五十三・四センチメートル
説明文……縦二十三・五センチメートル
　　　横六十四・一センチメートル

大雄殿　左側面
（⑦⑧は同じ形で右側面に）

①　兜率来儀相
②　毘藍降生相
③　四門遊観相
④　踰城出家相
⑤　雪山修道相
⑥　樹下降魔相
⑦　鹿苑転法相
⑧　雙林涅槃相
■　説　明　文

〔注〕

（1）「国語国文論集」8号〈学習院女子短期大学国語国文学会〉昭54・3）。後に『日本の絵解き―資料と研究―』（三弥井書店、昭57・2）に所収。

（2）「説話と絵解」（『日本の説話3　中世I』東京美術、昭48・11）

（3）日本における「釈迦八相図」の絵解きについては、慶延の『醍醐寺雑事記』所収『李部王記』承平元年（九三一）九月三十日条に見られること、そして、この『李部王記』の記事が現在最古の絵解きに関する文献資料であること等、拙著『日本の絵解き―資料と研究―』で少しく触れておいた。参照願えれば、幸甚である。

（4）一八八〇年一月六日生、一九六五年一月二一日遷化、歳八十六。多くの訳経を残し、後進の指導に努めた。編書に『釈迦如来十地行録』（ソウル市・法輪社、'36・8）などがある。『韓国寺刹全書』の編者権相老師とは同門である。

（5）鎌田茂雄氏『朝鮮仏教史』（東京大学出版会、昭62・2）参照。

「釈迦八相図」絵解き実演記録

凡例

一、東鶴寺第二回調査時（一九八八年〈昭和六三〉二月六日）にビデオテープに収録した絵解きと、各場面下部に付された説明文とを日本語に翻訳して掲載する。
一、絵解きは、出来るだけ忠実に再現・翻字するよう努めたが、当日強風だったため、残念ながら一部聞き取れない箇所があることを予め御容赦願いたい。その部分については、「（翻字不可）」の如く明記した。
一、原則的には各場面共通して、上段に当該図を掲げ。下段右に小字・ゴシック体で説明文を翻字し、点線で分けた左に尼僧の絵解きを明朝体で翻字する、という形をとることとした。

①

도솔내의상（兜率来儀相）

仏教の教主におわします釈迦牟尼の一生を、一番簡略に八つの絵で表したものを、所謂八相図と言います。仏様は、前生に兜率天という天上で、호명菩薩(注)であられたが、娑婆世界と縁があることを悟って、インドの迦毘羅国の王妃である摩耶夫人の夢に、智恵の象徴である白い象に乗って摩耶夫人の脇腹へお入りになりました。夫人は、この胎夢の後、間もなく太子を妊娠なさいました。

（注）호명菩薩……天上界での釈迦の名

（冒頭部　翻字不可）

インドの迦毘羅という国の浄飯王の夫人、摩耶夫人はちょっと昼寝をしている間に夢を見たんですが、お釈迦様が白い象にお乗りになって、――仏教では白い象を吉祥といって、神聖なものとして扱っていたんですが――摩耶夫人の体の中にお入りになる夢を見たんです。所謂、一種の胎夢といえるでしょう。胎夢の後、摩耶夫人が妊娠したんですが、昔のインドの風習では、子供を産む時は、実家に帰って産むことになっていました。

②

비람강생상（毘藍降生相）

摩耶夫人は、十ヶ月の後、四月八日の暖い春の日、実家へ帰る途中で産気が生じて、ルンビニ山の無憂樹の花枝を折る瞬間に、太子を御誕生になられました。その時、太子は四方に七歩ずつ歩きながら、「天上天下唯我独尊」（天地でひたすら我が尊貴だ）とおっしゃいました。この時、天上すべての神、仙女たちが一番素晴らしい音楽と香とで供養しながら、御誕生を祝福致しました。父の浄飯王と母摩耶夫人は、太子のお名前を悉達多と名付けました。

それで、お釈迦様の誕生が近付いてくると、摩耶夫人はお釈迦様を産みに実家へ帰る途中、〝花の山〟でちょっと休んでいたんですが、その〝花の山〟でお釈迦様が誕生なさったわけです。

ところで、普通の人間なら、体の下の方から生まれるわけなんですが、お釈迦様は、右の脇から誕生なさったわけです。お釈迦様はすぐ七歩お歩きになり、「天上天下唯我独尊」とおっしゃったんです。即ち、天と地の間に専ら我ひとりだけが尊貴なもの、とおっしゃいましたが、これは、お釈迦様自分自身だけが尊ぶ存在だというよりは、我々人間個々人が尊貴な存在だという意味です。人々が言うには、お釈迦様が専ら我ひとりが尊貴な存在だと言ったから、お釈迦様自分自身だけが尊ぶ存在だと思っているようなんですが、実はそうじゃなくて、人類全体、即ち、生命のあるすべての者は尊ぶ存在だということを、お説きなさったわけです。

③

사문유관상 (四門遊観相)

太子は、豪華な宮廷生活の中で成長して、青年となりました。しかし、このような富貴・栄華は、いつかは変じて消えてしまうものだと切実にお感じなさって、いつも苦悩なさっていました。こうしたある日、太子は宮廷の四門を出て、偶然老・病・死の無常を感じて、肉身の苦痛を逃れるべく苦行しているひとりの修行者に会われました。この時、太子は、自分が今から進んで行く道が、この修行の道に他ならない、とお考えになりました。

（冒頭部、翻字不可）

ある日、お釈迦様が四門を出られまして、一般庶民の生活をあっちこっち御覧になっている内に、人が死んでいるのを御覧になりまして、人生の虚しさをお感じになりました。

④

유성출가상（踰城出家相）

宮廷へお帰りになった太子は、いかに生きれば〝生・老・病・死〟の悩みから逃れ得るか、という問題をお考えになりました。こうしている内、ある日、最高の位である王位をも捨てて、人間の根本問題である〝生・老・病・死〟を解決するため、夜中に馬夫と一緒に、馬に乗って城を出ました。宮廷を去った太子は、カミルラ城のある河辺で、自ら髪を切って、衣も着替えて、出家修行者、即ち、沙門となりました。

自分も年を取ったら死ぬはずだ、死んだら次の世には何になるのだろうか、という恐ろしさが、お釈迦様をして出家を決心させたんですが、王子という身分のため、国王が非常に反対したんです。それで、夜に城を越えて御出家なさったわけです。これは、お釈迦様が城を越え出る場面です。

⑤

설산수도상（雪山修道相）

太子は、出家した後、いろいろ難しい苦行と禅定とを通じて修行なさいました。しかし、志を達成なさることが出来なかったので、当時の修行の方法を捨てて、無苦安穏の涅槃を得る道は、誰かが与えるものでもなく、誰かから得るものでもなく、自らの力によって得る他はないのだ、とお考えになりました。そして、雪山で独り自ら菩提樹の下で吉祥草を敷いて、「道を成さない限り、決してこの座を立ち上がらない」と堅い決心をなさってから、坐られました。

人間が永遠に生きていくためには、その方法を知っている師を持たなけりゃあいけないんでしょう？　今もそうなんですが、当時、インドでは婆羅門教に非常に聖人が多かったんです。それで、婆羅門教の聖人をお訪ねになりまして、相談なさったり、永遠に生きる方法などについてお聞きになりましたが、その聖人たちもはっきりした答えを与えられませんでした。そこで、お釈迦様はそれを解決するため、六年間は何も召し上がらず、菩提樹の下にお坐りになりまして、苦行をなさったわけです。曹溪宗《チョゲジョン》でいう座禅ですが。

座禅をなさっていたある日、いきなり——我が国では十二月八日ですが——夜空の星を御覧になりまして、生死の理知をお悟りになりました。生死の理知をお悟りになりましたので、最も尊貴な存在、即ち、お釈迦様になったわけです。

⑥

수하항마상（樹下降魔相）

修行によって悟りの境地に到達する頃、魔王波旬《はじゅん》が魔軍を率いてやって来て、風を起こし、雨を降らせ、熱い火を投げ、美しい女と化して、太子を誘惑したが、太子は精進を重ねて、すべての魔軍を退け、十二月八日の暁に、東の方から浮かび上がった明星を見て、宇宙の真理を悟り仏様（覚者）になりました。

どこにも、良い人の周りには悪い人がいるはずなんですが、お釈迦様が理知をお悟りになりますと、魔鬼たちが美女に変じて、お釈迦様を誘惑するんですね。しかし、お釈迦様は、それに全然心を動かされることなく、座禅を続けながら、未来に衆生達を教導することだけを考えたわけです。

⑦

녹원전법상 (鹿苑転法相)

悟った仏様は、法悦に沈みましたが、衆生たちの果てしなき〝生・老・病・死〟の苦痛に悩んでいる様子を御覧になりまして、以前一緒に修行した五人の修行者のために、最初の説法をなさいました。その内容は、「人間には、いつもいろいろの苦痛が伴いがちであり、この苦痛は、どこから来たのか(苦)。虚妄と妄想と貪欲と無知とから始まるのである(集)。愛欲と執着を捨てると、すべての煩悩と苦痛とを超えた永遠の世界、自由の世界、欣びの世界がある(滅)。ここに至るためには、修道しなければならない(道)」、という四聖諦法を説きました。

迦毘羅の国の大臣五人が、お釈迦様について出家して弟子になりましたが、その弟子たちを前にして初めて説法をなさる場面です。所謂、四諦法門といって、苦集滅道のことなんですが。すべての煩悩は、所有したいものを所有出来ないところから生じるわけなんですね。好きな人を好きになれない苦しさ、会いたくない人と会わざるを得ない苦しさなど、すべての煩悩は、執着から生じるわけなんです。ですから、その執着から超脱すると、それが、他ならない極楽の道なんです。

(末尾部、翻字不可)

⑧

쌍림열반상（雙林涅槃相）

仏様は、太子に生まれ、二十九歳で出家して、六年間修行なさってから悟られ、生死の海で悩む衆生を済度するため説法をしているうちに、沙羅双樹の下で涅槃へお入りになりました。上首（一番）弟子である迦葉尊者が言われるには、「仏様、生と死とは同じだとおっしゃたのに、なぜ滅しますか」。すると、仏様は棺の外に足を見せながら、「私の形相は滅するが、私の教えは宇宙法界に充満して、いつもあなたたちの傍らにあるはずです」という趣旨のことをおっしゃいまして、火光三昧にお入りになりました。

（冒頭部、翻字不可）

お釈迦様は、生と死とは、そんなものではないということを見せるために、わざと棺から足を出しているんですね。人々が言うには、「棺が小さいので、お釈迦様の足が出てしまった」と言ってますが、そうじゃなくて、「私は死んだが、実は死んだのではない。肉身は去ったが、霊魂は残っている」、即ち、生と死というものは、二つじゃない、ということをおっしゃっているんです。

俗離山法住寺（韓国・忠清北道）捌相殿の「八相幀」

一

韓国五大寺刹のひとつ法住寺《ポプチュサ》（법주사）は、俗離山《ソンニサン》（속리산）山麓の忠清北道《チュンチョンブクド》報恩《ポウン》郡内俗離面舎乃里に位置する寺院（曹渓宗第五教区本山）である。

俗離山は、小白山脈上の天皇峰《チョンフンボン》（一〇七五メートル）を主峰とし、毘盧峰・観音峰・文蔵台・立石台など九つの秀峰が聳えていることから、〝九峰山〟〝兄弟山〟〝光明山〟などと呼ばれ、〝小金剛《ソグムガン》〟とも称されて、人々の畏敬を集めてきた名山である（**図1**）。〝俗離山〟という呼称は、新羅時代（前五七～後九三五年）に、ひとりの農夫が、今にも崩れそうな已れの信仰心を畜生の牛にも劣るものだと後悔し、自ら髷を切って俗世を離れ、この山に籠って出家したことに由来する、と伝えられている。即ち、〝俗離〟とは、〝世俗の塵芥を離れた聖地〟という意なのである。新羅末期の大儒崔致《チェチ》遠《ウォン》[1]（八五八～？）は、俗離山の山容を、

道不レ遠レ人人遠レ道　山非レ離レ俗俗離レ山

と讃嘆したと伝えられている。

さて、朝鮮王朝（李朝とも称す）十二代中宗《チュンジョン》二五年（一五三〇）に完成した官撰の地誌『新増東國輿地勝覧』[2]巻十六「報恩」の「山川」項には、俗離山に関して、

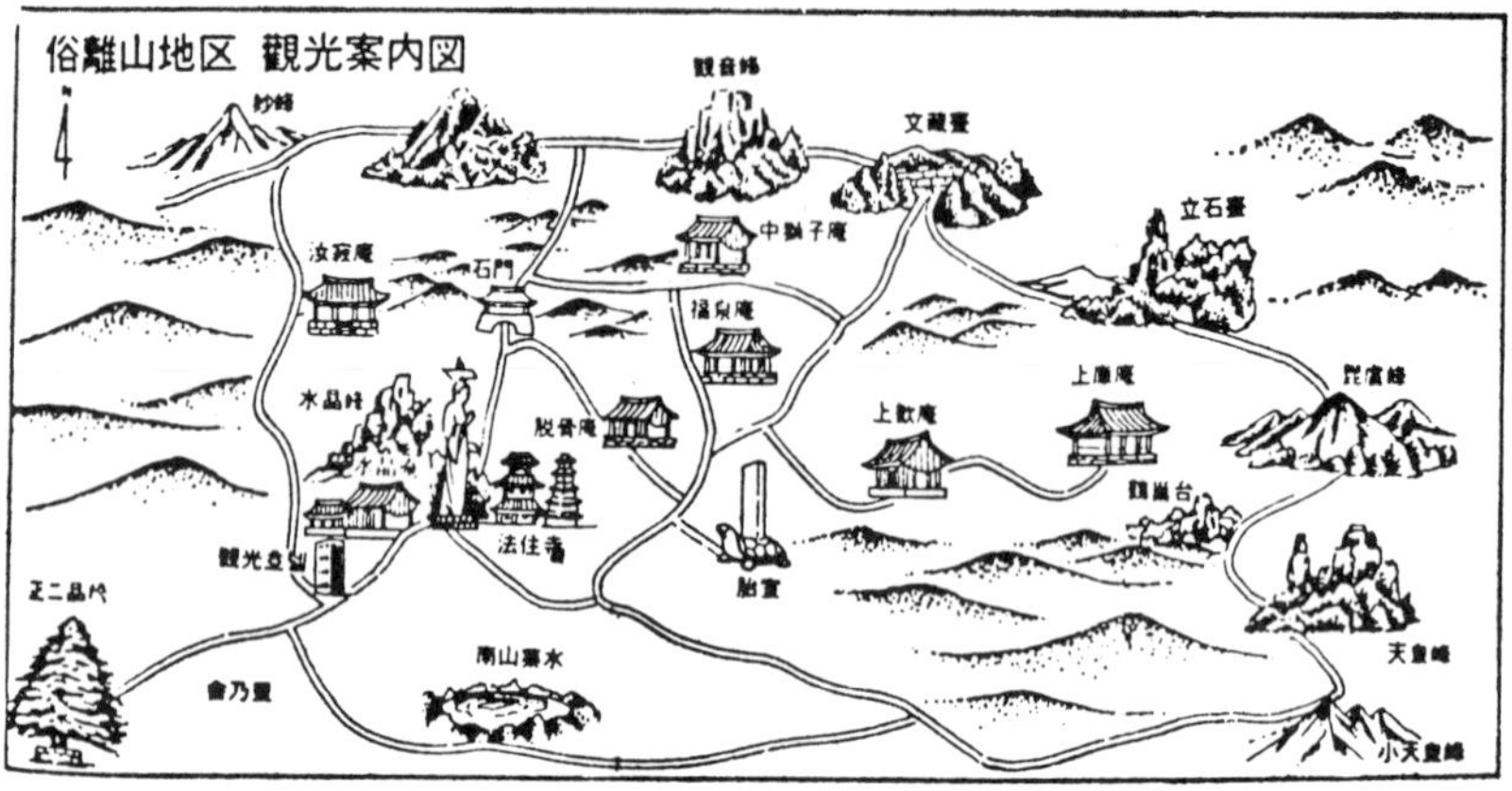

図１　法住寺付近案内図（韓国観光文化研究所編『韓国の古寺ガイド』より）

在縣東四十四里九峯突起亦名九峯山新羅時稱俗離岳躋中祀山頂有文藏臺石天成贔屭聳空其高不知其幾丈其廣可坐三千人臺上有坎如鑊基中有水混混旱不縮南不肥分爲三派流注半空一派東流爲洛東江一派南流爲錦江一派西流而北爲達川入于金遷○山下有八橋九遥之號山之兩岸紆餘開豁自此至彼望之遥遥疑其地盡而至則又望遥遥如此九轉而乃抵于法住寺故名九遥九遥之中一水回環曲轉每曲有橋惣八故名八橋第一橋曰水精橋橋上有飛閣人從閣中行傘則閣壊而橋存焉僧信如留詩橋上曰三清洞有九重遥一帶溪流八處橋橋下水明紅姸碧満山楓葉倚松梢

（傍点引用者・以下同じ）

の如く記録している。報恩県の東四十四里にある件の山は〃九峯山〃と呼ばれていたが、新羅時代に〃俗離岳〃と称されるようになったこと、俗離山から流れ出る清流は、東は洛東江へ、南は錦江へ、そして西は達川へと、三つに分流していること、などが述べられているのである。

さらに『新増東國輿地勝覧』巻十六の「仏宇」項では、法住寺に言及し、

在俗離山世傳新羅僧義信以白騾駄經而來始建此寺聖德王重修有石槽石橋石瓮石鑊寺中有珊瑚殿金身丈六像門前有鑄銅幢様甚高其一面刻云統和二十四年造又有高麗密直代言李叔琪所撰僧慈淨碑銘○朴孝修詩崖嶻四面碧芙蓉長岬靈源第幾重文藏臺封千古蘚亐陀窟蔭萬株松龍

歸塔裏留眞骨驟臥岩前訪聖蹤永福三韓誰是主珊瑚殿上紫金容○咸傳霖詩雞園閑日月雁塔鎖雲烟偶入三清洞都忘世事牽

と記している。即ち、新羅の時代、天竺から教典を白騾（白毛のラバ）の背に乗せて持ち帰った義信大師《ウイシンデサ》は、俗離山山麓に寺を建てたが、その寺こそ法住寺であるという。その後、同じ新羅三十三代聖徳王《ソンドクワン》（在位七〇二～七六五）の代に重修したこと、また、新羅時代の遺物として、石槽以下、石橋・石瓮・石鑊が現存するというのである。

因みに、明治四四年（一九一一）三月、朝鮮総督府内務部地方局の手に成る『朝鮮寺刹史料』所収の俗離山及び法住寺に関する資料を、一、二引いてみる。

「報恩郡俗離山事実」は、

俗離山世號小金剛金剛擅名寰宇中原人至東國一見之願而此山與之長弟焉則其奇勝可知耳第舊迹荒昧俚傳荒誕惟世祖大王嘗南巡至此其見於乖崖金守温之記者詳矣大谷成先生隠居山下毎乘興獨遊其發於唫詠者多矣然則此山尤當如帝王之尊而亦有南岳雲谷之致爾山勢皆面西有一麓翔舞馳下峙爲水晶峯峯上有龜石擧頭西向國史云中原人來見以爲中原財帛日輸東國者此龜之致也遂斷其頭其背有十層浮屠世傳亦斷頭時一並所建以壓勝云爾其頭崇禎癸巳沃川郡守李候斗陽諭摠攝僧使續之歳乙巳忠清兵馬節度閔公震益來見浮屠而聽説於居僧卽諗于觀察任公義伯復毀去之余未知中原財帛在何時日輸於東乎未知其後果能不如是否乎今節度之毀之也非欲其財帛之復輸也只是掊破荒唐之説解人疑惑則斯不爲不善者矣昔日建此者乃敢兀然高峙欲與文壯天王爭其雄長而屃人遊客瞻仰誇耀者不知其幾百年矣今按使節度獨立不懼去之如掃塵埃非獨其識趣有過人者亦豈我 列聖建用皇極之致也弱記顚末以備山中之故事云

崇禎丙午二月 日 恩津宋時烈記 宋浚吉書 康熙五年

とある。末尾の小字で記述された「康熙五年」（一六六六）が、この一文の成立年代であろうか。とまれ、俗離山が夙くから世間一般に〝小金剛〟と呼ばれた名勝地であったこと、朝鮮王朝七代世祖大王《セジョデワン》（在位一四五五～六八）が南巡の際、この地にも立ち寄ったことなどが知られる。世祖大王については、時代が下るが、「報恩郡俗離山法住寺判下完文節目」にも、冒頭の一節に「禮曹爲完文成給事忠清北道報恩俗離山大法住寺卽三韓古刹而世祖大王駐蹕之所」の如く、右の記事と一致する記述が見られるのである。

「報恩郡俗離山法住寺世尊舍利塔碑銘幷序」（山僧汝寂慶秀所撰）は、

略云新羅中葉釋尊舍利來入東方施於名山皆曾建塔而此山則舍利一顆奉安於寺中閱千載而完然如昨信士白貴善捨家貲竪於寺之白虎邊因立碑記之云爾

崇禎紀元後七十五年四月　日　康熙四十九年

肅宗三十六年(3)庚寅

のように、新羅中葉に仏舎利が各地に齎《もたら》され、この法住寺にも一顆奉安されたと伝えている。

また、「報恩郡俗離山大法住寺之來歷」は、左記の如く述べている。

寺之初刱在新羅二十三世(4)眞興王十四年癸酉至今庚戌合計一千三百五十八年初刱之年義信和尚往天竺求法白騾駄經而來住故稱法住　在高麗太祖天授元年戊寅命王子證通國師重葺是寺　肅宗六年辛巳九月幸是寺問母弟義天之疾設仁王經會飯僧三萬忠烈王七年辛巳受元世祖之命命上洛公金方慶元元帥忽敦茶丘等東征日本王幸金海以餞之及其還駕駐蹕于拜香祝釐於珊瑚殿仍呼萬歲恭愍王十年辛丑十月紅賊十餘萬來侵十一月王與魯國公主幸福州今安東或安州賊陷京城翌年壬寅正月安祐李方實金得培等大破紅賊収復京城八月王幸法住寺取看舍利與袈裟至我朝　太祖大王龍潜時親設百日祈祝於上歡庵　世祖大王親臨福泉寺設三日法會　仁祖甲子碧嵒大師重葺　英廟三十六年癸未設宣禧宮願堂云耳

つまり、そもそも法住寺の創建は、新羅二十四代眞興《ジンフン》王一四年（五五三）求法僧義信が天竺で求めた経典を白騾に乗せて帰国、この地に住んだところから、法住寺と称することとなった。また、高麗の初代太祖王《テジョワン》（在位九一八〜四三）の天授元年（九一八）証通《チュントン》国師が重創したという。高麗三十一代恭愍《コンミン》王（「大法住寺之来歴」では恭敏王と記している）一〇年（一三六二)、紅巾賊が十余万の大軍で入寇した。その後幾星霜を重ね、朝鮮王朝の十六代仁祖《インジョ》(在位一六二三～四九)二年碧嵓《ピョクアム》(碧岩)大師によって再建されたというのである(現在の建造物が、この再建時のものである)。

序でに、権相老《クォンサンノ》氏編『韓国寺刹全書　上』(ソウル市・東国大学校出版部、一九七九年二月)も掲げておく。

法住寺　在忠清北道報恩郡俗離山三十一本山之一。太古寺寺法　○世傳新羅僧義信、以白騾駄經而來、始建此寺、聖徳王二十四年乙丑重修、有石槽・石橋・石甕・石鑊、寺中有珊瑚殿、金身丈六像、門前者鑄銅幢、様甚高、其一面刻云、統和二十四年造、又有高麗窗直代言李叔琪所撰、僧慈淨碑銘。東國輿地勝覧一六・梵字攷・伽覧考　○按俗稱俗離寺。

前掲「曹溪寺(ソウル市)大雄殿の壁画『釈迦一代記図絵』(5)」でも触れたように、朝鮮総督府が一九一一年六月「寺刹令」七条を発布、爾来朝鮮半島の全仏教寺院は、三十の本山教区に分けられ、一九二四年にはさらに華厳寺を加えて三十一本山教区となったが、法住寺もその中のひとつ、第五教区本山に指定されたのであった。大韓民国建国後の一九六二年四月には、曹溪宗二十五本山教区に改められ、そのひとつとして今日に至っている。権相老氏の記述が、『太古寺寺法』及び『新増東國輿地勝覧』に依拠していることは、見ての通りである。俗に〝俗離寺《ソンニサ》〟と呼ばれていたともいう。

英語・日本語、そして、ハングルの三ケ国語の説明文と自ら描いた彩色画とから成る、画家南澗《ナムガン》・金基赫《キムギヒョク》氏の『韓国仏教説画』(ソウル市・대원社、一九九一年四月)の日本語の当該部分は、左の通りである。

法住寺《ポプジュサ(ママ)》

新羅二四代真興《ジンフン》王一四年(五五三)、義信祖師が天竺から帰る。彼は天竺より持って来た蔵経を白い驢馬の背に載せて、方方をさまよったあげく、俗世より離れている、仏法をひろめるのにふさわしい俗離山《ソクリサン(ママ)》に寺を建て、法住寺とした。

巨大な弥勒仏像と捌相殿《パルサンジョン》は法住寺の代表的なものである。あらゆるものが豊かで、平和なうちにあらわれる未来仏弥勒、この理想世界の実現する所が法住寺である。弥勒仏、過去仏、迦葉仏、釈迦牟尼、みな法の顕現であり、人格化された姿であるが、法住の法は弥勒仏を指す言葉である。

法住寺の信仰内容が始終弥勒信仰である以上、ここがその根本道場であるのは言うまでもない。弥勒仏が法相宗の主尊仏であるから法住寺は法相宗の道場である。法相宗は瑜伽唯識を根本教理とする、インドで発生した宗派である。この宗派の開山は弥勒（Maitreya, 270～350頃）で、その教えは無着（Asaṅga, 310～390頃）と世観（Vasubandhu, 320～400頃）によって受け継がれ、発展した。弥勒の卓越な能力と玄妙な理論展開が信仰の対象となっている。韓国では真表《チンピョ》、永深《ヨンシム》、心地《シムチ（ママ）》―等が弥勒仏を主尊とし法相宗の伝統を継いでいる。法住寺は金山寺《クムサンサ》、桐華寺《ドンファサ（ママ）》とともに新羅時代の主要法相宗寺刹として命脈を保っている。

俗を止揚する永遠なる母性、自然を失えば、人間性を完成することはできない。ここ、俗離山法住寺には崔致《チェチ》遠《ウォン》の次の言葉が今なお生きている。

道は人を遠ざけないが、人は真理を遠ざけようとする（道不遠人　人遠道）。
山は俗世を離れないが、俗世は山を離れようとする（山非離俗　俗離山）。

以上、煩瑣をも顧みず、法住寺に纏わる記述を取り上げてきたが、それらを要約するならば、朝鮮半島に仏教が伝来して二十四年目の新羅二十四代真興王の一四年（五五三）、天竺から経典類を持ち帰った義信《ウイシン》大師によって創建された法住寺は、新羅三十六代恵恭《ヘゴン》王一二年（七七六）に真表律師《チンピョリュルサ》の手で重修されたという。さらに前述の如く、高麗の太祖元年（九一八）にも、証通国師によって重修されたのであった。しかし、朝鮮王朝（李朝）十四代宣祖《ソンジョ》大王二五年（一五九二）、豊臣秀吉の朝鮮出兵（文禄の役）、朝鮮半島で言うところの壬辰倭乱《イムジンウェラン》で、法住寺の建造物はすべて灰燼に帰してしまったという。それを、同じく朝鮮王朝十六代仁祖《インジョ》大王二年（一六二四）以降、碧嵓（碧岩・碧巌とも）大師が旧態に復元したというのである。そして、法住寺を代表するものは、弥勒信仰のメッカに相応しい巨大な弥勒仏像と、「釈迦八相図」の幀画を収める捌相殿とである。

二

俗離山を背にした名刹法住寺へ至るためには、大田《テジョン》市もしくは清州《チョンジュ》市から報恩《ポウン》を経て行くことになる。幾重にも曲がりくねった道を車に揺られて峠を越えて行くと、眼前に雄大で美しい俗離山の山脈《やまなみ》が見えてくる。

法住寺の近くに至ると、天然記念物一〇三号の指定を受けた、「正二品松《チョンイプムソン》」または「輦松《ヨンソン》」と呼ばれる樹令六百年余の、傘のような枝振りの老松が、進行方向左側に見える。この松の由来は、朝鮮王朝七代世祖大王一〇年（一四六四）、大王が法住寺へ立ち寄った際、この松の枝が輦輿《れんよ》に引っ掛かりそうになったので、大王自ら「引っ掛かるぞ」と一声叫んだところ、松の枝がさっと上に上がったので、大臣に相当する正二品の位をこの松に授けた、と語り伝えられている。

バスの終点付近から先には、土産品店や食堂、旅館、ホテルなどの並ぶ通りが続くが、日本の門前町の風景と同様、店や旅館の執拗な客引きに出会う。

俗離山を水源とする清流に架かった橋を渡ると、そこは法住寺の寺域である。樫などの常緑樹と楓や楢などの落葉樹とが入り雑じる鬱蒼と茂った〝五里の林〟と呼ばれている道へと入って行く。左手に清流を眺めながら森を抜けると、水晶橋がある。この橋を渡ると、「湖西第一伽藍」と書かれた額の懸けられた一柱門（**図2**）に出る。さらに進むと、金剛門がある。ここから周囲は塀に囲まれていて、その中に多くの伽藍や遺物などの文化財が存する（**図3**）。韓国で

図2　法住寺・一柱門

最も高い、有形文化財に指定された天王門（**図4**）を潜り抜けると、正面に捌相殿（**図5**）とその背後に国内第二の規模を誇る大雄宝殿が、左側には銅製の巨大な弥勒像が、また、右側には鐘楼や宗務所が視野に入って来る。

　無量寺の極楽殿、華厳寺の覚皇殿と並び称される大雄宝殿[6]（宝物九一五号）には、中央に法身毘盧遮那仏、右に報身釈迦牟尼仏、左に化身盧舎那仏が奉安されている。

　前述のように、法住寺は、朝鮮王朝十六代仁祖二年以後、碧岩大師の手で復元工事が執り行われ、二十六代高宗《コジョン》二八年（一八九一）に金剛山神渓寺の担応《タムウン》禅師《ソンサ》が移り来て、十五年の歳月を要して現在の基礎を作り上げたと伝えられている。韓国仏教研究院『法住寺　韓国의寺刹5』[7]（ソウル市・一志社、一九七五年四月）所収の「法住寺境内의建物一覧」（**表1**）によれば、過去には七十にもなんなんとする建造物があったのである。また、同書の「山中庵子一覧」（**表2**）に従うと、法住寺を本寺とする庵窟の類が

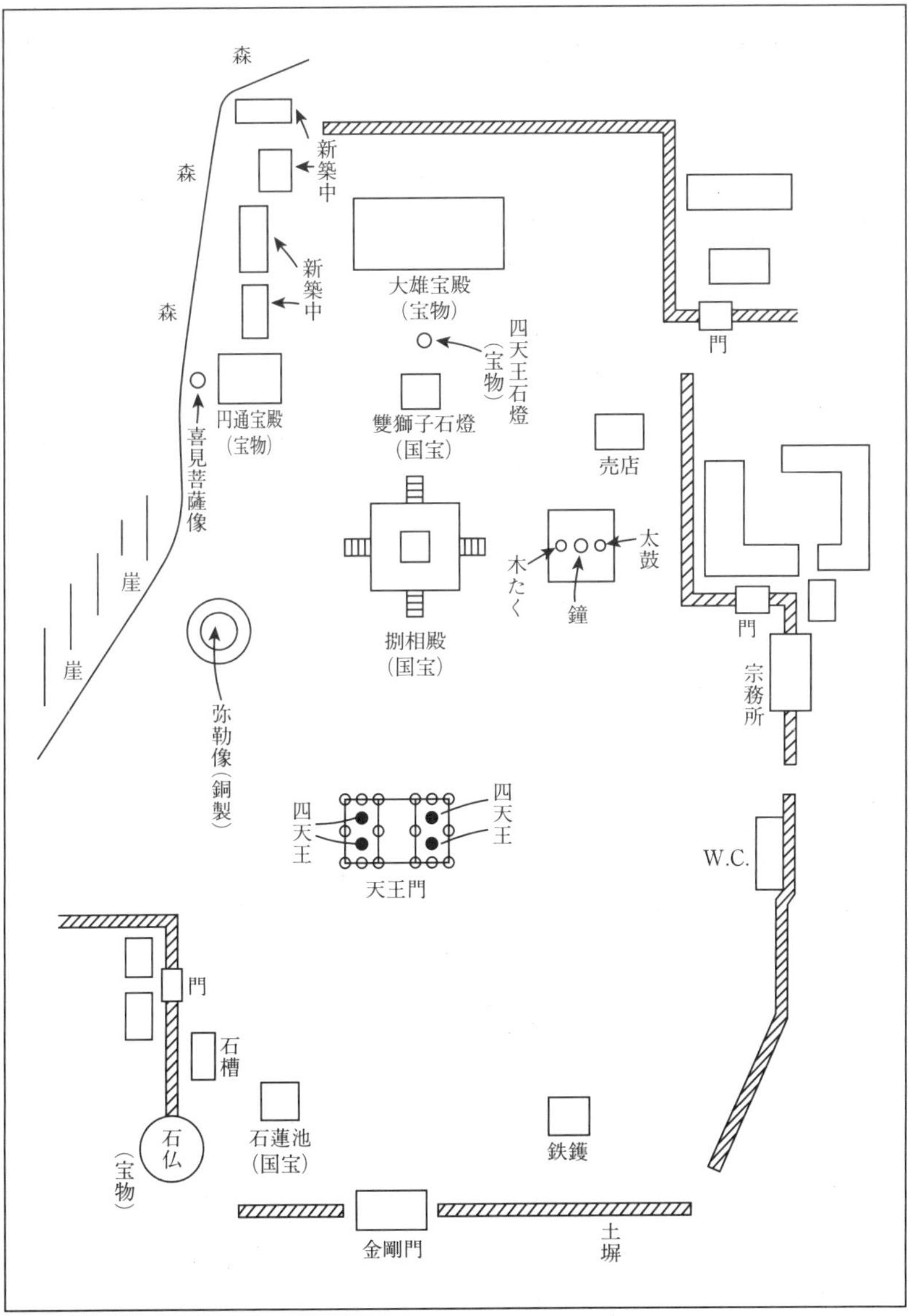

図 3　俗離山法住寺境内図

図 4　法住寺・天王門

図 5　法住寺・捌相殿

表１　法住寺境内の建物一覧

◯大雄大光明殿（２層28間）	×珊瑚普光明殿（２層35間，龍華宝殿とも）	
◯捌相五層殿（36間）	×毘盧殿（17間）	×薬師殿
◯極楽殿（６間）	×円通殿（６間）	×説法殿
×地蔵殿	×燃燈閣（３間）	×輪蔵殿（３間）
×海蔵殿（５間）	×蓮経殿	×霊山殿
×兜率殿	×応真殿	×燕寂堂
×振海堂	×東上室	×西上室
×無説堂	×東雲集	×西雲集
×奉炉殿	×窮玄堂	×香績殿
×梵音寮	×滌碩堂	×解名寮
×清浄堂	×浩然寮	×明月寮
×清風寮	×辺月寮	×上南月寮
×東賓寮	×西賓寮	×洗耳堂
×縁化房	×省行堂	×万歳楼
×上判道	×中判道	×下判道
×東板頭	×西板頭	◯梵鐘閣
×鐘閣房	×海会堂	×中客室
×福室房	×天子閣	×大陽門（７間）
×天王門	×曹渓門	×解脱門
×東行廊	×西行廊	×浮屠殿
×宝明殿	◎蓮池石樽（一座）	◎石獅子光明台（一座）
◎喜見菩薩石像（一座）	×鋳銅幢	◎石瓮（一座）
×車殿	◯水橋	×歓喜橋

◎印………創建以来の建造物
◯印………重創または重修の建造物
×印………現在廃墟と化した建造物

表２　山中庵子一覧

×牛陀窟	×国清庵	×住雲庵
×雙松庵	×石松庵	×汝寂庵
×隠僊庵	×上地蔵	×中地蔵
×下地蔵	×金剛庵	×大嵓錬若
×上観音	×中観音	×下観音
×上院庵	×土窟庵	×釈迦庵
×白蓮庵	×青蓮庵	×紅蓮庵
×成仏庵	×般若台	×摩訶台
×明鏡台	×見性庵	×文蔵庵
×上獅子庵	◯中獅子庵	×下獅子庵
×妙峯庵	×兜率庵	×舎那寺
×不思議	◯脱骨庵	◯福泉庵
×上弥勒庵	×中弥勒庵	◯下弥勒庵
×金剛窟	×本吉祥	×上庵
×須弥台	×白雲庵	◯上庫
×中庫	×下庫	×上迦葉
×下迦葉	×本耳庵	◯上歓庵
×中歓庵	×本俗離庵	×西方甲
×達磨庵	×上普賢	×中普賢
×下普賢		

◯印………現在も存続するもの
×印………廃墟と化したもの

六十ヶ所存在していたというから、全盛期の法住寺の規模の大きさを想像し得るのである。

因みに、現在の境内には、国宝三点、即ち、新羅三十三代聖徳王一九年(七二〇)に造られた、韓国で最大最古の雙獅《サンサ》子石燈《ジャソクタプ》(五号、高さ三・三メートルの花崗岩製)、朝鮮半島唯一現存の木造五層の捌相殿《パルサンジョン》(五五号)、元々は龍華宝殿内の置き物であったという、極楽浄土の蓮池を象徴化した石蓮池《ソンリョンジ》(六四号、高さ一・九六メートル、周囲六・六メートルの花崗岩製)がある。さらに、宝物の指定を受けた四点として、大雄宝殿の前にある新羅三十六代恵恭王(在位七六五〜八〇)時代に造られた四天王石燈(一五号)をはじめ、件の大雄宝殿(九一五号)、衆生の苦しみを洗い清めてくれるという経典の一節「周円融通」に則って、観音菩薩坐像が奉安されている円通宝殿(九一六号)、新羅末期乃至は高麗初期に巨岩の壁面に刻んだ高さ五メートルの磨崖仏坐像(二一六号)が存する。

この他、新羅三十三代聖徳王時代に鋳造された、高さ一・二メートル、周囲一・八メートル、厚さ十センチメートルの鉄鑊(三千人分の炊飯が可能だという釜)や石槽、円通宝殿の横にある喜見《ヒギョン》菩薩像などの地方文化財もある。ごく最近鋳造建立されたばかりの弥勒菩薩の銅像も忘れてはならない。現在弥勒菩薩像の立っている場所には、かつて法住寺の中心であった龍華宝殿あるいは珊瑚殿・珊瑚普光明殿と呼称された建物があって、内部には丈六の弥勒像が安置されていた。しかし、朝鮮王朝二十六代高宗九年(一八七二)に倒壊してしまったという。その跡に、高さ三十三メートルの石造弥勒像が建立されたのである。一九三九年着工したが、資金難のため、二八年後の一九六七年漸く完成を見るに至ったという経緯がある。

三

一九八七年渡韓以来、法住寺を幾度か訪れているが、以下に述べる捌相殿内の「八相幀」(「八相図」)の写真撮影は、九二年八月下旬に宗務所の許可を得て行なったものであることを、予めおことわりしておきたい。

前述の如く、法住寺の捌相殿（八相殿ともいう）も、新羅二十四代真興王（在位五四〇～七六）の時代に、開山義信大師が創建したと伝えられているが、その後紆余曲折を経て、現在の建物は、朝鮮王朝十六代仁祖四年（一六二六）碧岩大師によって建立されたものである。創建当時の規模は、もはや知るよすがもないが、現在の捌相殿は、朝鮮半島唯一の木造の塔で、五層から成っており、国宝五五号に指定されているのである。

中吉《なかぎり》功氏は、『海東の仏教』（国書刊行会、昭和四八年三月）に収めた法住寺捌相殿の写真解説で、次のように語っている。

> 捌相殿は五層の高峻な木造建築である。頂部の屋蓋は四注形をなし、その上に完全な相輪部をそなえている。石造基壇の四方には石階があり、古い塔址に再建された韓国唯一の木造五層塔で、初層は五間四方で上層に従い逓減し安定の度を加えている。近世の架構ではあるが、韓国においても古くは日本と同じく多くの木造多層塔を建立したことを物語る貴重な遺構である。この捌相殿は朝鮮後期の建立になるもので、近年心礎から舎利荘厳具と銘文のある銅板が発見されたのが注目される。

中吉氏の文中に付した傍点部について、些か朝鮮半島の文献を探ってみることとしよう。

新羅最初の寺院・興輪寺《フンリュンサ》は、二十三代法興王《ポプフン》二十二年（五三五）に起工、十年の歳月を費して、次の二十四代真興王《チンフン》五年（五四四）に完成をみた。朝鮮半島の木造の塔を論ずる際、『三国遺事《サムグクユサ》』[8]巻三「塔像」第四「興輪寺壁画普賢」に見える、

> 第五十四景明王時、興輪寺南門及左右廊廡災焚、未修、靖和・弘継二僧募縁将修、貞明七年辛巳五月十五日、帝釋降于寺之左經樓、留旬日、殿塔及草樹土石、皆發異香、五雲覆寺、（下略）

の傍点を付した部分が、一証左となろう。また、同書巻五「感通」第七「金現感虎」にも、興輪寺の〝殿塔〟に関する、

> 新羅俗、毎當仲春、初八至十五日、都人士女競遶興輪寺之殿塔、爲福會、元聖王代、有郎君金現者、夜深獨遶不

息、有一處女、念佛隨遶、相感而目送之、遶畢引入屏處、通焉、(下略)

という記事がある。これらは、興輪寺の塔が木造であった事実を語ってくれるのである。さらに、同書巻四「二惠同塵」中にも、「志鬼心火出焼其塔」と、霊妙寺《ヨンミョサ》の塔が木造であった旨記している。

今日では廃寺となった皇龍寺《ファンリョンサ》には、新羅三宝のひとつに数えられた九層の木塔があった。『三国史記《サムグクサギ》』(9)巻五「新羅本紀」第五の「皇龍寺塔　従慈藏之請也」という短文によれば、二十七代善徳女王《ソンドクニョワン》一四年(六四五)三月に、この木塔は創建されたという。また、同書巻十一「新羅本紀」第十一の記述、「皇龍寺塔成、九層、高二十二丈」から、九層の木塔の高さが、歴史上最大の約七十四メートルの高さを有する巨大なものだったことが知られる。『三国遺事』巻一「紀異」は、

新羅有三寶、不可犯何謂也、皇龍寺丈六尊像一、其寺九層塔二、眞平王天賜玉帯三也、

と、新羅三宝に触れ、同書巻三「塔像」第四「皇龍寺九層塔」にあっては、九層塔について長文をものしている。その一節に、

新羅第二十七代、女王爲主、雖有道無威、(中略)皇龍寺建九層塔、則隣國之災可鎭、第一層日本、第二層中華、第三層呉越、第四層托羅、第五層鷹遊、第六層靺鞨、第七層丹國、第八層女狄、第九層穢貊、又按國史及寺中古記、眞興王癸酉創寺後、善徳王代、貞觀十九年乙巳、塔初成、(中略)又高宗十六年戊戌冬月、西山兵火、塔寺丈六殿宇皆災、

とある。即ち、九層の木塔の建立は、隣国からの侵略を守るため、国家鎮護を目的として、第一層の日本以下九敵に備えるものだった。高麗時代にも隆盛を保ったが、二十三代高宗《コジョン》一六年(一二三〇)兵火のために、九層木塔を含むすべてが焼失してしまったという。加えて、『新羅皇龍寺九層木塔刹柱本記』(10)なる書の冒頭にも、「夫皇龍寺九層塔者、善徳大王代之所建也」とあることを指摘しておく。

周知の如く、朝鮮半島には、巨大な石塔や石像が多数現存しているが、時代は下るものの、木造五層の法住寺捌相殿の存在や、右に掲げた『三国史記』『三国遺事』『新羅皇龍寺九層木塔刹柱本記』所収の木塔に関わる記事は、三国時代に木塔が少なからず建立されていたことを、我々の眼前に判然と示しているといっても過言ではない。

ところで、一九六八年、韓国・文化財管理局がこの捌相殿の解体重修工事を実施したところ、塔心礎石部から舎利荘厳具と銘文のある五枚の銅板とが発見された（**図6**）。南板内面の銘文(11)には、

萬暦二十四年丁酉九月日倭人盡焼
爲白有去乙壬寅十月日化主□□□
乙巳年三月念九日　上高柱　立柱
李　時　代
朝鮮國僧大將　裕淨比丘

と、貴重な事実が認《したた》められているのである。即ち、「萬暦二十四年」とは中国の年号で、西暦一五九六年のこと。「倭人盡焼」——豊臣秀吉が再び朝鮮に出兵（〝慶長の役〟、朝鮮では〝丁酉倭乱《チョンユウエラン》〟と称す）した際、法住寺の捌相殿も日本兵によって焼き打ちされたのであった。また、「壬寅」は一六〇二年、「乙巳」は一六〇五年、ともに朝鮮王朝十四代宣祖《ソンジョ》の時代であるが、後者の年に舎利荘厳具が完成、長久を願い、前述の通り、仁祖四年（一六二六）に捌相殿の再建をみるに至ったという。

捌相殿五層（**図7**）の内、初層は柱包心式、二層以上は多包式になっており、内部は心礎から五層の棟木まで中心柱

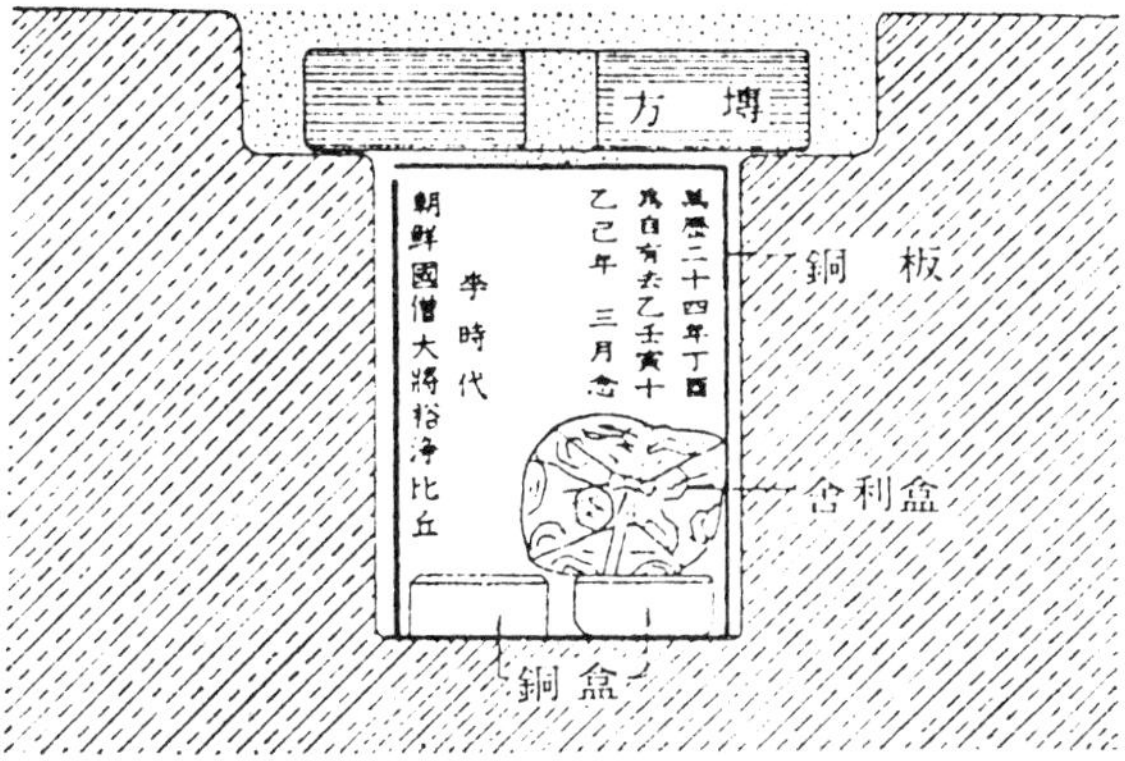

図6　法住寺捌相殿心礎石舎利装置図
（『法住寺　韓国의寺刹5』より）

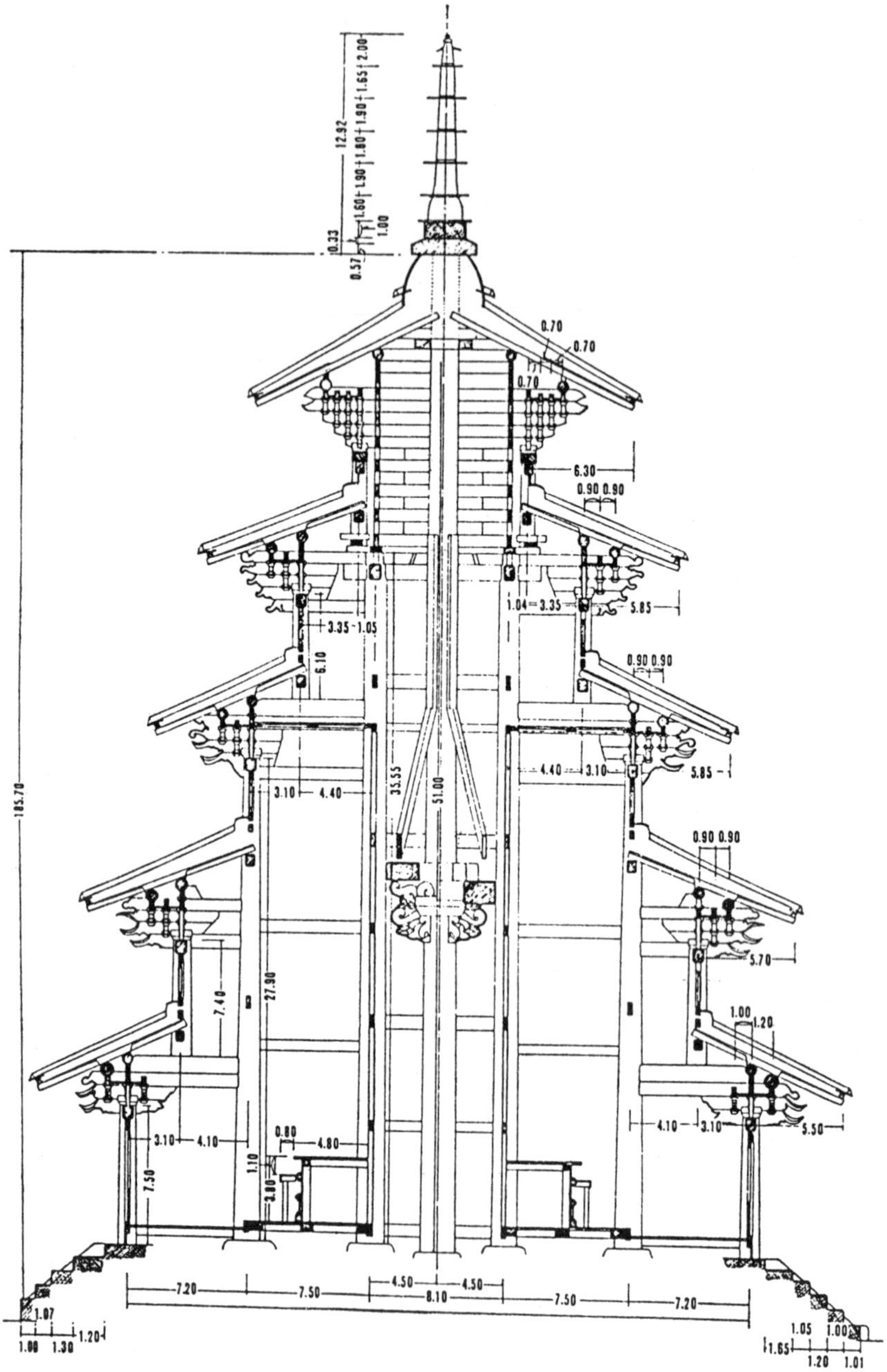

図７　法住寺・捌相殿架構図（『法住寺　韓国의寺剎５』より）

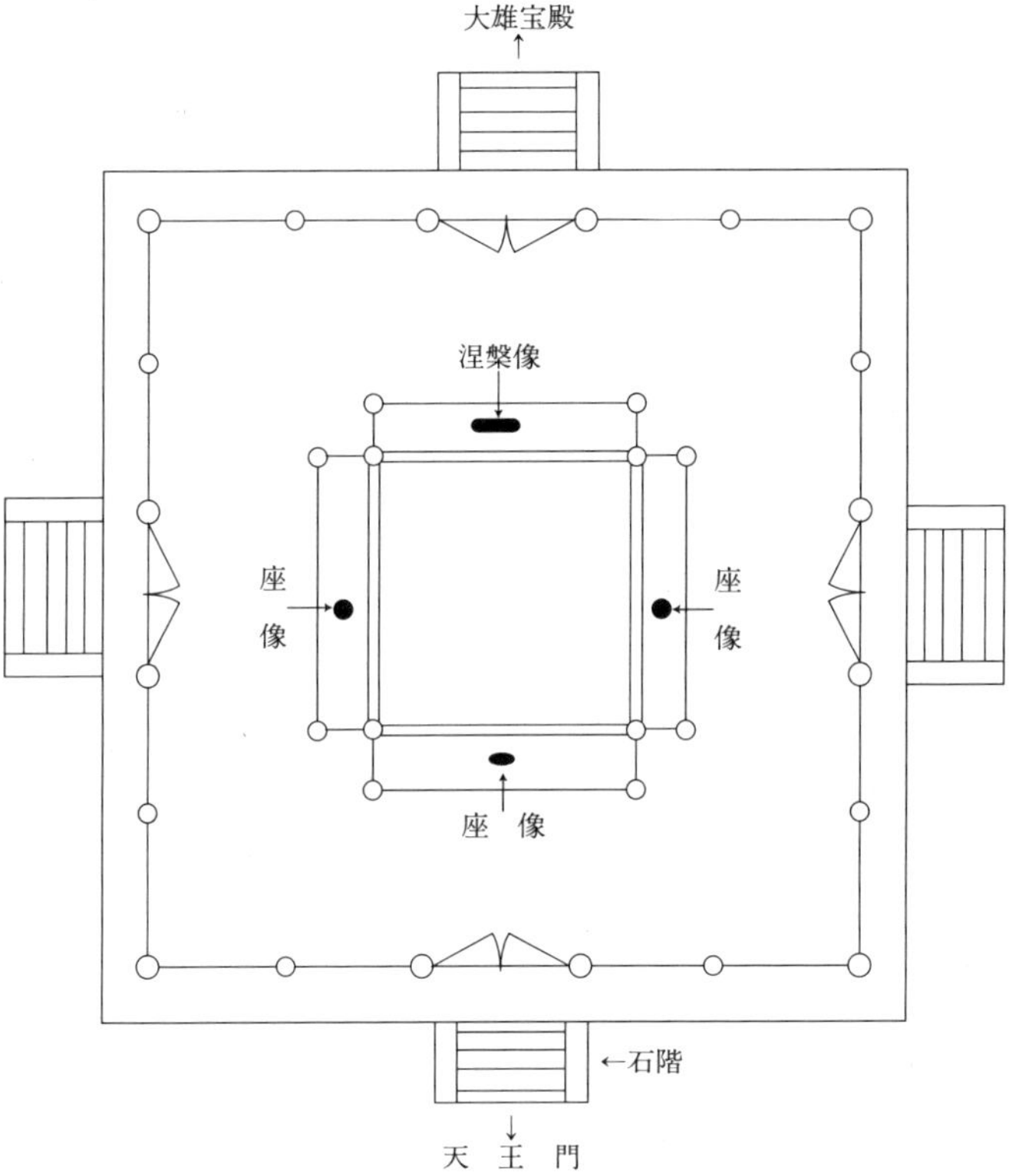

1.兜率来儀相　2.毘藍降生相　3.四門遊観相　4.踰城出家相
5.雪山修道相　6.樹下降魔相　7.鹿苑転法相　8.雙林涅槃相

図 8　法住寺・捌相殿配置図

で支えられ、五層の屋根の上には相輪が加えられている。高さは約六十五メートル、各層下から五・四・三・二・一といった比率で逓減し、全体にバランス感覚に秀で、屋根の四隅先端部の曲線も、極めて美しい。建坪は六十四坪、三十六間《けん》、五百六十一本の柱から成る。

内部初層（図8）は、約十一メートル四方で、高柱を中心に、四面に二図ずつ、釈迦の生涯を描いた幀画「八相図」（「八相幀」とも）が掲げられている。朝鮮半島に広く分布し、共通するところの「八相図」の内容は、既に前章「東鶴寺（韓国・忠清南道）の『釈迦八相図』絵解き」(12)においても触れておいたが、『天台四教儀』に基づいて、

1兜率来儀相
2毘藍降生相
3四門遊観相
4踰城出家相
5雪山修道相
6樹下降魔相
7鹿苑転法相
8雙林涅槃相

の八場面から成っている（図9〜12）。

少しく説明を加えるならば、先ず「兜率来儀相」とは、前世で兜率天にあった釈迦が、人の世に最後の生涯を送るべくこの世に降る話柄で、母摩耶夫人は脇腹に白像の入る夢を見て、釈迦を妊娠するという話である。次の「毘藍降生相」は、摩耶夫人が出産のために実家へ戻る途中、ルンビニ園の樹下で右腋の下から釈迦を産む話、三番目の「四門遊観相」は、王舎城の東西南北四門の外でそれぞれ生老病死の苦悩の姿を実見する話である。そして、第四の「踰城出家

図9　左「毘藍降生相」・右「兜率来儀相」

図10　左「踰城出家相」・右「四門遊観相」

図11　左「樹下降魔相」・右「雪山修道相」

図12　左「鹿苑転法相」・右「雙林涅槃相」

図13　「雙林涅槃相」右下の製作識語

相」とは、夜中に釈迦が馬に乗って王舎城を出奔、出家するという話。五番目の「雪山修道相」は、釈迦は出家後種々の難行苦行に挑んだが、いずれも志を達成するまでに至らず、雪山の菩提樹の下で決意あらたに坐禅する話、第六「樹下降魔相」は、次第に悟りの境地に近付いていく釈迦を、そうはさせじと魔王が様々な形で邪魔するが、結果的に魔王が降伏する話であり、七番目の「鹿苑転法相」では、悟りを漸く開いた釈迦(仏陀)が、以前一緒に修行していた五人のために初めての説法、〝四聖諦法〟を説いたという話である。最後の「雙林涅槃相」は、齢八十となった釈迦(仏陀)が故郷へ戻る途次、クシナーラの沙羅双樹の下で、遂に涅槃に入ったという話になっている。

件の「八相幀」の成立は、第八図「雙林涅槃相」右下端に「建陽二年丁酉三月日新畫成八相幀奉安于八相殿」（**図13**）と記されているところから、朝鮮王朝二十六代高宗三四年(一八九七)であることが知られる。また、「新畫成八相幀奉安于八相殿」の記述は、丁酉倭乱(一五九六)以前に、この捌相殿に「八相幀」が存在した一証左であり、〝捌相殿〟は〝八相殿〟とも呼ばれていたことが分かるのである。

各図とも、数ヶ所ずつ赤地の短冊型に墨書した簡略な説明が付されており、かつて絵解きされた可能性が極めて高い「八相幀」である。配列に関しては、**図8**を一見すれば分明だが、基本的には時計の針と同様に右回りながら、必ずしも順番通りになってはいない。

各図の前面には、中央奥に金色の釈迦座像、その手前に朝鮮王朝時代に作られた小型の羅漢像が三列ずつ奉安されている(ただし、第七「鹿苑転法相」・第八「雙林涅槃相」両図の前に置かれた釈迦像は、金色の涅槃像である)。

いずれにせよ、法住寺の捌相殿は、心礎に舎利が一顆納められていること、初層の内部は、参詣者が釈迦の前生場面(第一図)から順に右回りに礼拝していくと、在世時代を経て、最後は大雄宝殿を背にした幀画が涅槃の場面になるように工夫して配列されていることから、朝鮮仏教の釈迦に対する篤い信仰世界を垣間見ることが出来るのである。その媒介として、「八相図」絵解きが存在した。

〔注〕

(1) 新羅末期の文人。字は孤雲・海雲。慶州出身。十二歳で渡唐、十七歳の時に唐の科挙に及第、仕官する。八八五年帰国。後に乱世に絶望、各地を廻って、最後は伽耶山海印寺に隠遁したという。
(2) 『全国地理志2 新増東國輿地勝覧』(韓國地理志叢書、ソウル市・亜細亜文化社、'83・2)所収。
(3) 西暦一七一〇年に当たる。
(4) 二十四世の誤り。
(5) 初出は、「明治大学教養論集」243号 社会科学・人文科学(平4・3)。
(6) 五五三年創建、七七六年重創、仁祖二年(一六二四)碧岩大師によって三創され、今日に至っている。
(7) 以下、本書に拠るところ大であることを、おことわりしておく。
(8) 李丙燾訳注『譯註原文三國遺事』(ソウル市・明文堂、'92・3)に拠る。

（9）李丙燾校訳『三國史記　國譯篇・原文篇』（ソウル市・乙酉文化社、'77・7）に拠る。
（10）秦弘燮編著『韓國美術史資料集成(1)——三国時代～高麗時代——』（ソウル市・一志社、'87・3）所収。
（11）前掲『法住寺　韓国의寺刹5』所収。
（12）初出は、「絵解き研究」7号（平1・6）。

法住寺弥勒像基壇内の彫像「弥勒龍華図」

一

中国及び韓国の仏教寺院に概ね見られる大雄殿《テウンジョン》は、伽藍配置上、一般にその寺院の中心を成す建築物（我が国の金堂・本堂に該当するもの）となっている。しかしながら、信仰の中枢としての建築物は、それぞれの寺院固有のものがある。韓国忠清北道報恩郡・俗離山法住寺《ポプチュサ》における信仰の中心は、かつて龍華宝殿《ヨンファポジョン》だったが、龍華宝殿の遺墟だけが、わずかに昔の面影を残しているに過ぎない状況が続いた。

この法住寺の龍華宝殿は、珊瑚殿あるいは珊瑚普光明殿とも称されていた。珊瑚殿と呼ばれたのは、件の龍華宝殿のあった場所、即ち、現在の巨大な弥勒仏像の建っている背後の奇岩を、珊瑚台と称したことに由来するものである。

さて、『俗離山大法住寺事蹟』の記すところによれば、龍華宝殿は二層から成っていて、その大きさは三十五間あり、大雄宝殿の二十八間よりも壮大な建物だったようである。朝鮮王朝二十六代高宗《コジョン》九年（一八七二）に破壊された旨の記述も見られる。

『新増 東國輿地勝覧』巻十六「仏宇」項には、「寺中有珊瑚殿金身丈六像[1]」とあり、龍華宝殿内に丈六の弥勒仏像が安置されていたことが知られる。因みに、今日、寺域内には、かつての弥勒信仰の隆盛を伝える龍華宝殿の礎石や弥勒三尊の台座三基が残っている。

二

日韓併合後の一九三九年（昭和一四）、全羅北道泰仁《テイン》の迦山金水《カサンキムス》居士の発願と、法住寺住職張石霜《チャンソクサン》師の願力によって、龍華宝殿址に巨大な弥勒仏像建立の工事が着手された。彫刻は、金復鎮《キムポクジン》氏が担当することとなったが、一九四一年、金氏が逝去したために、残念ながら工事を中断せざるを得なかった。加えて一九五〇年、発願者の迦山居士も他界（享年七十七歳）したので、爾来二十年間の長きにわたって放置されたのであった（放置されたのは、この年の六月二五日未明、三十八度線における武力衝突を機に、朝鮮戦争が勃発し[2]、やがて南北に分断されたことも、その一因であったろう）。

一九六三年三月、軍事革命政府の大統領権限代行の地位にあり、熱心な仏教信者であった朴正熙《パクチョンヒ》大将を施主として、弥勒仏像建立工事に再度着手、翌年六月一四日、完成したセメント製の弥勒仏像の点眼式（開眼供養）が営まれた。

図1　ブロンズ製弥勒仏像

法住寺の「法」字は、「弥勒」を意味するように、法住寺は弥勒信仰の根本道場であること、新羅時代以来、弥勒を主尊仏とする法相（宗）の道場として、多くの善男善女の信仰を集めてきたこと、そして、何よりも朝鮮仏教史上において、弥勒信仰ほど広く人々に支持されてきた信仰が他に存しないことを、明記しておくこととする。

その後、右のセメント製弥勒仏像も取り壊され、新たに高さ約二十五メートルのブロンズ像が建立されることとなった。即ち、一九八四年一〇月工事に着工、一九八六年一〇月コーティング（銅を被せる作業）を開始し、四十二ヶ月を費して完成、一九九〇年四月一一、一二の両日、南北統一の悲願を込めて点眼の大法会が営まれた（**図1**）。しかも、高さ約八メートルの花崗岩製基壇（台座）下には、三百五十六平方メートルの地下室が作られ、その中央円形ホールには、金銅製の半跏弥勒仏像が安置され、ここに創建時の龍華宝殿の形式が再現されたのである（**図2**）。

三

再建成った巨大なブロンズ弥勒仏像の事情については、大韓航空のPR誌〝Morning Calm〟一九九〇年五月号に簡要な英文が掲載されているので、今その和訳した全文[3]を以下に掲げ、参考に供することとしたい。

※

西暦七七六年、新羅時代に仏教信仰を広める重要な地位にあった僧真表《チンピョ》は、忠清北道の報恩・法住寺において、十三・三メートルのブロンズの仏陀の建立を取り仕切っていた。

弥勒仏は、新羅王国による百済・高句麗・新羅の三王国の統一に引き続き、さらに朝鮮半島での統制力を強化しつつある時に建てられた。その弥勒仏は、国家の統一により、平和と和合を、という創造者の願いを表わしている。

この話題は、一八六四年から一九〇六年まで君臨した高宗王の父親である大院君《テウォングン》によって破壊するようにと命令された、件の真表の創造仏があった当初の場所に、新規に三十三メートルのブロンズの仏陀を最近完成させたことで、再度火が点いた。

世界で最も重厚なブロンズ像である仏陀の点眼式は、四ヶ年を費したこの仏陀の完成を祝うべく集まった僧侶や観光客など約四万の信者たちの前で、法住寺において四月一一日～一二日に執り行われた。式の進行は、仏陀の誕

Ch'ŏldangganjiju	⑮요 사	窯 舍	Yosa
Wŏnt'ongbojŏn	⑯문장대	文藏台	Munjangdae
Daewungbojŏn	⑰관음봉	觀音峰	Kwanumbong
Sŏngnyŏnji	⑱천황봉	天皇峰	Ch'ŏnhwangbong
Nŭnginjŏn	⑲경업대	景業台	Gyeongupdae
Chosakag			
Sŏgjo			

① 금강문	金剛門	Ku'maganmun	⑧ 철당간지주	鉄幢竿支柱
② 천왕문	天王門	Ch'ŏnwangmun	⑨ 원통보전	円通宝殿
③ 팔상전	捌相殿	P'alsangjŏn	⑩ 대웅보전	大雄宝殿
④ 청동미륵대불	青銅弥勒大仏	Chŏngdong-mirŭgdaebul	⑪ 석연지	石蓮池
⑤ 용화전	竜華殿	Yonghwajŏn	⑫ 능인전	能仁殿
⑥ 종 각	鍾 閣	ĵongkag	⑬ 조사각	祖師閣
⑦ 철 확	鉄 穫	Ch'ŏlhwag	⑭ 석 조	石 槽

図 2　法住寺の案内図（法住寺発行の『法住寺』より）

生が祝われる太陰暦で四番目の月の八番目の日（今年は五月二日）、春まだ浅い中で、仏教界に浸透する希望と帰依（信心）の雰囲気を際立たせていた。

総重量百六十トンのブロンズは、十二トンの亜鉛と六トンの錫と一緒に、幅十八メートル、高さ三十三メートルの鋳造となった。この中空の建造物は、十二のブロンズの接合部分から成っており、それらは、現場に船で運ばれた後、溶接された。組み立て式の鋼鉄の階段は、地面から廟が置かれている仏陀の両肩まで伸びていた。訪問者は、合計百八段の階段を登らねばならないのだが、これは、廟に辿り着くための人間の百八の苦悩を象徴したものである。

ブロンズ彫像と内部の鋼鉄の骨組みとを結合する特別にデザインされた肘金具（二つの板、又は平面を直角に補強する三角形の平板）は、温度による歪みを垂直且つ水平の不規則な変動を許しながらであるが、相殺しながら補正している。仏陀の頭は、長さ四・六メートルあり、三十両の純金を混ぜたブロンズ製である。

二千トンの御影石（花崗岩）を用いた台座の下には、三百五十六平方メートルの地下室があり、中央ホールは式典に用いられ、又展示ホールには、約六十点の仏教造形物が陳列されている。朝鮮半島で最も大きな金箔を施したブロンズの半跏弥勒仏は、古代の仏教物語に依拠して、天女たちを描いた見事なステンドグラスの丸屋根から明かりを受け、円形ホールの中央に位置している。この座像は、地域周辺の信者たちから寄付された真鍮の道具二トン以上を鋳直して作られている。

この巨大なブロンズの仏陀は、鋳造製作に入るまでに、二年以上もの事前の研究と準備期間を要した。当初、法住寺の事務局は、日本統治下時代に立案され、一九六四年に完成した巨大なセメント製の仏陀を、単に修繕することだけ考えていたのだが、彫像の傷みが想像以上で、単純な再構築では済まないというテスト結果を得た。そこで事務局は、代わりに、Maitreyaあるいは弥勒仏の信仰のための学林としての千四百年の歴史を有する法住寺の装麗さにより相応しい、威厳のあるブロンズの仏陀を建てることとした。実際の建立は、一九八六年一〇月に始まり、四十二ヶ月を超える歳月と、約三十七億ウォンをこの計画に注ぎ込んだ。

「弥勒」はサンスクリット語の〝Maitreya〟を韓国語で発音したものであり[4]、語源は、「友情」「同情（憐み）」「平和と調和」を意味している。Maitreyaあるいは弥勒信仰が理想とするのは、永遠の平和と同情の国である「龍華世界」の実現なのである。

僧の真表は、新しく統一された百済《ペクチェ》・高句麗《コクリョ》・新羅《シルラ》の人々の間での平和と調和の促進を願い、統一新羅時代に、あのブロンズ像の造立を命じた。

この四月の点眼式のテーマは、「統一の嘆願」であり、この祈りは、弥勒信仰を近代的に明示したものであり、当代仏教徒の朝鮮半島統一と全ての人々の調和への熱望を現わしていた。

苦心を重ねてきた献呈は、四月一一日、巨大な弥勒仏像の胸に三つの仏舎利、即ち、釈迦の骨を納めることと、悪霊を寄せ付けないための儀式である「点眼式」を以て、始められた。点眼式に続き、その夕方には、本堂を囲んでいる山々に点在する草庵は、仏陀が学林の中へ入る道を照らすために、蓮華の形をした十万個の提灯によって照らされた。

法住寺の管長柳《ユ》月誕《ウォルタン》師による百日祈願に続いて、この点灯式に併せて、伝統的な踊りと歌と器楽の演奏がなされた。

献呈式の二日目の夜明けには、仏教信仰の偉大な十善を祝う献身の儀式が行われた。この儀式は、仏教の偉大な十善の宣伝と日常生活における信仰の普及とを目的としている。この儀式に続いて、仏陀への祈り、そして、弥勒仏の伝記を描いた木版画を運ぶ僧侶たちによって、寺の周辺を廻る行進が行われた。

その光景に魅了された献身的な信者や観光客の人だかりの中で、この朝遅く、そのブロンズ像が正式に献呈される主要な儀式は、執り行われたのであった。

　弥勒仏像が完成した今、弥勒仏の信者たちは、過去千年にわたってこの信仰を導いてきた「国家の統一と調和」という目標の実現のために、自らを捧げなくてはならない。

※

　あらためて言うまでもないが、七七六年、真表によって法住寺境内に弥勒像が建立されて以来今日に至るまで、弥勒仏像に籠められた悲願は、「国家の統一」「平和と調和の世界」の実現を目指す点にあったことを、明記しておきたい。

四

　ところで、著者は一九八七年以降何度も法住寺を尋ねたが、既にセメント製の弥勒仏像は取り壊され、新しいブロンズ像の建立工事に入っていて、新像を実見出来たのは、九一年一二月下旬だった。その際、李性泉《イソンチョン》師の御好意で、弥勒仏像の台座内に設けられた「弥勒龍華図」[5]なる十三図（彫像）の調査・撮影（写真及びビデオ）を行うことが出来た。

　前述の如く、花崗岩で造られた台座の下には、「龍華宝殿」としての円形ホールと、展示ホール（延べ三百五十六平方

図3　龍華宝殿（中心部）

メートル）が建設された。この龍華宝殿の中心には、金銅製の半跏弥勒仏像が奉安（安置）され（**図3**）、周囲の内壁面には、前後にハングルで縦書きされた長文の説明文を付した彫像「弥勒龍華図」全十三図（浮き彫り）が、左回りに配されている。各図の下部には、横書きされた簡略なハングルの説明文が添えられている。かつて、曹溪宗本山として知られる曹溪寺（ソウル市）大雄殿の外壁に描かれた「釈迦一代記図絵」について述べたが、(6) この「弥勒龍華図」も、様式が類似する。即ち、両作とも、すべて画面下部には、誰にでも理解可能な簡にして要を得た説明文が記されており、自分ひとりでも眼前の世界に浸れるように、工夫が凝らされているのである。

制作年代はきわめて新しいが、広義の絵解きを想定し得る仏教説話画として、左に「弥勒龍華図」の全容(7)を紹介することとしたい。

〔注〕

（1）前章「法住寺（韓国・忠清北道）捌相殿の『八相幀』」参照。

（2）一九五三年七月二七日、停戦協定が成立した。

（3）渡葉子氏の訳されたものを参考にさせて頂いた。従って、訳文の責はすべて著者にある。

（4）正しくは、サンスクリット語の〝Maitreya〟を漢語に音写したものが「弥勒」であり、この「弥勒」を韓国語で発音すると「미《ミ》륵《ルク》」となるべきところ。原文に問題あり。

（5）原彫像にタイトルがないので、便宜上、私に仮称を付したものである。

（6）前掲「曹溪寺（ソウル市）大雄殿の壁画『釈迦一代記図絵』」参照。

（7）「弥勒龍華図」の細かい分析は、後日に譲ることとするが、第十二図「娑婆苦悩相」は、広くアジア各地に見られる所謂「六道輪廻図（五趣生死輪）」そのものであり、注目しておきたい。

弥勒龍華図（彫像）

凡　例

一、法住寺龍華宝殿の彫像「弥勒龍華図」（仮称、全十三図）及び各図の下部に付された説明文、さらに、十三図の前後に付された長文の説明文も、取り上げることとした。

一、冒頭に龍華宝殿の平面図を掲げ、理解の一助とした。

一、各図とも、上部に当該図を掲げ、その下にハングルの説明文を翻刻し、さらに下部に和訳を示す、という形をとった。

一、ハングルの説明文については、分かち書き・読点とも、原文のままとした。

法住寺龍華宝殿平面図

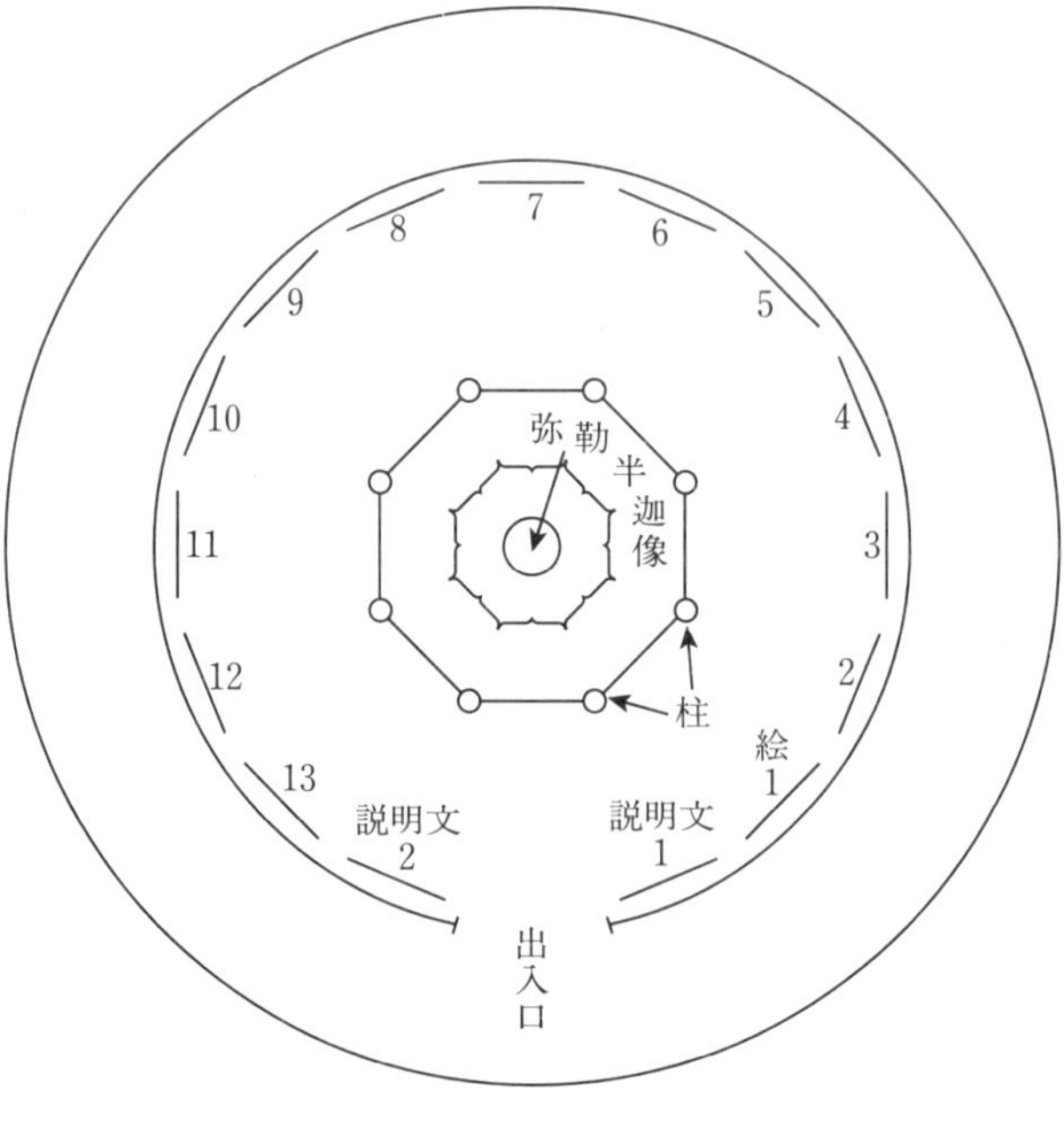

1　摩頂授記相
2　天中説法相
3　兜率降生相
4　樹下成道相
5　伝授法印相
6　龍華香徒相
7　現身成仏相
8　弥勒出現相
9　初会説法相
10　弐会説法相
11　参会説法相
12　娑婆苦悩相
13　龍華浄土相

〔説明文1〕

용화정토를 향하여

일찌기 우리 조상들이 이 땅에 이루고자 오래오래 염원했던 세계가 있나니。우주와 내가 하나이며 만물이 나와 한몸이어서、너와 나 둘이 아닌 커다란 생명실상으로 열리는 세계가 그것인 바 어찌 미륵회상의 용화정토가 아닐손가。그러나 무명으로 하여금 분별과 집착을 낳아 오로지 나만의 이득을 찾아 끝없는 대립과 혼돈으로 빠지고 마는 사바세계에 이르렀나니、이로부터 결연히 뛰쳐나와 본래 면목의 자유 평등 평화가 넘쳐나、너와 내가 함께 살아나는 보리살타의 복된 삶을 향하여 오늘에 이르렀음이여。오랜 역사의 고대로부터 이천여년의 찬란한 문화를 꽃피운 불교 가운데 특히 신라 화랑도의 미륵신앙과 백제의 국가이상으로서의 용화사상이 있어 이 땅의 일체중생에 대한 보살화운동이 계승되었습《(ママ)》이여。그리하여 이 운동에는 미륵십선도를 수행케 함으로써 이 땅은 물론 시방세계 전체를 용화정토로 열리는 바탕이 되도록 함이니、어찌 한사람이나 한고을이나 한나라만으로 이것을 이룩하겠는가。우주와 온세상 전체가 마침내 하나의 법인즉 이 법이 미치지 않는데 없는 미륵부처님의 회상에서 비로소 그 장엄한 광명 가득할지어다。여기 우뚝선 법주사 도량의 미륵부처님과 더불어 세세생생 살고지고 억만겁토록 살고지고。

불기二五三四년四월十一일

법주사 주지 미룡월탄 짓고 운곡김동연 쓰다。

龍華浄土に向かって

曾て、我が祖先らのこの地で成し遂げようと長い間念願した世界があるが、それは他ならない宇宙と自分とが一つで、万物と己れとが一身なので、あなたと私は二つではなく、大きな生命実相として開ける世界であり、弥勒会上の龍華浄土である。

しかし、無明によって分別と執着とを産んで、ひたすら自分の利益を求めて、限りない対立と混沌へと堕ちがちな娑婆世界に至ったが、これから決然と飛び出して、真正の自由・平等・平和が溢れて、あなたと私が一緒に生きかえる菩提薩埵の福々しい生に向かって、今日に至ったことよ。

長い歴史の、古代から二千余年の燦爛な文化を咲かせた仏教の中でも、特に新羅の花郎徒《ファランド》の弥勒信仰と、百済の国家思想としての龍華思想とが、この地の一切衆生に対する菩薩化運動に継承されたことよ。そうして、この運動には、弥勒十善道を修行させることによって、この地は勿論、十方世界の全体を龍華浄土へ開ける台になるようにするためであるから、どうして一人か一村、もしくは一国のみで、これを成し遂げ得ようか。宇宙と世界との全てが結局一つの法なので、この法が行き届かない所がない弥勒仏の会上で、初めてその荘厳な光明が一杯になろう。

ここに聳え立った法住寺の道場の弥勒仏とともに、世々生々と生きるようになり、億万劫生きるようになろう。

249 法住寺弥勒像基壇内の彫像「弥勒龍華図」

仏紀二五三四年四月十一日
法住寺住持미룡《ミリョン》月誕が作り、운곡《ウンゴク》・金동연《キムトンヨン》が書写す

①

마정수기상 (摩頂授記相)

사바세계가 끝나고 미래가 다가올 미륵용화세계의 교주가 될 아일다 (미륵불) 비구가 마정수기를 받고있다. 그때 기원정사에서는 석가세존께서 칠겹금빛 광명과 연꽃비를 내리고 백천의 화불이 나타나 설법을 하신다. 수천의 비구・비구니・16대보살과 문수사리 법왕자의 권속과 팔부신 등이 설법을 듣고있다.

摩頂授記相

娑婆世界が終って、未来の弥勒龍華世界の教主になれる阿逸多比丘（弥勒仏）が「摩頂授記」を受けている。

その時、祇園精舎では、釈迦世尊が七重金色の光明と蓮華雨を降らせ、百千の化仏が現れ、説法をなさる。

数千の比丘、比丘尼、十六大菩薩と文殊師利法王者の眷属、八部神などが説法を聞いている。

②

천중설법상 (天中說法相)

장차 미륵부처님이 될 아일다비구는 도솔천 내외궁 중 내원궁에 태어나 미륵보살이 되어, 수행하고 있는 천인들을 교화하고 계신다. 도솔천 가운데 2중 방형의 내외궁에 수천의 천인들이 설법을 듣고 있으며 좌우에는 향·연꽃·감로수·과일등을 든 비천이 모시고 있다.

天中説法相

将来、弥勒仏になる阿逸多比丘は、兜率天の内外宮のうち内院宮で生まれ、弥勒菩薩となり、修行中の天人衆を教化なさる。

兜率天の中、二重の方型の内外宮に数千の天人たちが説法を聞いており、弥勒菩薩の左右には、香、蓮華、甘露水、果物などを持つ飛天が仕えている。

③

도솔강생상 (兜率降生相)

미륵보살이 도솔천의 수명이 다할 때 우리들의 염부제인 용화세계에 내려와 바라문의 녀 범마파제에 탄생하였다가 미륵불이 된다. 용을 타고 강생하시는 미륵보살을 맞는 천인들의 모습은 환희에 차 있고 서광이 가득하다.

兜率降生相

弥勒菩薩が兜率天の命を尽し、われわれの閻浮堤の龍華世界に降り、婆羅門の女の梵摩婆提に托生したのち、弥勒仏になる。

瑞光の充満した所に、龍に乗って降生する弥勒菩薩を迎える天人たちの姿は、歓喜に満ちている。

④

수하성도상 (樹下成道相)

새벽에 출가하여 금강장엄 도량인 용화수 아래 앉아 그날 초저녁에 성불한 미륵부처님의 좌우보처 법화림보살•대묘상보살 • 비구 • 비구니 • 우바새 • 우바니 • 노인 • 아이 • 원숭이 • 토끼 • 학 • 양 • 사자 • 기린 등, 뭇 중생들이 환희에 찬 모습으로 부처님을 향하고 있다.

樹下成道相

暁の頃、出家して金剛荘厳の道場の龍華樹の下に坐り、その日の夕暮に成仏した弥勒仏の左右補処、法華林菩薩、大妙祥菩薩、比丘、比丘尼、優婆塞、優婆夷、老人、子供、猿、兎、鶴、羊、獅子、麒麟などの衆生たちが、歓喜に満ちた姿で弥勒仏に向かっている。

⑤

전수법인상（伝授法印相）

미륵보살이 성불하여 전불인 석가모니부처님의 법인을 받으신다. 석존의 제１제자인 가섭존자가 기사굴산 낭적봉에 석가불의 전법인의 신표로 "가사와 발우"를 수지하고, 대선정에 들어 미륵불을 기다리고 있는 곳에 미륵부처님이 보처보살과 제자들을 데리고 나타나신다.

伝授法印相

弥勒菩薩が成仏して、前仏の釈迦牟尼仏の法印をお受けになる。釈尊の第一弟子の迦葉尊者が耆闍崛山狼跡峰で釈迦仏の転法印のしるしとして袈裟と鉢を受持し､大禅定に入って、弥勒仏を待っているところに、弥勒仏が補処菩薩や弟子たちを伴って現れる。

⑥

용화향도상 (龍華香徒相)

신라에 있어 화랑도의 수행 (독서, 참선, 가무, 무술연마 등) 은 불교의 이상국가관인 미륵용화정토를 이땅에 구현하고자 하는 강한 원력의 수양생활이었고 화랑을 미륵의 화신으로 삼고 그를 추종하던 낭도들을 용화향도라 하는데 이들은 미륵부처님을 믿는 신도들이었다. 심산유곡의 절경에서 원광법사로부터 10명의 화랑이 설법을 듣고 있는데 이는 미륵 10선도의 수행을 상징한다.

龍華香徒相

新羅の花郎徒の修行（読書、参禅、歌舞、武術錬磨など）は、仏教の理想国家観である弥勒龍華浄土を、この地に具現しようとする強い願力の修養生活であった。花郎を弥勒の化身と信じた。

追従する人々を龍華香徒と言うが、彼らは弥勒仏を信じる信徒であった。深山幽谷の絶景で円光法師から十人の花郎が説法を受けているのは、弥勒十善道の修行を現す。

⑦

현신성불상 (現身成仏相)

신라 성덕왕 8 년에 노힐부득과 달달박박 두 스님이 백월산 무등곡에 남암과 북암을 짓고 미륵부처님과 아미타불을 염송하며 열심히 수행하던 중 3년째 되는 4월8일에 관세음보살이 한밤중에 아름다운 여인으로 변신하여 두 성인의 정진하심을 실험하여 더욱 분발케 하고 마침내 현신으로 미륵부처님과 아미타부처님이 되도록 인도하시고 홀홀히 허공중으로 사라져 가는 모습이다.

現身成仏相

新羅聖徳王八年（709）に奴肹夫得と怛怛朴朴との二人の僧が、白月山無等谷にそれぞれ南庵と北庵を建てて、弥勒仏と阿弥陀仏とを念誦しつつ、修行に励んでから三年目になる四月八日の真夜中のことである。観世音菩薩は美女に化して、二人の聖人の精進ぶりを試したが、二人の意志が固いことを確認し、さらに精進を励ました。やがて、現身のまま弥勒菩薩と阿弥陀菩薩になるように導いてから、忽然と天に姿をくらました。

257　法住寺弥勒像基壇内の影像「弥勒龍華図」

⑧

미륵출현상 (弥勒出現相)

백제의 무왕내외가 군신과 함께 익산에 있는 용화산 사자암으로 지명법사를 찾아 가는 도중 산 아래 연못에서 미륵삼존이 출현하여 놀라움과 환희에 가득찬 모습으로 쳐다보며, 이는 미륵불이 백제땅에 하생할 인연이 도래하였다고 생각하고 연못을 메꾸어 삼원 대가람의 미륵사를 창건하였다. 온 백성에게 미륵 10선도를 닦아 3회 치우설법에 이르러 이 국토가 바로 용화정토가 구현되게끔 정진케 하였다.

弥勒出現相

百済の武王夫婦が、群臣を連れて益山の龍華山獅子庵に智明法師を訪ねて行く途中、山の下の池から弥勒三尊が現れて、一行は驚きと歓喜とに満ちて、それを見る。これは、百済の地に弥勒仏が下生する因縁の到来だと思い、池を埋めて三願大伽藍の弥勒寺を建立した。国中の人を弥勒十善道に励ませ、三会知遇説法の際には、この地に龍華浄土が具現されるよう精進させた。

⑨

초회설법상 (初会説法相)

미륵부처님이 성불하여 단지 삼회설법으로 용화세계의 일체중생을 아라한과와 보살과를 성취토록 하는 대설법회를 여시는데 처음 설법도량은 무악산 금산사로써, 이 법회에서 96억의 중생이 아라한과의 경지를 득한다하였다. 신라의 진표율사가 미륵으로부터 계법을 받은 후 금산사·법주사·발연사를 차례로 미륵도량을 개설하였다고 한다.

初会説法相

弥勒仏が成仏し、三会説法で龍華世界の一切衆生が阿羅漢果と菩薩果とを成し遂げるように大説法会を催した。初めての説法道場は、無岳山金山寺であり、この法会で、九十六億の衆生が阿羅漢果の境地を得たという。

新羅の真表律師が弥勒から戒法を頂いたのち、金山寺、法住寺、鉢淵寺などの弥勒道場を次々と開いたという。

259　法住寺弥勒像基壇内の彫像「弥勒龍華図」

⑩

이회설법상 (弐会説法相)

진표율사가 금산사에 이어 두번째로 미륵도량으로써의 법주사를 중창하려고 속리산으로 가던 중 소가 율사의 청정함을 알아보고 무릎을 꿇고 눈물을 흘렸다고 한다. 법주사의 2회설법에서 94억의 중생이 아라한과와 보살과를 증득하기 위하여 설법을 듣고 있는 모습이다.

弐会説法相

真表律師が金山寺に引き続いて、二番目の弥勒道場として法住寺を重創するため俗離山に向かう途中、ある牛が律師の清浄さを知り、ひざまづいて涙を流したという。

法住寺の弐会説法で、九十四億の衆生が阿羅漢果と菩薩果の悟りを得るため、説法を聞いている姿である。

⑪

삼회설법상 (参会説法相)

진표율사께서 법주사에 이어 세번째 미륵설법도량으로써의 발연사를 개창하려고 금강산으로 가던 도중 바다의 수중중생을 위하여 설법을 하러 가시는데 고기떼들이 몰려와서 길을 놓아 주었다는 설화가 있다. 발연사의 3회 설법에서 92억의 중생들이 아라한과와 보살과를 득하기 위하여 설법을 듣고 있다.

参会説法相

真表律師が法住寺に引き続いて、三番目の弥勒（説法）道場として鉢淵寺を開創するため金剛山に向かう途中、海中の衆生を救うべく説法した時､魚の群れが集まり桟橋を造った、という説話がある。

鉢淵寺の参会説法で、九十二億の衆生が阿羅漢果と菩薩果の悟りを得るため、説法を聞いている。

⑫

사바고뇌상 (娑婆苦惱相)

사바세계는 본래 깨끗한 인간성을 상실하고 탐내고 성내고 어리석은 마음으로 오욕에 깊이 빠져 자기가 마음쓰고 행동함의 선악업보에 따라 지옥・아귀・축생・수라・인간・천상을 오르내리며 육도윤회를 끝없이 반복하여 고뇌에서 헤어나지 못하는 현실세계의 모습.

娑婆苦悩相

娑婆世界は、本来の清らかな人間性を失い、欲望・怒り・愚かな心で深い五欲に陥っている。

自分の心づかいと自分の行いの善悪業報によって、地獄・餓鬼・畜生・修羅・人間・天上を上り下りしながら六道輪廻を果てしなく繰り返し、苦悩から脱け出すことの出来ない現実世界の姿である。

⑬

용화정토상（龍華浄土相）

무명으로 인하여 상대적 차별관념으로 대립하고 갈등하며 분열하는 고뇌무한의 사바세계를 뛰어넘어 우주와 내가 하나이며 만물이 나와 더불어 한몸이어서 너와 내가 둘이 아닌 커다란 나 하나의 생명실상으로 열리는 세계, 동체대비의 정신으로 이타자리가 실천되어져 절대의 자유 평등과 평화가 넘쳐나는 우주대자연의 본래 생명력, 용화정토의 안락한 세계의 모습이다.

龍華浄土相

無明によって、相対的な差別観念のために対立し、葛藤しながら、分裂する苦悩無限の娑婆世界を乗り越え、宇宙と私が一つで、万物が私とともに一体となって、貴方と私は二人ではなく、大きな一つの生命実相で開いていく世界なのである。

同体大悲の精神で、利他自利が実践され、絶対の自由・平等・平和が満ちる宇宙大自然の本来の生命力、龍華浄土の安楽な世界の姿である。

〔説明文2〕

미륵십선도와 용화세계

이 미륵세계 용화정토 가운데 태어나는 사람들은 이제까지의 중생업장을 훨훨 벗어나는 행실 없이는 안되거니와 여기에 미륵십선도의 수행이 있슴이여。그 첫째는 생명을 죽이지 아니함이요、둘째는 도둑질하지 아니함이며、셋째는 삿된 음행을 하지 않아 이 몸의 삼업을 닦음과 더불어、넷째는 거짓말과 다섯째는 꾸며대는 말과、여섯째는 한입으로 두말을 하지 않고、일곱째는 험담하지 아니하여 말의 네가지 구업을 닦아야 하나니、또한 거기에 여덟째는 탐내지 아니하고、아홉째는 화내지 아니하며、열째는 잘못된 소견을 내지 않아 뜻의 삼업을 끊임없이 닦아 나갈진대、바로 그 자리가 용화수 아래 용화세계가 열려 一회九六억 二회九四억 三회九二억의 중생이 불보살의 경지에 들어가는 큰문이 활짝 열리나니、이는 미륵보살의 상생 하생을 굳게 믿고 섬김으로서 십선도 수행이 원만할때、이웃의 닭 우는 소리조차도 그것이 미륵부처님의 설법으로 들리는 때에 다다를진저、무릇 세상이 오탁악세로 되고 인류의 바르게 살아갈 덕목이 땅에 떨어진 바 된지 오래이나 도리어 여기 당래미륵의 용화정토를 여는 커다란 소원과 기운이 오로지 우리 각자에게 맡겨졌으니、이 땅의 괴로움을 한입에 삼켜 버리고 미륵십선도의 수행으로 나아가노니、온세상이 하나 같이 법주사 미륵도량으로부터 피어 오르는 용화의 향기로 가득함이여。

弥勒十善道と龍華世界

この弥勒世界の龍華浄土の中で生まれる人々は、今までの衆生業場を切り抜ける行いがなければいけないので、ここに弥勒十善道の修行が必要となろう。

その第一は、生命を殺さないことであり、
第二には、盗まないこと、
第三には、淫行をしないことによって、この身の三業を修めることと共に、
第四には、うそと、
第五には、言い繕う言葉と、
第六には、一口で二言を言わず、
第七には、険談をせずに、話の四つの口業を修めなければならない。
また、第八には、貪ることなく、
第九には、怒ることなく、
第十には、間違った所見を出すことなく、志の三業を絶え間なく修めることであり、
まさに、ここから龍華樹の下の龍華世界が開けて、一回に九十六億、二回に九十四億、三回に九十二億の衆生が、仏菩薩の境地に入るための大門が開くのである。

これは、弥勒菩薩の上生下生を堅く信じ、仕えて、十善道の修行の円満な時、また、隣家の鶏の鳴く声すらも、弥勒仏の説法と聞こえる時に、初めて開ける世界である。

五濁悪世となって、人類の正しく生きる徳目が墜落して

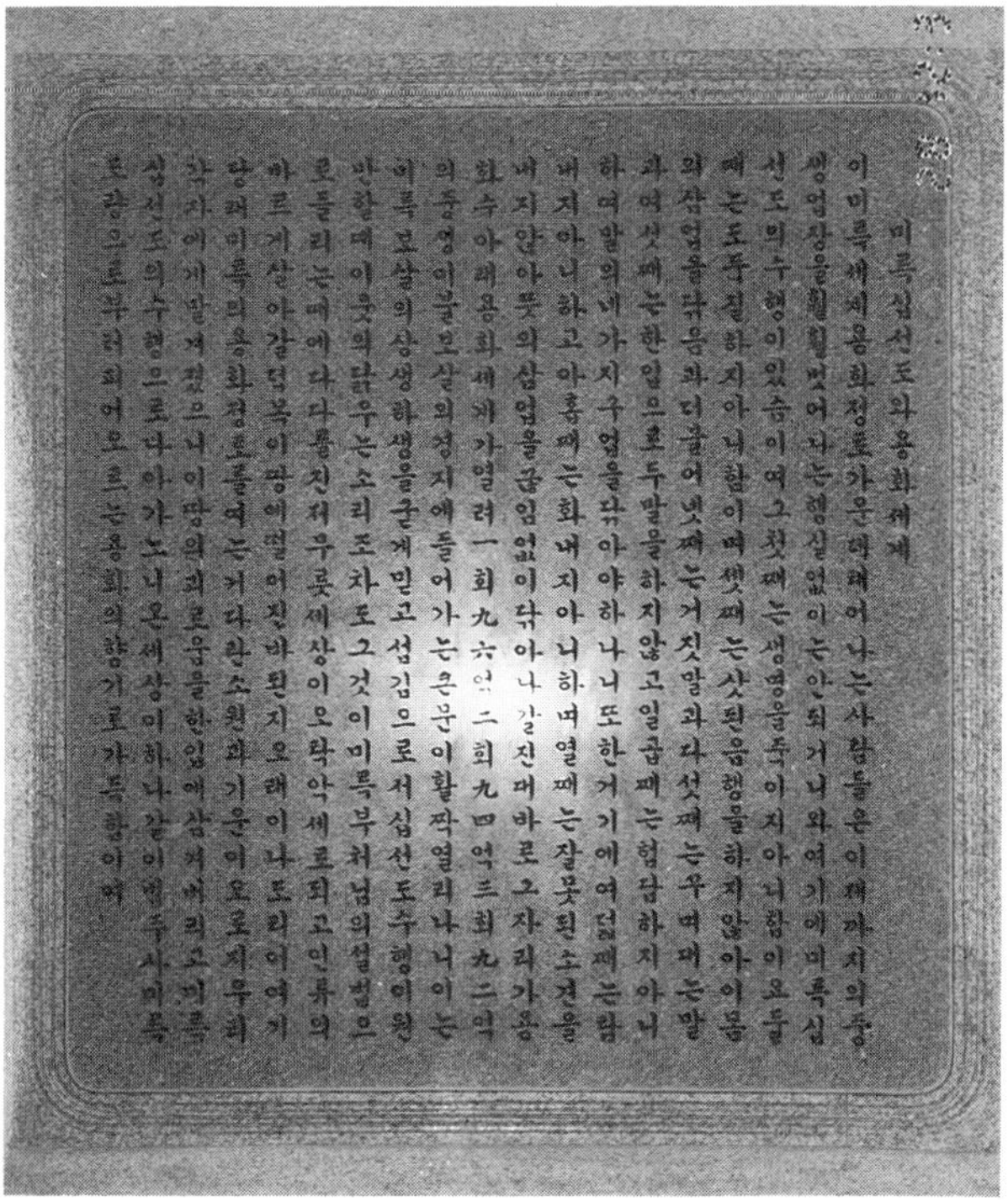

しまったのは、もう昔のことであるが、
今からは、当来弥勒の龍華浄土を開く大きな念願と気運とを、専ら我等の各々に任せられたので、この地の苦しみを一口に呑み込んで、弥勒十善道の修行に前進するならば、全ての世界は、法住寺の弥勒道場から起こる龍華の香で満ちていることよ。

265　法住寺弥勒像基壇内の彫像「弥勒龍華図」

李氏朝鮮王朝の『預修十王生七経』（絵入り本）小攷

一

冥府に堕ちた亡者が、十人の王による生前の罪業の裁きを受ける苦しみから逃れるために、予め生前に仏法僧の三宝を供養すべきだと説いた経典が、世に言う『十王経』である。これは、『預修十王生七経』（一巻）と称されるものと、『地蔵十王経』（一巻）と呼ばれるものの、二種がある。ともに所謂偽経である。

二

『預修十王生七経』は、正しくは『仏説閻羅王授記四衆逆（預）修生七往生浄土経』と言う。その巻首に、「謹啓㆓諷閻羅王預修生七往生浄土経㆒、誓勧㆓有縁㆒以㆓五会㆒啓㆑経入㆑讃念㆓阿弥陀仏㆒」(1)とあり、さらに続けて、「成都府大聖慈寺沙門蔵川述」と記されている。

因みに、夙く後周の義楚『釈氏六帖』（顕徳元年〈九五四〉）巻十六に件の経文の一節が引かれており、また、南宋の仏教史家宗鑑の『釈門正統』巻四所収「利生志」には、沙門蔵川が撰述した経典であると明記されている。しかしながら、沙門蔵川述と解するのは、些か無理があるようである。即ち、今日では、この経典は唐末に中国で作られた偽経で、沙門蔵川は五会念仏の讃を付した人物であると見做すのが、穏当なところである。そして、実叉難陀《じっしゃなんだ》の訳だとされる『地蔵菩薩本願経』の系統に属し、主に中国及び朝鮮半島に流布したものである。
『預修十王生七経』は、小川貫弌氏の説かれるように、(2)
㈠十王の名前と建斎日とを記したごく簡単なもの。
㈡七言四句の偈讃三十三首(3)を経文中に添えたもの。
㈢「十王経図巻」の形をとるもの。
の三つに大別される。

三

一方、『地蔵十王経』は、『発心因縁十王経』とも呼ばれるが、正しくは『仏説地蔵菩薩発心因縁十王経』と言う。『谷響集』巻六には、本書を中国撰述と断定しているが、今日では、前述の『預修十王生七経』と同様、沙門蔵川に仮託した偽経で、我が国において平安末期頃撰述されたものと見做されている(我が国で単に『十王経』と称する時は、この『地蔵十王経』をさす)。これは、冥府の十王ならびにその本地仏の名を明記し、とりわけ、閻魔大王(閻羅王)の本地仏たる地蔵菩薩に関する記述が詳細となっている。かかる偽経に基づく信仰は、鎌倉以降きわめて盛んで、日蓮作と伝えられる『十王讃嘆鈔』や存覚の『浄土見聞集』などに、その影響が顕著に認められる。また、室町期に広く行われた十三仏の信仰にも、大きな影響を与えたのであった。

四

ここに取り上げる『預修十王生七経』は、第二節に掲げた第二類に属する経典で、萬暦二年(一五七五)、黄海道文化土九月山(現在の北朝鮮)興《フンニュルサ》栗寺(4)で印行され、江原道(現在の韓国)の月精寺蔵板、金敏栄《キムミンヨン》氏現蔵になる伝本である。金慈仁《キムザイン》

氏の한글《ハングル》訳を前半に掲げた影印本が、一九九〇年六月、旺寧寺《ワンニョンサ》(5)仏書翻訳委員会から刊行された。冒頭に金慈仁氏による簡潔な解説と言うべき「刊行辞」が収められているが、韓国の出版物に屢見られるように、残念ながら本書もまた、書誌について全く触れていないのである。はたして、この月精寺蔵板が、龍谷大学編『仏教大辞彙』第三巻（冨山房、大正五年一二月）「十王経」項に、

萬暦三年朝鮮の潭陽龍泉寺に於て此十王生七経と寿生経《じゆしやうきやう》と合刻せるものは経の前後に図画を加へたり、此経曾て我国に行はれたることあるが如く、良忠《りやうちう》の法事讃私記《ほふじさんしき》巻上には之を引用し。(ママ)考古画譜《かうこがふ》巻六には嘉吉二年の奥書を有する絵巻に預修生七経《よしゆしやうしちきやう》二巻ありしことを記載せり。（傍点引用者・以下同じ）

とあり、また、小川貫弌氏(6)が、

李朝の版本に『預修十王生七経』一冊がある。巻初に絵一五丁と本文一三丁、八行一五字詰、無界で四周単辺、縦一八・三糎、横一五・七糎で、萬暦辛丑（二九年＝一六〇一）亥月光教山瑞峯寺刊のものである。これと京都建仁寺両足院本の『預修十王生七経』とは同様に、その図絵を集め、後半に経文を掲げるものである。（中略）挿画と経文を経の前後いずれかにまとめて印刷することは李朝十王経の特色であるが、（下略）

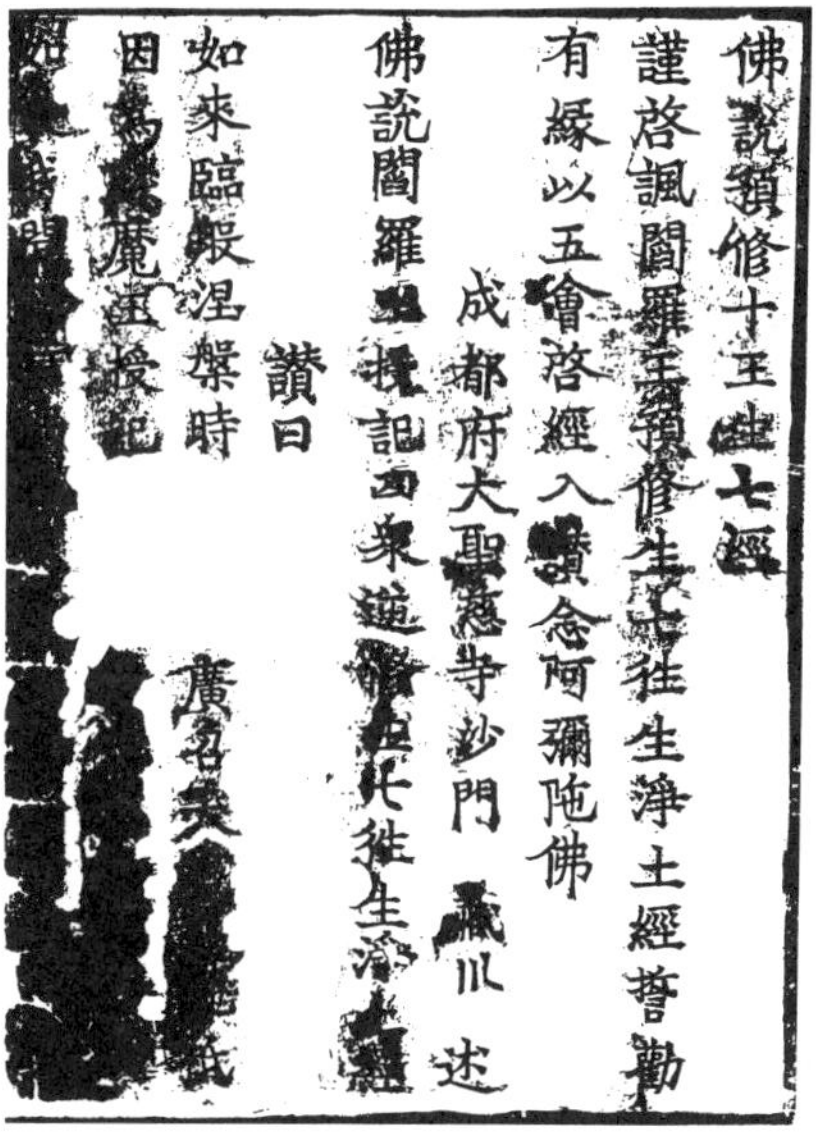
佛說預修十王生七經
謹啓諷閻羅王預修生七往生淨土經誓勸
有緣以五會啓經入讃念阿彌陁佛
成都府大聖慈寺沙門　藏川　述
佛說閻羅王授記四衆逆修生七往生淨土經
讃曰
如來臨般涅槃時　廣召

月精寺蔵板『預修十王生七経』経文冒頭

と記す如く、経文の前後に挿図を配するのか、それとも、巻初に一括して挿図を掲げるのか、その体裁は定かではないのである。

とまれ、月精寺蔵板の影印本から推測するに、原本は、本文十一丁(半丁九行)四周単辺、挿図十一丁から成ると見て間違いなさそうである。

五

前述のように、ハングルで書かれた件の金慈仁氏の「刊行辞」(7)は、簡潔な解説の体裁をとっている。即ち、『潅頂経』や『地蔵菩薩本願経』などを引き合いに出しつつ、生前に善根功徳を積むと、死後浄土に生まれることが出来ると言われていることなどを記し、

こうした真経の仏説の内容は、『預修十王生七経』の内容の構図と一致するので、偽経か真経かの評論は、問題にならないと思う。

しかも、本経は、中国の唐から始まり、韓国、日本など三国で預修斎儀のために、国家あるいは寺刹などで難しい板刻を重ねて来た歴史から見ても、昔の人がいかに本経を重視したか、推察することが出来る。

中国、日本はともかく、韓国(8)だけでも十回にわたって板刻の作業が進められた。

と記述、以下、具体的に板刻(印行)の例を列挙する。そこで、参考に供するため、私にあらためて整理したものを左に掲げておく。

1 海印寺《ヘインサ》蔵板　高麗高宗三三年(一二四六)　慶尚南道伽倻山海印寺「高麗大蔵経」所収、国宝206号

2 天明寺《チョンミョンサ》開板　景泰五年(一四五四)　平安道平壌府訥山天明寺(現北朝鮮)

3 刊慶都監《カンギョンドカム》板(9)　成化五年(一四六九)

4興栗寺《フンリュルサ》刊・月精寺《ウォルチョンサ》蔵板　萬暦二年（一五七四）　黄海道文化土九月山興栗寺（現北朝鮮）　金敏栄氏現蔵

5東鶴寺《トンハクサ》板　萬暦五年（一五七七）　忠清南道鶏龍山東鶴寺　金敏栄氏現蔵

6瑞峯寺《ソボンサ》開板　萬暦二九年（一六〇一）　京畿道光教山瑞峯寺

7松広寺《ソングァンサ》開板　萬暦四六年（一六一八）　全羅南道曹溪山松広寺　金敏栄氏現蔵

8普賢寺《ポヒョンサ》鏤板　康熙二六年（一六八七）　平安北道寧辺郡妙香山普賢寺（現北朝鮮）[10]

9華厳寺《ファオムサ》開板　崇禎後九一年（一七一八）　全羅南道智異山華厳寺

10證心寺《チュンシムサ》開板[11]　全羅南道光州瑞石山證心寺

金慈仁氏の列挙された十種の伝本は、朝鮮半島（韓半島）の広範な地域で開板され、しかも、一三世紀半ばから一八世紀初頭にわたる長年月に及んでおり、李朝時代の朝鮮における『預修十王生七経』盛行の一端を窺い知ることが出来て、甚だ興味深い。ただし、右の伝本すべてに挿図を有するのか否かは、不詳である。

また、金慈仁氏は、ハングル訳本（漢文・ハングル対照）としては、一九三七年법성원《ポブソンウォン》（所在地不明）[12]において、右記8普賢寺鏤板の改板本を活字化したが、古板本の影印もなく、加えて、末尾の八十一字が欠けており、偈讃は訳されなかった、と指摘する。そこで、金慈仁氏は、一九九〇年六月、4興栗寺刊・月精寺蔵本（金敏栄氏現蔵）をそのまま影印・ハングル訳併載の形で刊行したと記している。ただし、先にも触れた通り、伝本の書誌に関しての記述は、なされていないのである。

六

韓国各地に散在する絵入りの『預修十王生七経』は、多くの寺院に見られる冥府殿内部の十王像（塑像）及び「十王図」（幀画）を考察する上で、きわめて重要な経典だと言えよう。ひいては、朝鮮半島の十王信仰や地蔵信仰、広義の絵解き、絵語り、仏教歌謡として知られる「回心曲《フェシムゴク》」(13)等々を解明する手立てとしても、有効だと思われる。従って、左に興栗寺刊・月精寺蔵板の影印本に収められた挿図全十一図を掲載順に紹介しておくこととする。

〔注〕

(1) 私に返り点を付して、読解の便を計った。
(2) 「閻羅王授記経」(講座敦煌7『敦煌と中国仏教』所収、大東出版社、昭59・12)参照。
(3) 前掲注(2)の小川貫弌氏の論中では、偈讃三十四首と記すが、三十三首の誤りである。
(4) 「興律寺」とも書く。八二六年、道義が創建した寺院。現存するのかどうかは不詳。
(5) 現ソウル市域北区貞陵三洞山にある寺院。
(6) 前掲注(2)小川貫弌氏論参照。
(7) 日本語訳するに際して、金正凡氏の訳されたものを参考に、私に訳した。
(8) 「朝鮮半島(韓半島)」と書くべきところである。
(9) 李朝時代の仏典をハングルに翻訳する役所。一四六一年に設置された。『世祖実録』はこの役所設置の過程を詳述する。
(10) 金慈仁氏は「智異山《チリサン》」を「地理山」と記しているが、金氏の誤記か。
(11) 開板の年次は、金慈仁氏の「刊行辞」中に記されていない。
(12) 漢字表記は「法性院」か。
(13) 「悔心曲」とも書く。西山大師作と伝えられるものが著名。

諸大國王
天龍神王
阿脩羅王
地藏菩薩
龍樹菩薩
觀世音菩薩
常悲菩薩
陁羅尼菩薩
金剛藏菩薩

道明和尚
無毒鬼王
第一秦廣王
大山柳判官
都司宋判官
那利失鬼王
負石鬼王
注善童子
日直使者
第二初江王
大山周判官
大隂夏侯判官
悪毒鬼王
大諍鬼王
注悪童子
月直使者

大山王判官
都推盧判官
那利失判官
三目鬼王
多悪鬼王
注悪童子
大山宰判官
大山楊判官
上元周將軍
血虎鬼王
注善童子
日直使者
第三宋帝王
大山河判官
司録判官
大山柳判官
司命判官
大山舒判官
下元唐將軍

第四五官王
注惡童子
電光鬼王
飛身鬼王
諸司撿覆判官
大山肅判官
日直使者
注善童子
那利叉鬼王
司曹裴判官
大山勝判官
注惡童子
那利失鬼王
白虎鬼王
日直使者
注善童子
赤虎鬼王

第六變成王
功曹鄭判官
注惡童子
大那利叉鬼王
法曹胡判官
日直使者
注善童子
第五閻羅王
儀同崔判官
都司曹判官
大山洪判官
狼牙鬼王
千助鬼王
惡福趙判官
注死馮判官

第七太山王
主禍鬼王
主食鬼王
注惡童子
主耗鬼王
阿那吒鬼王
注善童子
日直使者
五道窟判官
大山薛判官
掌筭判官
大阿那吒鬼王
主禽鬼王
注惡童子
大山黃判官
掌印判官
主財判官
主畜鬼王
注善童子
日直使者

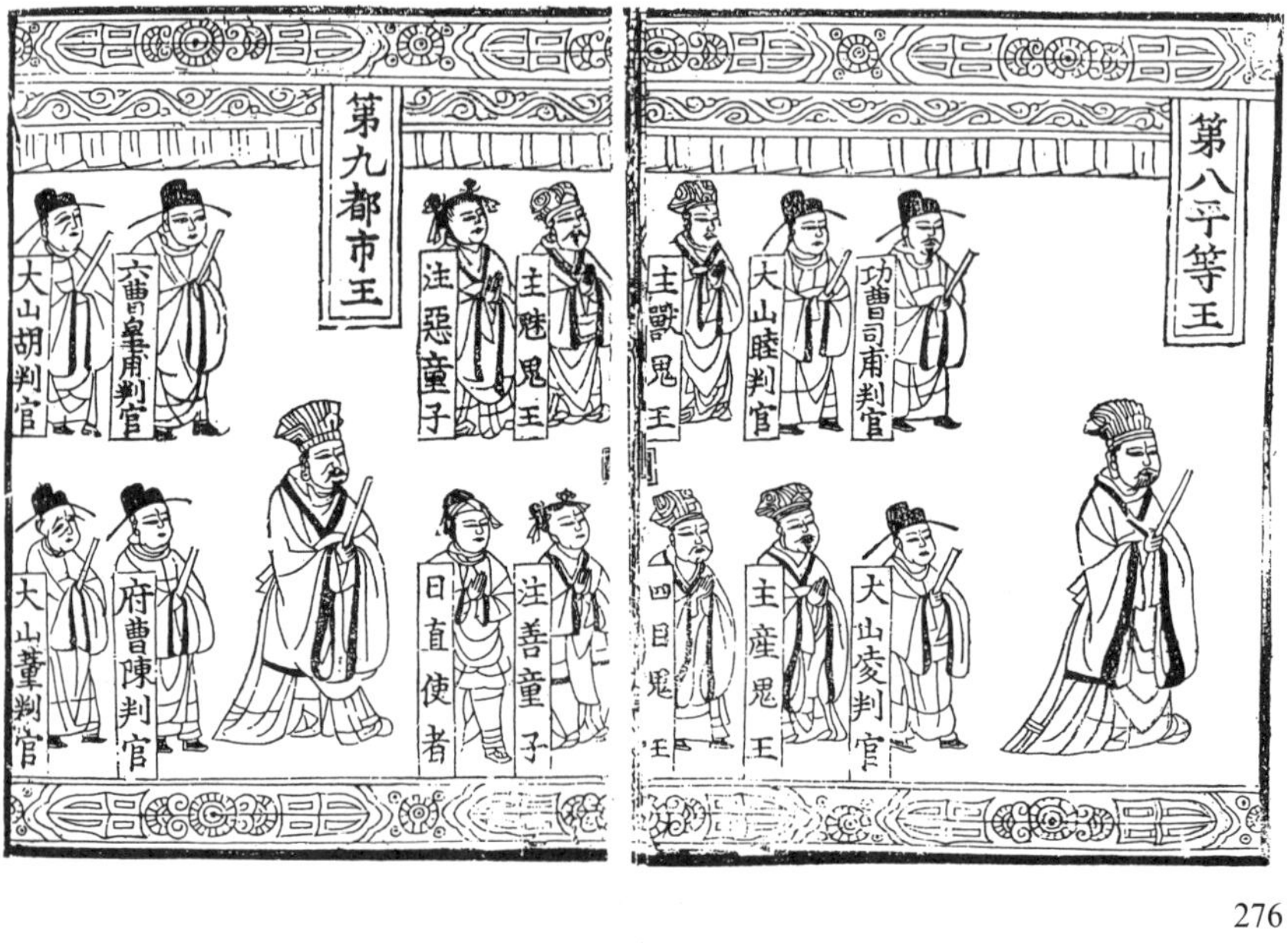
第八平等王
功曹司甫判官
大山睦判官
主獸鬼王
大山麥判官
主產鬼王
四日鬼王
第九都市王
主魅鬼王
注惡童子
六曹皐甫判官
大山胡判官
注善童子
日直使者
府曹陳判官
大山董判官

第十五道轉輪王
大山熊判官
五目鬼王
主陰鬼王
注悪童子
主命判官
主疾鬼王
注善童子
日直使者
六曹睦判官
大山趙判官
大山李判官
中元葛将軍
注善童子
日直使者
大山鄭判官
大山鄒判官
産殃鬼王
注悪童子
泰山府君

難思難量聖位都前
不知名位判官都前
不知名位鬼王都前
不知名位靈官都前
不知名位地獄官典
不知名位使者都前
不知名一切眷屬等
書寫此經
受持讀誦此經
塑畫佛像

五官業秤向空懸
業鏡照然報不虚
撟筏渡
閻王發使乘黑馬把黑幡著
黑衣撿亡人家造何功德准
名放牒抽出罪人不違誓願

初出一覧

I

絵解きの世界―その魅力と課題―
『日本文学講座3　神話・説話』所収、昭和六二年七月、大修館書店

II

絵解きの東漸―インド・中国・韓国、そして日本に見る「仏伝図」絵解き―
『説話の講座6　説話とその周縁―物語・芸能―』所収、平成五年三月、勉誠社

「生死論」の流伝と絵解き―インドからチベット・ネパール・中国・日本、そして韓国―
『仏教民俗学大系5　仏教芸能と美術』所収、平成五年九月、名著出版

韓国・台湾の地獄絵
「別冊太陽　地獄百景」62号、昭和六三年七月、平凡社

III

韓国の仏教説話画と絵解き
『説話と宗教』（説話・伝承学会）所収、平成四年四月、桜楓社
（原題「韓国の仏教説話画と絵解き（一）」）

曹溪寺（ソウル市）大雄殿の壁画「釈迦一代記図絵」
「明治大学教養論集」243号、平成四年三月、明治大学教養論集刊行会
（原題「韓国の仏教説話画と絵解き（二）―曹溪寺大雄殿の壁画「釈迦一代記図絵」をめぐって―」）

韓国における『釈氏源流應化事蹟』の意義
「絵解き研究」13号、平成九年九月、絵解き研究会
（原題「韓国における『釈氏源流應化事蹟』の意義―表紙解説にかえて―」）

清・開慧撰『釋迦如来應化事迹』小攷
「絵解き研究」14号、平成一〇年一二月、絵解き研究会
（原題「清・開慧撰『釋迦如来應化事蹟』小考―表紙解説にかえて―）

東鶴寺（韓国・忠清南道）の「釈迦八相図」絵解き
「絵解き研究」7号、平成元年六月、絵解き研究会
（原題「東鶴寺の『釈迦八相図』絵解き―韓国仏教説話画の世界―」）

俗離山法住寺（韓国・忠清北道）捌相殿の「八相幀」

「絵解き研究」10号、平成五年三月、絵解き研究会

（原題「韓国の仏教説話画と絵解き（三）―俗離山法住寺・捌相殿の『八相幀』をめぐって―」）

法住寺弥勒像基壇内の彫像「弥勒龍華図」

「絵解き研究」11号、平成七年三月、絵解き研究会

（原題「韓国の仏教説話画と絵解き（四）―法住寺弥勒仏像基壇内の『弥勒龍華図』をめぐって―」）

李氏朝鮮王朝の『預修十王生七経』（絵入り本）小攷

「絵解き研究」11号、平成七年三月、絵解き研究会

おわりに

『絵解きの東漸』と題する本書は、私にとって四冊目の単著になる。『日本の絵解き—資料と研究—』(三弥井書店、昭和五七年二月)『増補日本の絵解き—資料と研究—』(三弥井書店、昭和五九年六月)に続く絵解きだけを扱った論文集である。絵解きにふれたものとして、『穢土を厭ひて浄土へ参らむ—仏教文学論』(名著出版、平成七年二月)も加えるとすれば、単著はすべて絵解きに関わるものである。さらに、編著の『絵解き万華鏡 聖と俗のイマジネーション』(三一書房、平成五年七月)、共著の『絵画の発見 〈かたち〉を読み解く19章』(平凡社、昭和六一年五月)『日本にとっての朝鮮文化』(明治大学人文科学研究所、平成四年五月)『日本における民衆と宗教』(雄山閣、平成六年六月)、共編の『絵解き台本集』(三弥井書店、昭和五八年一一月)『絵解き—資料と研究』(三弥井書店、平成元年七月)『宗祖高僧絵伝(絵解き)集』(三弥井書店、平成八年五月)各所収の拙稿も、絵解きに関するものである。

既に『日本の絵解き—資料と研究—』跋文でも述べておいたように、学習院女子短期大学に奉職した年(昭和四八年)の暮れの国文科研修旅行で、学生たちを引率して訪れた琵琶湖の東岸、西明寺・三重塔内壁「法華経変」の絵解きが、そもそも絵解きとの出会いだった。二年後の研修旅行時、今度は道成寺で先代住職小野宏海師の絵解きを視聴することが出来た(宏海師の絵解きについては、有吉佐和子の小説『日高川』(昭和四一年刊)に詳述されており、近々論文の形で発表する予定である)。詳しい経緯は省略するが、私の場合、学習院女子短期大学の専任教員になったことによって、絵解きとの運命的な関わりが生じたと言っても、過言ではない。

昭和五一年六月、広瀬誠氏・故佐伯幸長氏との邂逅を機に、迷うことなく絵解きの魅力にひかれていった。爾来、二十五年になんなんとしている。

思えば、昭和五七年（一九八二）の全米アジア学会での発表時、コーディネーターのバーバラ・ルーシュ女史をはじめ、徳田和夫氏やパネラーたちとの深夜に及ぶまでの意見交換は、ヨーロッパやイランにおける絵解きの存在を知るきっかけとなった。

また、昭和五九年秋、「アジア伝統芸能の交流」の第四回（国際交流基金・日本文化財団・朝日新聞社主催）が、「旅芸人の世界　Itinerant Artists of A Asia」と題して、公演及びセミナー・シンポジウムの形で有楽町マリオン内の朝日ホールにおいて開催された。私も特別パネラーのひとりとしてこのセミナー・シンポジウムに加わった。この折りの報告を「絵解き研究」三号（昭和六〇年九月）に認めておいたので、〃ボーパ〃と呼ばれるインドの絵解きの一種を知って頂くためにも、長文ではあるが、左にその全文を引いておくことをご寛恕願いたい（ただし、図版類は、口絵カラーを除いて割愛した）。

「旅芸人の世界」セミナーの一報告―インドの絵解き歌〃ボーパ〃をめぐって―

一

三年に一度、日本を含めたアジアの勝れた伝統芸能を集めて紹介する「アジア伝統芸能の交流　Asian Traditional Performing Arts」の第四回が、国際交流基金、日本文化財団、朝日新聞社の主催で、昨秋開かれたことは、記憶に新しいことである。東京を中心に、「旅芸人の世界　Itinerant Artists of Asia」と題した公演及びセミナー・シンポジウムが行われたのである（口絵カラー参照）。

特別パネラーの依頼状と共に予め送付されてきた資料には、

復活した伝説の放浪芸能集団、韓国の「男寺党《ナムサダン》」

メコン地方の哀歓をうたう、タイの歌師「モーラム」

インドからは、ブンデルカンド地方の艶なる舞姫「ラーイー」とタール砂漠の英雄譚を伝える絵とき歌「ボーパ」

と、海外から招く芸能が紹介されていた。いずれも興味深いものであったが、とりわけ絵解き歌ボーパに心動かされた。既にインドに「ポトゥア」「チトラカティー」（口絵カラー参照）と呼ばれる二種類の絵解きがあることは知っていたが、これらと異なる絵解きが存在するとわかって、私の胸は高鳴った。

そもそもインドの絵解きについて知ったのは、前田雅之氏のお世話で昭和五十四年十月、早稲田大学大学院文学研究科ラウンジで開かれた今昔の会において、「絵解きの世界―日本の絵解き―」と題して話した時に遡る。私と共に、西岡直樹氏（本会会員）がスライドやテープを使い、縦に繙く絵巻物（紙本）―〝ポト〟の実物を何点か示しつつ、ベンガルのポトゥアやサンタル・ポトゥアについて話をされたが、粗末な紙片に描かれた黒眼の無い死者の絵が、とても印象的だった。そして、自作の絵を用い、自作の歌を歌っては、次から次へと門付けして行く絵解き者の姿に思いをはせた。

又、先年スレーシュ・アワスティ博士が東京外国語大学の招聘で来日滞在した際、小西正捷氏（本会会員）のおとりはからいで博士とお会いした折に頂いたスライド写真数枚が、ほかならぬマハーラーシュトラ州のチトラカティーだった。スライド写真を見て、すぐに日本の紙芝居に似ていると思った。ポトゥアと違って、弦楽器を伴奏に用いることも一枚の写真から知り得たが、もはや絵解きの出来る者がわずかになってしまったと、博士は嘆いておられた。この時、どうしてかボーパについてはひとことも話題にならなかったのである。

二

件の「旅芸人の世界」は、全日程を通して小沢昭一氏の構成・司会で、十一月五日(月)の東京中野サンプラザホールを皮切りに、岐阜、京都、大阪、富山、名古屋、沖縄、福岡、厚木の各地を巡演し、再び東京に戻って、有楽町マリオンの朝日ホールを最後に、約一ヶ月の公演を終えたのだった(この間小西氏は企画委員のひとりとして尽力された)。来日直前にインドで政変が勃発し、ラーイーの一行の到着が大幅に遅れるというハプニングもあったが、どこでも公演は成功したと仄聞する。

私は十一月六日(火)サンプラザホールで、男寺党、モーラム、ボーパを視聴する機会を得た。今ボーパについて簡単に触れておこう。インドはラージャスターンに駱駝を連れて来たという英雄パブジーの伝説を、ラボナハータと呼ばれる弦楽器を弾きながら絵解くものである。所謂夫婦芸であるが、時に子どもを加えることもあるらしい。今回来日した二人は、息子がラボナハータを弾きつつ歌い、母が手燭をかざして画面を照らすペアだった。絵解きに供される絵は、横幅が四・五メートルぐらい、高さ一・五メートルほどの布製で、その中央に大きくパブジーが描かれ、上下左右隈無く人物やエピソードが描き込まれており、赤を基調とした図柄であった。一つの話(エピソード)の絵解き歌が終ると、その合間に歌謡(民謡)が入り、次に又絵解き歌が歌われ、再び歌謡が入る、といった繰返しで次々と演じられるのだという。例えば、「パブジーの誕生」の場面では、

じゃ香ただよう花園に
パブジーこの世に生を受く

生まれて、牝獅子の乳を飲み
母カマラーは、ふところで
幼きパブジー慈しむ
十と二年の歳月過ぎて
パブジー雄々しき若者となり
ラドーダ王家の玉座につく

（長弘毅訳）

と、ラボナハータの音に合わせて歌う。そして絵解き歌の合間には、「烏」と題する歌謡を歌う。

飛んで行っておくれ、私の黒い烏よ！
もしも私の愛する夫が家に戻って来たら
もしも私の大事な王様が家に戻って来たら
飛んで行っておくれ、外っ国へ、烏よ！
私の愛する夫の便りを持って来ておくれ
もしも、私の愛する夫が家に戻って来たら
代々、生まれかわって、お前の徳を称えよう、烏よ！
もしも私の愛する夫が家に戻って来たら
乳粥、菓子のご馳走をたんと食べさせてあげよう
黄金でお前のくちばしを飾ってあげよう、烏よ！
もしも、私の愛する夫が家に戻って来たら

飛んで行っておくれ、烏よ！
私の愛する夫に、二人の誓いを思い出させておくれ
代々、生まれかわって、お前の徳を称えるから、烏よ！
もしも、私の愛しい夫が家に戻って来たら

（長弘毅訳）

と。パブジーの一代記を歌い終るのには、数日を要するという。

三

一般公開のセミナー・シンポジウムは、公演中の十一月八日から十一日までの四日間朝日ホールで繰り広げられた。即ち、初日は「アジア放浪芸の系譜」、第二日「韓国民衆の美学」、第三日「歌い継がれる世界」、そして最終日の「放浪芸・民衆・社会」と論題を変えて行われた。私は二日目を除いて三日間聞きに行った。

三日目の特別パネラーとして参加した「歌い継がれる世界」は、「タイとインドの口承芸能の具体的な紹介に、日本、韓国の比較を加えながら、口承芸能の文化史的背景をさぐる」というテーマ、つまり、伝承（の仕方）と変容を考えようという趣旨のセミナーだった。前記小西氏、川田順造氏、それに私と、絵解き研究会のメンバー三人が名を列ね、客席には故荻原龍夫博士、渡浩一氏、吉原浩人氏らが参会した。シンポジウムの顔ぶれは、司会役の徳丸吉彦（民族音楽学）星野龍夫（タイ・ラオス文化）両氏、報告者としてシリワット・カムワンサ（東北タイ文化史・文学）チャルンチャイ・チョンパイロート（東北タイの民族音楽）小西正捷（インド文化史）の三氏、そして外国招待の鄭昞浩（韓国の民俗芸能）沈雨晟（男寺党を中心に民俗芸能）李輔亨（韓国の民俗音楽）姜駿赫（演劇ディレクター）、日本側から江波戸昭（地理学・民衆音楽・吟遊詩人）川田順造（アフリカの文化人類学・口承伝統）長弘毅（インド民話）馬場雄司（タイ系民族の語

り物）林雅彦（国文学・絵解き）宮尾慈良（台湾を中心に民俗芸能）山本吉左右（国文学・説経節）、それに上記以外の外国招待者スレーシュ・アワスティ、といった多方面の分野にわたっていた。メモを持参して当日の打合せの席に出たが、初日及び第二日の進行具合を反省して、司会者から今日のパネラーの発言は三分以内にして欲しい旨の強い要望がなされて、セミナーの場に臨むこととなった。楽屋話をすれば、「林さんは〝インドの絵解き〟という題でさぞセミナーを行いたいでしょうけれど……」といった私の心中を汲み取って下さるような話などが出た。ボーパに用いる弦楽器ラボナハータに触れることも出来た。ブリキの胴体は思ったより軽かった。針金を束ねただけの主弦を粗末な弓でこすると、残る十二本の共鳴弦が響きを良くするという代物から、なぜあのように素晴らしい音色が出るのだろうか、と思ってみたりした。弓には鈴が幾個か付いていて、これ又なんともいえぬ音を出す。

初めにモーラムの実演が五分ほどあり、カムワンサ、チョンパイロート両氏のモーラムに関する報告があった。そして、いよいよ私が待ち望んだボーパの実演となった。目のあたりに実演者や絵を見ることが叶ったが、絵は以外にも粗末な布地に描かれていた。再び楽屋話をするならば、このボーパの母と子、販売用の絵とラボナハータを持参したとか。絵の方は、四、五十万円、楽器は十万円だという（もう少し安ければ買っておきたいなどと思ってもみた）。続いて小西氏の「インドの絵ときと芸能」と題する報告があった。ボーパの視聴後という状況もあろうが、小西氏の格調高く且つ上手な語り口は、初めてボーパを視聴した者にも、その実態が十二分に理解出来るものだった（この「絵解き研究」三号所収「インドの『絵とき』芸能―その起源と実態の諸例―」を参照されたい）。

討論に入ると、外国招待者の発言は時間厳守の申し合せなど関係なく長々と続けられた。日本語の堪能な韓国の研究者を除いては、同時通訳の存在も忘れてしまい、司会者がゆっくり話して欲しいと注意する場面も生ずるほど（熱気溢れる討論だったともいえようか）。当然予期されたことだが、その皺寄せは日本人パネラーに向けられ、用意したメモのほとんどは反故となった。

四

私が用意したメモの一部を次に紹介しておきたい。

〈日本の絵解き〉

○近代以前の日本人の宗教と生活とを一体と見做す構造の上に登場し、展開してきた文芸芸能である。

○セミナー第一日目に織田紘二氏（日本の雑芸・芸人部落研究）が言われた如く、絵解きも他の芸能と同様、あくまでも仏教・信仰の世界の中で演じられた、言い換えれば、信仰と祭と芸能とが一つとなったものである。

○現行絵解きはほとんど音楽的要素がない。

〈アジアの伝統芸能〉

公演及びセミナーを視聴していて、日本では既に失われてしまった宗教と生活とが一体となった世界が未だアジア各地に存していること。

〈質問事項〉

○インドの絵解きの場合、絵画・語り（歌）双方にどうしても変容してはならない部分と、可変部分とがあるのかどうか。

○テキスト（台本）の有無。あるとすれば、いつごろまで遡り得るのか。

さて、私のわずかな発言に触れて、芸能は例えば「絵解き」というような狭いジャンルで考えるべきではないとの日本人パネラーの指摘もあって大いに反省させられたが、鄭昞浩中央大学校教授の、韓国にも「地獄極楽図」があり、毎年春に絵解きする旨の教示は、ありがたかった。近い将来韓国における絵解きの調査研究が進展することを念ずるばかりである。又、ボーパのパトロンや観客に関するアワスティ博士の発言もきわめて有意義だった。

五

先に列記の如く、発言者が多数の上に、男寺党、モーラム、ラーイー、ボーパと四種の放浪芸について、わずか三時間で討論すること自体、至難のわざである。まさしく「インドの絵解き」をテーマに徹底して討論出来たならばと思ったのが、第三日目の「歌い継がれる世界」に参加したパネラーとしての偽らざる心境である。だからといって、昨秋の「旅芸人の世界」の企画がいささかなりとも否定されるものではない。否、かかる放浪芸を考え直す機会を与えて下さった主催者ならびに企画委員諸氏に深く謝意を表して、この報告の筆を擱く。

その後、昭和六二年三月末から翌年二月にかけて韓国で在外研究に携わり、韓国の絵解きを求めて全国の仏教寺院を尋ね廻ることとなったのは、件のセミナー・シンポジウムに招待されていた中央大学校教授・鄭昞浩《チョンピョンホ》氏との遭遇であった。鄭教授は、現在でも時折国際電話をかけてきて、励まして下さる。韓国での調査は十数年、訪れた寺院は延べ百五十ヶ寺を超えている。鄭教授との出会いがなかったならば、東アジアの絵解きに強い関心を抱くことはなかったであろう。

当時、日本・韓国両国の研究者の間では、誰ひとりとして、韓国の絵解きに関心を示していなかった。私の、異国の地での絵解きを求めて歩く旅は、まさしく孤独そのものだった。しかし、どこのお寺や役所でも、片言の韓国語しか話せない外国人の私に、実に懇切丁寧に接して下さった。涙が出るほど辛い味噌汁やキムチ類の質素な精進料理をごちそうになったことや、温かいオンドル部屋で冷たくなった体を休ませてもらうことによって、厳しい韓国の冬季調査の身も心もどんなに癒されたことか。

台湾の調査は、やはり在外研究期間中の昭和六三年一月が最初だった。渡浩一氏や高達奈緒美氏らと高雄・台中・新竹・台北の仏教寺院と道教廟の多くを巡り、「一心図」や道士が使用する「十王図」などを入手することが出来た。これが、海外共同調査の記念すべき第一回目だったのである。しばらく間をおいて、平成九年、十年にも台湾の寺廟調査を行ったが、その成果は今後順次発表していきたいと考えている。

韓国の調査がひとつの節目を迎えた昨今、私の関心は、中国大陸へと広がりつつある。最初の中国調査は、上海・蘇州の仏教寺院であった。そして平成一〇年には、明治大学人文科学研究所の総合研究「生と死の図像学―アジアにおける生と死のコスモロジー―」（研究代表者・林雅彦）の一端として、重慶市大足の南宋時代に作成された宝頂山・南山・北山・石門山・石篆山といった石窟寺院に伝わる石彫画の調査・撮影に携わることが出来た。この時の成果の一部は、本書に収めておいた。

いま、ここに一人ひとりお名前を上げないが、十数年の間にご教示・ご鞭撻下さった方々は、数えきれないほどである。あらためて心からお礼申し上げたい。

加えて、大学時代の恩師西尾光一先生をはじめ、鬼籍に入られた方々も少なくない。この小著をご覧頂けないのが残念である。

さて、本書の刊行にあたって、韓国の固有名詞・ハングルの表記については、金正凡氏のお手を煩わせた（かつての韓国寺院の調査や翻訳の際にも多大の助力を頂いた）。また、渡葉子さんには英文を訳す際にお手伝い頂いた。三校の折り、藤巻和宏氏には全編にわたる校正を短期間にして頂いた。さらに、初校の際には、柴佳世乃さんに一部分お手伝い頂いた。ここに記してお礼申し上げる。

例によって、本書も刊行に至るまでに多くの歳月を要した。それは、すべて私の所為である。その間、じっと辛抱してお待ち下さった笠間書院の池田つや子社長、橋本孝編集部長、大久保康雄編集部次長のご好意は、なんともありがたい限りである。とりわけ、大久保氏には、私の無理難題をお聞き入れ頂いた。感謝申し上げる。

本書は、明治大学人文科学研究所の出版助成費を受けて、明治大学人文科学研究所叢書の一冊として刊行されるものである。研究所の関係各位にお礼申し上げる次第である。

最後に、国内外の調査・探訪で留守がちな家を支えてきた妻由紀子にも感謝したい。

二〇〇〇年二月一〇日

林　雅彦

■著者紹介

林　雅彦（はやし・まさひこ）

昭和 19 年　東京に生まれる。
昭和 42 年　山梨大学文芸科卒業。
昭和 49 年　東京大学大学院人文科学研究科博士課程単位取得退学。
武蔵中学校・武蔵高等学校教諭、学習院女子短期大学助教授等を経て、
昭和 55 年　明治大学助教授、昭和 58 年　同教授となり、現在に至る。
説話文学会委員、仏教文学会委員、絵解き研究会代表。
主要著編書
『日本の絵解き―資料と研究―』（三弥井書店、昭和 57 年）
『絵解き台本集』（共編、三弥井書店、昭和 58 年）
『増補　日本の絵解き―資料と研究―』（三弥井書店、昭和 59 年）
『絵画の発見　〈かたち〉を読み解く 19 章』（共著、平凡社、昭和 61 年）
『絵解き―資料と研究―』（共編、三弥井書店、平成元年）
『日本にとっての朝鮮文化』（共著、明治大学人文科学研究所、平成 4 年）
『絵解き万華鏡　聖と俗のイマジネーション』（編、三一書房、平成 5 年）
『日本における民衆と宗教』（共著、雄山閣、平成 6 年）
『穢土を厭ひて浄土へ参らむ―仏教文学論』（名著出版、平成 7 年）
『宗祖高僧絵伝（絵解き）集』（共編、三弥井書店、平成 8 年）

絵解きの東漸　　明治大学人文科学研究所叢書

平成 12 年 3 月 20 日　初版第 1 刷発行

著　者　林　雅　彦

発行者　池田つや子
発行所　有限会社　笠間書院
〒101-0064　東京都千代田区猿楽町 2-2-5
☎03-3295-1331 (代)　振替東京 00110-1-56002

ISBN 4-305-70215-0　　シナノ